W0204603

CHRISTOPH SCHEURING

Absolute GEWINNER

magellan

Geht los

Kapitel 1

Früher, als ich noch klein war, hat meine Mutter immer gesagt: »Wenn du etwas Unangenehmes beichten musst, tu's lieber gleich. Dann hast du's hinter dir und musst nicht mehr den ganzen Tag daran denken.« Mit sieben oder acht Jahren hab ich ihr das auch echt noch geglaubt und alles sofort erzählt, aber mittlerweile weiß ich, dass der Spruch ziemlicher Blödsinn ist, weil man ja immer die Chance hat, dass sich das Unangenehme von selbst erledigt. Wenn man nur lange genug wartet damit.

Trotzdem muss ich hier am Anfang erst mal von was Peinlichem reden, weil es nämlich die Ursache ist für die ganze Geschichte. Ohne das Peinliche wäre wahrscheinlich nichts von alldem passiert, und wenn doch, dann wäre es noch ein größeres Wunder, als es eh schon ist, und dann würde mir sowieso keiner mehr die Geschichte glauben.

Also das Peinliche, von dem ich erzählen muss, ist meine Stimme. Ich schätze mal, auf der ganzen Welt gibt es keine Stimme, die noch schrecklicher klingt. Wenn ich telefoniere, zum Beispiel, denken die meisten Menschen, dass ich ein kleines, hysterisches Mädchen bin, was echt übel ist, weil mich meine Mutter auch noch »Luca« getauft hat, wo auch kein Mensch weiß, ob der Name jetzt zu einem Jungen oder einem Mädchen gehört. Dabei finde ich, dass ich eigentlich ganz anders klinge. Eher schrill, aber dann auch wieder quakig, so halb Krähe, halb Kröte, nur etwas quietschiger. Das kann ich ganz schlecht beschreiben hier. Eigentlich hört sich meine Stimme exakt so an wie die alte Tür bei uns im Treppenhaus, die raufführt zum Trockenboden und die niemand ölt, weil sich keiner dafür zuständig fühlt.

Meine Mutter und ich wohnen in dem einzigen Altbau, den der Krieg in unserem Viertel übrig gelassen hat. Sonst gibt es hier nur kilometerlange viereckige Blocks aus rotem Backstein ohne jede Verzierung. Und weil unser Haus der einzige Altbau ist, wohnen hier auch nur die reicheren Leute. Also nicht die wirklich reichen, weil Menschen, die richtig Geld haben in Hamburg, ans Wasser ziehen. Nach Uhlenhorst oder Harvestehude. Oder an die Elbe natürlich. Unser Stadtteil heißt Hamm und ist jetzt nicht die erste Adresse. Trotzdem sind die Leute in unserem Haus noch so reich, dass sie im Treppenhaus immer so tun, als wären sie sich noch nie im Leben begegnet. Zwei Ärzte gibt es hier, direkt unter uns, und darunter wohnt ein Steuerberater, und dann kommt der Filialleiter einer Sparkasse, und im Erdgeschoss wohnen noch eine Lehrerin und ein Typ, der eine Tankstelle hat. Wenn im Treppenhaus mal eine Lampe kaputt ist, dauert es mindestens einen Monat, bis jemand die Birne ersetzt. Und für die Tür zum Trockenboden interessiert sich erst recht keiner von denen, weil sie wahrscheinlich alle einen elektrischen Trockner besitzen.

Nur meine Mutter hängt dort die Wäsche auf, weil wir nicht so viel Geld haben wie die anderen Leute. Deshalb wohnen wir auch ganz oben unter dem Dach, in zwei kleinen Zimmern, was anderes können wir uns nicht leisten. Sagt meine Mutter. Sie arbeitet als Sekretärin bei einer Zeitung, wobei das angeblich jetzt Redaktionsassistentin heißt. Meine Mutter sagt trotzdem immer noch, dass sie Sekretärin ist, wenn sie mal danach gefragt wird.

Natürlich könnte auch meine Mutter die Tür ölen, aber ich glaube, sie weiß nicht einmal, dass man Türen ölen muss, wenn sie quietschen. Meine Mutter findet übrigens, dass meine Stimme überhaupt nicht so klingt wie diese Tür. Und wenn ich sage, dass ich das schließlich hören würde, dann behauptet sie, dass die eigene Stimme für einen selbst immer anders klingt als für die anderen Leute und dass ich mir keine Gedanken machen soll, weil meine Stimme überhaupt nicht furchtbar ist. Selten vielleicht. Aber bestimmt nicht furchtbar.

»Du hast etwas, was kein anderer hat«, sagt sie dann meistens und streicht mir über den Kopf. »Du solltest dich darüber nicht ärgern. Du solltest stolz darauf sein. Ich wette, in deiner Klasse gibt es viele, die dich darum beneiden.«

Daran sieht man schon, dass meine Mutter nicht besonders viel Ahnung hat vom richtigen Leben. Ich schätze, auf der ganzen Welt gibt es keinen einzigen Jungen, der von seinen Freunden beneidet wird wegen der Stimme. Wegen cooler Turnschuhe vielleicht. Oder wegen der neuen Playstation. Aber doch nicht wegen der Stimme.

Das Einzige, um das ich jemals beneidet wurde, ist jedenfalls das Basketballtrikot von LeBron James, das ich besitze. LeBron James ist im Moment so ziemlich der beste Basketballspieler der Welt und auf dem Rücken hat er echt original unterschrieben. Das Trikot hat mir der Freund meiner Mutter geschenkt. Er arbeitet als Sportjournalist bei derselben Zeitung und während der Olympischen Spiele durfte er mal LeBron James interviewen und dabei hat er sich die Unterschrift auf dem Trikot besorgt. Wahrscheinlich hat er gedacht, dass er meine Mutter leichter rumkriegt, wenn er mir so was Wertvolles mitbringt. Hat auch funktioniert am Anfang, aber jetzt ist er lange nicht mehr bei uns gewesen. Ich glaube, meine Mutter hat ihn irgendwann wieder abserviert, weil sie ein bisschen genervt davon war, dass er jedem Menschen zehnmal erzählen musste, dass er den größten Basketballspieler der Welt persönlich kennt. Ich meine, mir hätte er das auch zwanzigmal erzählen können. Ohne dass es mir langweilig geworden wäre. Aber meine Mutter hatte den Namen LeBron James vorher noch nie gehört. Und da war sie natürlich nicht so beeindruckt und hat irgendwann einfach den Stecker gezogen.

Also, bei diesem Trikot hat ein anderer Junge aus meiner Klasse schon mal gefragt, ob er sich das anschauen dürfte. Aber ich hab in meinem ganzen Leben noch nicht gehört, dass jemand gesagt hat: »Kann ich vielleicht noch mal deine Stimme hören?« Nicht mal ich würde so was fragen, dabei würde ich so ziemlich alles hergeben für eine andere Stimme.

Es war vielleicht vor fünf Jahren, in der Grundschule beim Sachunterricht, als ich zum ersten Mal begriff, dass mit meiner etwas nicht stimmt. Ich hatte damals gerade mit meinem Nachbarn ein bisschen geschwätzt, weil wir das Thema »Pferde« beackern mussten, und so was ist ja höchstens für Mädchen interessant. Herr Mauersberger, so hieß unser Lehrer, hat dann irgendwann ganz laut gesagt: »Luca, kannst du nicht endlich mal deine Klappe halten, das ist ja furchtbar mit deiner Stimme, du klingst wie ein löchriger Eimer.«

Damals haben alle Kinder gelacht, und ich bin rot geworden wie eine Erdbeere, nicht nur weil mir die ganze Sache peinlich war, sondern weil ich auch nicht kapiert habe, was er damit meinte. Wie bitte schön klingt denn ein löchriger Eimer?

Wenn er jetzt gesagt hätte: »Dein Gedächtnis ist wie ein löchriger Eimer«, wäre das noch in Ordnung gewesen, weil ich in meinem Leben wirklich alles vergesse: Füller, Radiergummi, Pullover, Hausaufgaben, Schlüssel, Fußbälle, Handys, Geldbeutel. Hab ich alles schon mal verloren.

Einmal bin ich sogar ohne Schuhe von der Schule nach Hause gekommen, aber das lag daran, dass wir in der letzten Stunde »Darstellendes Spiel« in der Aula hatten, und da musste ich barfuß über die Bühne hüpfen und so tun, als wäre ich ein fröhlicher Pelikan. Es ging um ein Theaterstück, das im Urwald spielte, und wir Schüler waren Löwen, Antilopen und Elefanten, und ich war eben der Pelikan. Wahrscheinlich weil ich genauso klinge, auch wenn ich noch nie einen Pelikan gehört habe, aber der komische Hautsack am Schnabel sieht schon so aus, als kämen da nur seltsame Töne raus. Es war der letzte Tag vor der Aufführung damals, und deshalb haben wir alles geprobt und noch mal geprobt und noch mal, obwohl die Unterrichtsstunde längst zu Ende war. Für mich war das ziemlich unangenehm, weil ich eigentlich ganz schnell nach Hause kommen sollte. Hatte meine Mutter gesagt, weil ich nach der Schule noch einen Termin beim Orthopäden hatte.

Also bin ich nach der Probe sofort aus der Aula gerannt und habe erst unten im Treppenhaus gemerkt, dass ich meine Schuhe vergessen hatte. Deshalb wollte ich ganz schnell wieder zurücklaufen, aber da kam mir dann die Direktorin entgegen und fragte, was ich denn barfuß auf der Treppe machen würde, und bis ich ihr das alles erklärt hatte, war die Aula verschlossen und meine Schuhe befanden sich auf der anderen Seite der Tür. Es gab einfach keine Möglichkeit mehr, an die Dinger zu kommen. Sonst hätte ich alles versucht, weil ich genau weiß, wie meine Mutter mich in solchen Situationen anschaut.

Es ist nämlich so, dass sie eigentlich nie richtig schimpft mit mir. Ich kann mich auch nicht erinnern, dass sie jemals mit mir geschrien hätte. Dafür aber hat sie so einen Dramablick, mit dem sie den dicksten Gletscher der Welt abschmelzen könnte. Da steht sie dann da, erstarrt, mit ganz großen Augen, und seufzt ersterbend, als würde ihr ein Lkw quer über den Brustkorb fahren und das letzte bisschen Luft aus der Lunge pressen. Und dann dreht sie sich irgendwann gequält weg von mir und sagt mit zitternder Stimme: »Luci, ich würde mir so sehr wünschen, dass du wenigstens ein Mal im Leben nachdenkst. Nur ein einziges Mal.«

Das muss man sich mal vorstellen: Sie sagt echt immer noch »Luci« zu mir, und das, obwohl ich dreizehn Jahre alt bin. Von dort ist es dann nicht mehr weit bis »Schnucki« oder »Schatzi« oder so was. Außerdem ist es Blödsinn, dass nachdenken helfen könnte gegen vergessene Schuhe. Wer hat sich bitte schön jemals auf der Straße gefragt, ob er gerade Schuhe trägt? Entweder man hat welche an oder nicht. Das ist eher wie Schicksal.

Auf jeden Fall ist dieser Blick meiner Mutter so schwer zu ertragen, dass ich freiwillig versuche, an ganz vieles zu denken, nur damit sie nicht diesen Blick aufsetzt. Damals bei den Schuhen aber hat sie gar nichts gemerkt, weil ich meine Schuhe immer vor der Tür ausziehen muss, damit die Wohnung nicht schmutzig wird. Deshalb stehen alle meine Schuhe im Treppenhaus, und ich konnte oben einfach ein anderes Paar anziehen, bevor ich geklingelt habe, und dann sind wir auch gleich wieder weitergegangen zum Arzt. Der hat sich danach zwar gewundert, warum meine »Knick-Spreizfüße« aussahen wie Kohlebriketts und schwarze Abdrücke auf seinen weißen Kittel gestempelt haben. Aber gesagt hat er nichts, und meine Mutter hat auch nicht geschimpft, obwohl ihr das Blut in den Kopf gestiegen ist, von unten nach oben, wie wenn man Kirschsaft in einen Becher mit Bananensaft kippt. Zum Schluss sah ihr Gesicht aus wie eine dunkelrote Laterne. Ich habe ihr dann erklärt, dass der Schmutz daher kommt, dass wir unser Theaterstück barfuß einüben mussten, was ja nicht mal gelogen war. Und am nächsten Tag habe ich dann die vergessenen Schuhe wieder unbemerkt vor unsere Tür gestellt, womit bewiesen ist, dass es manchmal schlauer ist, das Peinliche zu verschweigen, weil es sich nämlich von selbst erledigt.

Bei meiner Stimme ist es natürlich anders. Da erledigt sich überhaupt nichts von selbst.

Is' klar

Kapitel 2

Also, meine Geschichte, die ich erzählen muss, beginnt auf einem Basketballplatz. Dieser Platz liegt ungefähr fünfhundert Meter entfernt von unserer Wohnung und ist der coolste Fleck im ganzen Viertel. Hier treffen sich wirklich alle Freaks, und damit meine ich die Großen, die schon einen richtigen Dunking können, und Kleinere, die so gut sind, dass sie bestimmt in einer Hamburger Auswahl spielen, und natürlich sind immer auch ein paar Angeber da, die so bescheuert reden, als kämen sie gerade aus dem amerikanischen Getto: »Alles glatt? … Yo, Mann … cool, Mann, was geht.« So reden sie und schwanken dabei mit ihren Oberkörpern von rechts nach links, als wären sie Boxer, die gerade irgendwelchen Schlägen ausweichen müssen. Die meisten von denen haben enge Unterhemden an und Hosen, die viel zu groß sind für Basketball, oder sie tragen massive Ketten bis zum Bauchnabel, als wären sie richtige Gangster. Sind sie aber nicht. Zumindest einer von denen ist Lehrling bei der Bäckerei um die Ecke. Habe ich selbst gesehen, als dort die Tür zur Backstube einmal offen stand. Ich schätze, diese Typen sind gar nicht wegen des Basketballs hier. Sondern wegen der Mädchen, die öfter mal zuschauen.

Und Jungs wie mich gibt es auf dem Platz natürlich auch richtig viele, aber wir müssen spätestens am Nachmittag Platz machen, wenn die älteren Spieler kommen. Behaupten die jedenfalls, und bisher ist mir auch noch kein cooles Argument dagegen eingefallen, wobei es mit den Argumenten generell nicht so einfach ist, wenn man sich nicht mal traut, den Mund aufzumachen.

Also gehe ich eigentlich lieber direkt nach der Schule zum Basketballplatz, wenn noch niemand da ist, und übe ein bisschen. Das hat zwei große Vorteile. Der erste ist, dass ich meiner Mutter sagen kann, dass ich noch mit einem Freund gespielt habe. Dann freut sie sich, weil sie immer Angst hat, dass ich überhaupt keine Freunde habe und deshalb die ganze Zeit vor meinem Computer hocke und später mal Amok laufe oder Drogen nehme oder so was. Und der zweite Vorteil ist, dass ich eigentlich wirklich keinen Freund habe. Jedenfalls keinen, der mich fragen würde, ob wir uns mal am Nachmittag verabreden wollen.

Ich schätze, das liegt daran, dass ich seit Herrn Mauersberger auch mit keinem mehr rede. Weder im Unterricht noch in den Pausen oder sonst irgendwo. Anfangs hat das niemand so richtig gemerkt, aber nach einem Jahr wurde meine Mutter zum Schulpsychologen zitiert, und ich musste mich untersuchen lassen. Hat aber nichts bewirkt, weil meine Stimme ja dadurch nicht besser geworden ist.

Irgendwann haben sich die Lehrer dann daran gewöhnt, dass in ihrem Unterricht ganz hinten links ein Schweiger sitzt. Ich falle nicht auf, weder angenehm noch unangenehm, als wäre ich gar nicht da. Ich melde mich nicht, und die Lehrer nehmen mich auch nicht dran, und wenn meine schriftlichen Noten in Ordnung sind, geben sie mir mündlich eine Vier minus, sodass meine Versetzung nie wirklich gefährdet ist. Das heißt, ein paarmal war es ein bisschen knapp, aber knapp geschafft ist immer noch besser als ganz gescheitert.

Wobei sitzen bleiben für mich jetzt auch keine Katastrophe

wäre. Ein Jahr mehr oder weniger in der Schule ist nicht so schlimm, finde ich, und wenn man in der eigenen Klasse keine Freunde hat, gibt es auch nichts, was man verlieren könnte.

Das mit den Freunden mache ich aber keinem zum Vorwurf. Ich würde es auch zäh finden, mit jemandem wie mir befreundet zu sein. Eine Runde gemeinsames Schweigen bitte? Spätestens bei der zweiten Verabredung hätte ich was anderes vor.

Wahrscheinlich denken jetzt viele, dass ich ein trauriges Leben führe. Tue ich aber nicht. Eigentlich ist es nur beim Sport etwas blöd. Ich meine, ganz allein auf dem Fußballplatz zu stehen und auf ein leeres Tor zu schießen, sieht schon ziemlich dämlich aus. Und Tennis oder Volleyball oder so geht sowieso nicht ohne andere Leute. Nur beim Basketball ist es völlig okay, wenn man allein auf den Korb wirft. Alle machen das so. Sogar die Profis. Und die können so viele Freunde haben, wie sie nur wollen.

Deshalb also gehe ich seit ein paar Jahren nach der Schule immer auf diesen Basketballplatz. Außerdem liegt er genau zwischen meiner Schule und unserer Wohnung, sodass ich gar keinen Umweg machen muss. Dieser Platz gehört eigentlich zu einer anderen Schule, die seit fünf Jahren Carl-Günter-Malsch-Schule heißt. Nach Carl-Günter Malsch, der offiziell in Immobilien und Aktien macht und angeblich der reichste Mann unserer Stadt ist. In Deutschland liegt er auf Platz zwölf oder so. Stand mal in der Zeitung von meiner Mutter. Inoffiziell soll er aber auch auf St. Pauli eine ganz große Nummer sein. Clubs, Glücksspiel, Drogen und so. Stand auch in der Zeitung. Vielleicht wollte er deshalb seinen Namen mal in eine freundliche Umgebung rücken.

Auf jeden Fall war die Carl-Günter-Malsch-Schule früher die Pestalozzi-Gesamtschule gewesen und hatte keinen Basketballplatz. Sie hatte auch keine Turnhalle. Dafür hatte sie plötzlich Asbest, sodass keiner mehr das Gebäude betreten durfte. Da spendierte Carl-Günter Malsch zwölf Millionen Euro für asbestfreies Lernen, eine neue Turnhalle und einen neuen Pausenhof, mit Fußballtoren, einem Bambus-Biotop und den Basketballkörben. Unter der Bedingung, dass die Schule seinen Namen bekam.

Deshalb heißt sie jetzt also Carl-Günter-Malsch-Schule und der Basketballplatz ist bei uns nur noch der »Günni«. Er besteht aus zwei Feldern und vier Körben, mit richtigem Tartanboden und Plexiglasbrettern und Metallnetzen, die nicht kaputtgehen können. Es gibt zwei Bankreihen hier, auf denen man sitzen kann wie auf einer kleinen Tribüne, und dort ist sogar eine Steckdose, sodass man eine Boombox oder so was anschließen kann. Das Ganze ist eingezäunt mit Maschendraht, der mindestens vier Meter hoch ist, aber weil die Maschen sehr breit sind, ist es nicht sonderlich schwer, über den Zaun zu klettern. Irgendwann hat dann jemand ein Loch in den Zaun geschnitten – das ist jetzt bestimmt schon zwei oder drei Jahre her – und seitdem wird hier auf dem Platz jeden Abend gespielt. Dabei haben Schulen normalerweise einen Hausmeister, der schon Alarm schreit, wenn man nur einen Kaugummi unter eine Türklinke klebt. Und solche Hausmeister schmeißen auch jeden vom Hof, der nicht direkt zur Schule gehört.

Aber irgendwie ist der Günni-Hausmeister anders als alle anderen, die ich kenne. Er hat noch nie jemanden vom Platz gejagt, der einen Ball in den Händen hielt. Sondern im Gegenteil: Als irgendwann das Loch im Zaun war, hat er sogar eigenhändig die Ecken vom Maschendraht umgebogen, damit sich niemand daran verletzt. Habe ich selbst gesehen.

Manchmal bleibt der Hausmeister auch stehen, wenn er die Wege fegt, und schaut ein bisschen zu, wie wir spielen. Das heißt, eigentlich fegt er sogar ziemlich häufig den Weg. Mindestens zwei- oder dreimal die Woche. Dann steht er da, auf seinen Besen gestützt, bewegt sich nicht und sagt kein einziges Wort. Ich glaube sogar, ich habe ihn bisher überhaupt noch nie reden hören. Vielleicht hat er ja auch so eine Stimme wie ich und traut sich nicht, den Mund aufzumachen. Habe ich schon mal gedacht. Auf der anderen Seite gehört Schüler-Anmeckern bei Hausmeistern irgendwie auch zur Jobbeschreibung. Das muss man schon können in dem Beruf.

Aber wie gesagt, der hier ist anders. Unter den Jungs auf dem Court gibt es ein paar, die glauben, dass er nicht ganz dicht ist im Kopf, weil er nie etwas sagt, aber Respekt haben sie trotzdem vor ihm. Bei denen heißt er heimlich »die Sichel«, weil er immer genau so dasteht: steife Beine und den dürren Körper darüber nach vorne gekrümmt und die Schultern hochgezogen, dass der Kopf fast dazwischen verschwindet. Ich glaube aber, das liegt nur daran, dass er so groß ist und aufrecht durch keine Tür passt. Er hat auch riesige Hände und riesige Füße und ein Gesicht, das aussieht, als wäre es festgefroren. Tiefe Falten, eisgraue Augen, dunkle Tränensäcke und so eine graue, blutleere Haut. Sogar die Haare sind graue Borsten, die wirr in alle Richtungen stehen. Wie so ein Untoter in einem Zombiefilm. Finde ich. Und die anderen sehen das ganz bestimmt auch so, weil jeder hier kleinlaut wird, wenn der Hausmeister sich vor ihm aufbaut. Selbst die, die sich für die größten Gangster des Universums halten.

Vielleicht ist er aber auch nur krank, weil ich neulich beim Arzt in einer Zeitschrift gelesen habe, dass es so eine Krankheit gibt, bei der im Blut die roten Blutkörperchen aufgefressen werden. Dann bekommen die Menschen so eine graue Haut. Könnte ja sein, dass er diese Krankheit hat und deshalb immer so traurig dasteht, weil er schon abgeschlossen hat mit seinem Leben. Allerdings sah er vor drei Jahren schon ganz genauso aus. Und da müsste die Krankheit doch längst zugeschlagen haben, wenn er sie hätte. Denke ich mal.

Am Anfang – so ungefähr vor drei bis vier Jahren, als ich noch wie ein Einbrecher über den Zaun klettern musste – hat er mir auch immer richtig Angst gemacht. Und wenn es irgendwo in den Büschen geraschelt hat, bin ich sofort in das Biotop gehechtet. Wie die Erdmännchen in unserem Zoo. Und auch beim Werfen musste ich mich jede Minute mindestens zweimal umschauen, ob der Typ vielleicht irgendwo lauert. Aber das hatte sich dann ein paar Monate später gelegt.

Seitdem gehe ich wirklich entspannt hierher. Meistens mach ich es so, dass ich mir auf YouTube anschaue, was die großen NBA-Stars an Tricks beherrschen, und das übe ich dann auf dem Günni: die Bewegung beim Jumpshot oder irgendwelche Moves unter dem Korb oder die besten Fakes beim Dribbling. Das mache ich dann so lange, bis die Größeren mich verscheuchen. Nur ganz selten fragt mal jemand, ob ich vielleicht mitspielen will. Aber dann renne ich auch nur die Linien rauf und runter und bekomme fast nie den Ball. Also weiß ich nicht, ob meine Tricks funktionieren. Und wie gut ich überhaupt beim Basketball bin.

Frisch im Kopf

Kapitel 3

In diesem Jahr ist dann aber etwas passiert, was alles geändert hat. Es war am Tag nach den Pfingstferien, das erinnere ich noch genau, weil ich nämlich in den Ferien meine Oma besucht hatte und eine ganze Woche lang jeden Tag Memory oder Stadt, Land, Fluss spielen musste, weil das angeblich gut ist für das Gedächtnis. Eine ganze lange Woche hatte ich keinen einzigen Ball in der Hand gehabt und deshalb bin ich auch fünf Minuten nach meiner Rückkehr runter zum Günni gelaufen. Meine Mutter bekam zwar gleich wieder ihren Dramablick, weil sie zur Begrüßung mein Lieblingsessen gekocht hatte – Nudeln mit Gulaschsoße ohne Fleisch –, aber ich muss zugeben, dass mein Verhalten für Mütter auch nicht ganz so leicht zu verstehen ist.

Vor dem Günni, direkt neben dem Loch im Zaun, hing dann dieses Plakat: »Night Move« stand darauf in riesigen roten, graffitimäßigen Buchstaben. Und darunter hieß es, dass der Night Move ein bundesweites Basketballturnier für Zwölf- bis Vierzehnjährige war und vom Familienministerium organisiert wurde, weil die deutschen Kinder zu dick wären und sich viel mehr bewegen müssten. Gesponsert wurde das Ganze von einer Limonadenmarke, woran man schon sieht, dass Politiker nicht ganz frisch im Kopf sind, wo doch in einer Flasche Limonade vierzig Stück Zucker sind. Das hat jedenfalls mal unser Biologielehrer behauptet.

Genauso bescheuert war, dass die Turniere – wie der Name

schon sagte – nachts stattfinden sollten, weil Eltern wahrscheinlich Protest anmelden, wenn man als Dreizehnjähriger erst um drei Uhr morgens nach Hause kommt.

Anmeldungen würden übrigens in jeder Schule entgegengenommen, stand noch auf dem Plakat. Und dass das Siegerteam nach Amerika reisen und ein Basketballcamp besuchen dürfte bei den Profis der Philadelphia 76ers.

Besser wären natürlich die Dallas Mavericks oder die Cleveland Cavaliers gewesen, weil die 76ers nicht gerade das Mörderteam sind, aber trotzdem war das ein richtiger Hammerpreis. Bestimmt würden sich mindestens hunderttausend Mannschaften für dieses Turnier bewerben. Trainieren mit echten NBA-Profis. Und noch in Amerika. Mit Flug und Hotel und allem. Auch auf unserem Platz gab es an diesem Tag kein anderes Thema.

Alle redeten davon. Ganz besonders der Junge, der Robin heißt und hier so eine Art Mannschaftskapitän bei den Jüngeren ist. Nicht dass ihn jemand dazu gewählt hätte. Aber er benahm sich so, und die anderen akzeptierten das auch, weil er beim Spiel immer fast alle Punkte machte.

Robin geht auf dieselbe Schule wie ich. Er hat sogar einen ähnlichen Heimweg, und ein paarmal hab ich auch versucht, dass er mich anspricht, und bin extralangsam gegangen, wenn er von hinten kam, aber er ist jedes Mal einfach an mir vorbeigelaufen. Ohne ein einziges Wort zu sagen. Nicht mal »Hey, wie geht's?« oder so. Deshalb habe ich all meinen Mut zusammengekratzt und selbst mal »Hallo« gesagt. Aber er hat so getan, als hätte er nichts gehört. Seitdem finde ich, dass er eigentlich eine arrogante Socke ist. Auch wenn er leider ein paar Gründe hat, sich so zu benehmen.

Robin ist ganz bestimmt der beste Basketballspieler in meinem Alter, den ich jemals gesehen habe. Fast einen Kopf größer als ich und trotzdem irrsinnig schnell, und dazu kann er noch wahnsinnig gut von außen werfen, und sein Ballhandling ist sowieso perfekt bei all den Tricks, die er beherrscht. Und das alles macht er mit einer Eleganz, dass ihn wahrscheinlich auch noch alle Mädchen bewundern. Er hat blonde Haare und immer die neusten und lässigsten Klamotten und ist meistens braun gebrannt, weil seine Eltern richtig viel Geld haben und er während der Ferien immer in Urlaub fährt: Karibik oder Florida oder Kalifornien und so. Sein Vater macht irgendwas mit Chemie, hat mal jemand gesagt, und seine Mutter besitzt zwei Parfümerien und riecht auch so, wenn sie ihn nach der Arbeit manchmal hier abholt. Das ist dann wirklich der einzige Punkt, um den ich ihn nicht beneide. Jeden Tag zu Hause so einen Stinkefinger vor der Nase zu haben, muss eine echte Prüfung sein.

Ansonsten aber muss Robin irgendein Organ besitzen, mit dem er aus der Luft Glück herausfiltern kann. So wie Fische, die mit offenem Maul durchs Wasser schwimmen, und an den Kiemen bleibt dann der Sauerstoff hängen. Ich muss dagegen schon jubeln, wenn ich auf dem Rummel mal einen Kugelschreiber gewinne. Wobei das Ding dann am nächsten Tag garantiert nicht mehr funktioniert.

Meine Mutter sagt dann immer, dass ich mich darüber nicht ärgern soll und dass »es ist, wie es ist« und dass es keinen Sinn macht, neidisch zu sein. Aber es macht auch keinen Sinn, jemanden zu mögen, der ein Arschloch ist.

Trotzdem wäre ich wahrscheinlich noch mal bereit gewesen, ihn cool zu finden, wenn er mich gefragt hätte, ob ich in seiner Mannschaft spielen will bei diesem Night Move. Hat er aber nicht. Deshalb musste ich meine Meinung über ihn auch nicht ändern. Das war aber auch das einzig Positive an dieser Geschichte.

Der Rest war echt peinlich für mich. Ich meine, so richtig peinlich. Mindestens zwanzig Spieler in meinem Alter waren an diesem Tag nach den Ferien auf den Platz gekommen und draußen auf den Bänken saßen sogar ein paar Mädchen und alle redeten durcheinander. Von den USA und der NBA und den Charlotte Bobcats. Das heißt, ich redete natürlich nicht, aber die anderen. Stattdessen probierte ich so lässig wie möglich ein paar von den Moves, die ich mittlerweile beherrsche, und mit einem Auge schielte ich immer rüber, in der Hoffnung, dass ich Robin damit beeindrucken könnte. Aber er hat nur irgendwann zu einem anderen Jungen gesagt: »Von denen hier brauchen wir keinen mehr in unserem Team, das ist sowieso nur noch Schlamm. Die kannst du alle vergessen.«

Für eine Millisekunde fühlte sich das so an, als würde etwas in meinem Kopf explodieren. Ich konnte überhaupt nichts mehr denken und mich auch absolut nicht mehr bewegen, so lange, bis Robin mir in die Rippen stieß.

»Alter«, sagte er, »kannste vielleicht mal vom Platz schieben? Wir trainieren jetzt hier.«

»Selber Schlamm«, piepste ich, aber an seiner Reaktion konnte man sehen, dass er absolut keine Ahnung hatte, warum ich das sagte. Mit gesenktem Kopf schlich ich zur Bank und quetschte mich zwischen die Mädchen, die jetzt wahrscheinlich die Typen anhimmelten, die zu Robins Mannschaft gehörten.

Die meisten Mädchen kannte ich schon vom Sehen. Aber geredet hatte ich noch mit keiner. Logischerweise. Auch nicht mit der, die jetzt hinter mir saß und lang und flach war wie eine Leiter. Sie war öfter schon da gewesen und meistens sogar mit einem Basketball in der Hand, auch wenn sie nur selten spielte. Manchmal war sie auch in Begleitung einer Freundin, die schon rauchte und pinkfarbenen Lippenstift trug und immer viel zu laut lachte, wenn die Gangster einen auf dicke Hose machten.

Die Dünne aber schien keinen Blick zu haben für die Styler. Sie sprach nicht mit ihnen und schaute nicht einmal richtig hin, sondern blickte immer nur ganz ernsthaft aufs Feld, wenn dort jemand übte. Als würde sie sich wirklich für das Spiel interessieren. Sie war vermutlich nicht viel älter als ich, und ganz sicher war sie das schönste Mädchen, das mir jemals begegnet ist. Zumindest denke ich das, seit sie mir das erste Mal in die Augen geschaut hat, und damit meine ich, länger als nur die übliche Zehntelsekunde. Es war sogar so lange, dass ich echt verlegen geworden bin und wegschauen musste und ganz froh war, dass ich einen Ball hatte, mit dem ich mich beschäftigen konnte.

Nach diesem Blick setzte mein Herz jedes Mal ein paar Schläge aus, wenn ich sie auf dem Günni sah. Meistens spielte dann um ihren Mund so ein spöttisches Lächeln, dass ich mir fast sicher war, dass sie mich voll durchschaut hat. Wahrscheinlich wusste sie sogar, dass ich heimlich ein Lied von Karel Gott hörte, seit ich rausgekriegt hatte, dass sie mit Vornamen Jana heißt.

Dieses Lied ist überhaupt das schlimmste Lied, das es gibt, aber leider heißt der Refrain:

»Jana, Jana, ich lass dich nie wieder gehn.
Jana, Jana, das Leben wird wunderschön.«

Also lief es bei mir eine Zeit lang auf Endlosschleife. Immer wenn ich alleine war. Alles andere wäre zu gefährlich gewesen, weil ich meistens mitsinge, wenn ich Kopfhörer über den Ohren habe, und meistens vergesse ich dabei auch, dass ich singe, und wenn das Lied dann jemand anders hört, wäre das oberpeinlich. Meine Mutter hat mich jedenfalls schon mal gefragt: »Wer ist eigentlich diese Jana?«

»Ich kenn keine Jana«, habe ich damals möglichst lässig gesagt, aber ich vermute mal, dass sie mir nicht geglaubt hat.

Das mit »Jana« weiß ich übrigens, weil ihre Freundin sie so genannt hat, als ich einmal direkt neben ihr auf der Bank gesessen habe.

»Guck mal, Jana«, hatte die Freundin damals gerufen und mit dem Finger auf Robin gezeigt, der mal wieder aussah, als wäre er direkt aus dem Katalog gehüpft: Lila Basketballschuhe. Weiße Jordan-Hose. Und ein lila T-Shirt mit der Aufschrift »You are not that bad, I'm just so awesome«.

»Der ist ja sooo süüüß«, sagte die Freundin.

»Der ist ein Idiot«, sagte Jana.

»Aber süß ist er trotzdem.«

»Kauf dir ein Eis, wenn du was Süßes willst«, antwortete Jana.

Das fand ich natürlich cool. Einerseits. Andererseits sagen meine Tanten, also die Schwestern meiner Mutter, auch immer, dass ich ein süßer Junge sei, und das ist so ziemlich das einzig Nette, was ich überhaupt je zu hören kriege. Also wäre es vielleicht schon ein kleiner Vorteil gewesen, wenn Jana auch auf süße Jungs gestanden hätte. Ein bisschen wenigstens. Tat sie aber wahrscheinlich nicht, weil »süß« auch nicht das Wort ist, das mir zu ihr einfällt. »Hammer« vielleicht. Oder »mies«, was ja noch mal eine Steigerung zu

»Hammer« ist. Aber nicht süß. Hundebabys sind süß. Nicht ein Mädchen wie Jana.

Dazu ist sie, wie gesagt, auch viel zu groß. Außerdem hat sie einen Mund, der so breit ist, dass sie ihre Pommes quer essen könnte. Und sie hat ganz lange, schmale Finger mit kurz geschnittenen Nägeln, und ihre Augen sind grau und riesengroß, sodass der Blödmann von Bäckerlehrling mal behauptet hat, sie hätte Glubschaugen und würde aussehen wie eine Kuh. Dafür habe ich ihm dann eine Tüte Mehl in den Lüftungsschlitz seines Autos gekippt, sodass er alles im Inneren eingenebelt hat, als er das nächste Mal die Heizung angestellt hat. Danach ist er durch die Gegend getobt und hat geschrien, dass er den erwürgen würde, der für die Sauerei verantwortlich war.

»Ich reiß dem Penner den Kopf ab«, hat er geschrien, »mit meinen eigenen Händen, ich schwör's.«

Zum Glück hat er den Täter unter seinen Arbeitskollegen vermutet. Wegen des Mehls wahrscheinlich. Und ich habe mich dann auch nicht freiwillig melden wollen, obwohl solche Aktionen keinen richtigen Spaß machen, wenn man sich nicht zu erkennen gibt.

Das alles war aber an diesem Tag nach den Ferien längst vergessen. Ich hockte auf der Bank und fühlte mich, als hätte ich am ganzen Körper einen eitrigen Ausschlag. Ich meine, ich hatte noch nie eitrigen Ausschlag, aber ich denke, dass dann alle Menschen einen anstarren und so weit abrücken wie möglich, und wenn man näher kommt, sagen sie: »Hau bloß ab, du, mit deiner Seuche.«

Trotzdem tippte mir Jana an diesem Tag auf die Schulter.

»Warum trainierst du nicht mit?«, fragte sie. »Oder hast du keine Lust auf den Night Move?«

Es waren überhaupt die ersten Worte, die sie mit mir gesprochen hat, aber in meiner Situation gab es auf die Frage einfach keine coole Antwort. Also sagte ich lieber nichts und zuckte nur mit den Schultern und schaute weiter starr auf den Boden, obwohl Schulterzucken und Auf-den-Boden-Starren bei einer Oder-Frage noch uncooler ist als jede andere Antwort.

Danach passierte lange Zeit gar nichts. Nur dass sie neben mir stand und von einem Fuß auf den anderen trat. Mehr konnte ich von ihr nicht sehen, weil ich ja auf den Boden schaute.

»Ich heiße Jana …«, meinte sie nach einer halben Ewigkeit. Aber da war der Kloß in meinem Hals schon so schwer wie ein Traktorreifen, den auch kein Mensch alleine wegrollen kann.

»Na ja«, sagte sie schließlich, »muss ja auch nicht …«, und setzte sich wieder zu ihrer Freundin, und ich hockte noch eine gefühlte Stunde auf der Bank und spürte, wie sich ihr Blick voller Verachtung in meinen Rücken bohrte. Irgendwann schaffte ich es, mich noch einmal umzudrehen. Da war sie aber überhaupt nicht mehr da. Immerhin konnte ich jetzt auch wieder nach Hause schleichen.

Im Wohnzimmer wartete dann meine Mutter am Tisch vor kalten, verklebten Nudeln und einer Soße, die mittlerweile aussah wie der trocken gefallene Schlamm im Wattenmeer. Ich sagte, dass ich überhaupt keinen Hunger hätte, und verschwand in meinem Zimmer, aber das war natürlich nicht fair, weil sie in solchen Momenten immer glaubt, dass mein Verhalten etwas mit ihr zu tun hätte. Nach einer halben Stunde klopfte sie an meine Tür und öffnete sie einen Spalt.

»Hab ich was falsch gemacht, Luca?«, fragte sie. »Wir haben uns doch so lange nicht mehr gesehen. Was ist denn, mein Junge?«

»Mama, ich habe nur keinen Hunger, sonst nichts«, antwortete ich.

»Aber dich drückt doch was.«

»Nein, Mama, mich drückt überhaupt nichts.«

»Dann ist gut«, meinte sie. »Wenn du wieder Hunger kriegst, sag einfach Bescheid. Dann wärme ich das Essen auf. Wird ja nicht schlecht, so auf die Schnelle.«

Das ist das Tolle an meiner Mutter. Sie kann wirklich so tun, als ob sie mir glaubt, auch wenn sie ganz genau weiß, welchen Unsinn ich rede. Und sie kann mich sogar in Ruhe lassen, wenn sie eigentlich vor Neugierde platzt, was ich bestimmt nie im Leben hinkriegen würde. Deshalb bin ich dann doch wieder aus meinem Zimmer gekommen. Wir haben gemeinsam die verklebten Schlammnudeln gegessen, und ich habe erzählt, wie Oma bei Stadt, Land, Fluss in der Spalte »Berg/Gebirge« echt »Großer Onkel« geschrieben und geschworen hat, es wäre ein »Höhenzug in den Alpen«. Vom Night Move und von Jana musste meine Mutter ja nicht unbedingt etwas wissen.

Hammergeil

Kapitel 4

Die nächsten Tage traute ich mich erst einmal nicht auf den Günni, aber irgendwann hielt ich es nicht mehr aus und machte nach der Schule noch einen Schlenker. Es war ein warmer, windstiller Tag. Die Dönerläden hatten ihre Plastikstühle nach draußen gestellt und die harten Jungs saßen in der Sonne mit ihren verspiegelten Sonnenbrillen und den hochgekrempelten Muscle-Shirts. Ich bin dann lieber auf die andere Straßenseite gewechselt. Nicht wegen der Typen, sondern weil meine Augen ziemlich empfindlich sind. Deshalb hat meine Mutter mir bestimmt auch schon dreißig Sonnenbrillen gekauft. Aber spätestens nach einer Woche war jede wieder verschwunden. Selbst wenn ich mir vorgenommen hatte, total darauf aufzupassen. Vielleicht verfolgt mich ja jemand und klaut die Dinger, wenn ich nicht hinschaue, hab ich schon mal gedacht. Konnte aber auch nicht sein. Die Brillen, die meine Mutter kauft, sehen nie so aus, als würde sie jemand freiwillig klauen.

Auf dem Günni waren nur wenige Jungs zu sehen, die alle auf dem vorderen Platz trainierten. Also packte ich meinen Ball aus, den ich immer in meinem Rucksackranzen mitschleppe, und übte auf dem hinteren Platz an meinem Wurf. War aber ein mieser Tag, weil kein einziger Ball fallen wollte. Und die meisten waren nicht einmal knapp. Egal, von welcher Position ich es versuchte.

»Ist doch ein Scheiß«, murmelte ich, obwohl ich das Wort

»Scheiße« eigentlich nicht in den Mund nehmen darf. Sagt meine Mutter.

In diesem Moment hörte ich hinter mir eine Stimme. Sie war so dicht an meinem Ohr, dass ich vor Schreck den Ball fallen ließ und noch einmal »Scheiße« sagte. Aber wirklich nicht absichtlich.

»Du musst werfen höher«, sagte die Stimme. Sie klang angenehm warm und dunkel, wie bei Männern, die richtig laut reden können und bei denen deshalb alles so selbstverständlich und lässig klingt, weil sie sich dabei nicht mal anstrengen müssen. Es war die Sichel. Er hatte irgendeinen leichten Akzent, mit verdrehter Satzstellung, Polnisch vielleicht oder Russisch oder Bulgarisch oder was anderes aus dem Osten. Jetzt stand er direkt hinter mir. Zombiemäßig wie immer.

»Flache Ball, kleine Ring«, sagte er. »Hohe Ball, große Ring.«

»Versteh ich nicht«, antwortete ich.

Zum Glück fing er nicht sofort an zu lachen. Wie immer zeigte sein Gesicht keine Regung. Wie festgefroren. Nicht mal ein Zucken auf seinen Lippen.

»Ist Physik«, sagte er. »Wenn du willst, ich erklär dir später.«

»Wann später?«

»Zuerst wir beide müssen was klären.«

Mir rutschte das Herz in die Hose, weil »was klären« eigentlich immer heißt, dass irgendeine Katastrophe passiert ist und ich dafür verantwortlich bin.

»Hast du gesehen Plakat, vorne am Zaun?«, fragte die Sichel. »Ich denke, hier laufen viele Talente rum auf dem Freiplatz. Viel mehr als nur ein einziges Team. Also, ich habe auch Team gemeldet. Und du sollst mein Pointguard sein!«

»Wow«, sagte ich, und danach konnte ich erst einmal gar nichts mehr sagen, weil ich ungefähr tausend Mal geträumt hatte, dass so was passiert. Andere Menschen stellen sich vielleicht abends im Bett beim Einschlafen vor, wie sie im Lotto gewinnen und was sie dann mit dem Geld alles einkaufen können. Ich stelle mir immer vor, wie das ist, wenn man als Pointguard in einer berühmten Mannschaft vor zehntausend Leuten spielen darf. Der Pointguard ist beim Basketball nämlich die geilste Position überhaupt. Wenigstens in meinen Augen. (»Geil« ist übrigens auch so ein Wort, das ich nicht benutzen soll, sagt meine Mutter, aber das hier war ja nicht nur geil, sondern mindestens obergeil oder hammergeil oder so was.)

Der Pointguard bringt also den Ball nach vorne, sagt die Spielzüge an und spielt den Pass zu den freien Leuten. Wie der Zehner beim Fußball, ungefähr. Und manchmal muss er auch selbst zum Korb ziehen oder von außen werfen, und deshalb braucht ein Pointguard nicht nur einen guten Blick für seine Mitspieler, sondern muss auch schnell sein und gut dribbeln können und über einen sicheren Wurf verfügen. Ich dagegen hatte in den vergangenen zwanzig Minuten kaum einen Ball versenkt.

»Wieso denn ich?«, flüsterte ich, als ich meine Sprache wiedergefunden hatte.

»Was glaubst du?«, fragte die Sichel.

»Keine Ahnung, hier auf dem Platz sind doch die meisten besser als ich.«

»Ich habe dich beobachtet«, meinte die Sichel. »Viel öfter, als du bemerkt hast. Du hast gutes Ballhandling. Und gute Übersicht.«

»Aber ich spiele doch nie. Und wenn, dann kriege ich von den anderen eigentlich nie den Ball.«

»Du läufst richtige Wege. Du siehst freie Räume. Aber noch wichtiger: Du forderst nicht Ball, wenn anderer besser steht. Du schreist nicht gegen andere. Du willst Erfolg für Team und nicht nur Erfolg für dich.«

In Wahrheit traute ich mich nur nicht, den Mund aufzumachen. Einen Augenblick überlegte ich, ob ich das jetzt klarstellen sollte, weil ich mich wie ein Hochstapler fühlte, aber genau genommen hatte ich gar nicht hochgestapelt, sondern die Sichel hatte nur etwas nicht richtig kapiert. Deshalb beschloss ich diesmal, den Mund zu halten. Nicht so wie vor ein paar Wochen im Supermarkt.

Da hatte ich mal mit einem Zehneuroschein gezahlt, aber das Wechselgeld auf zwanzig Euro zurückbekommen. Also hatte ich das Geld so schnell wie möglich in die Tasche gesteckt und gehofft, dass der Typ nichts merkt, aber meiner Mutter hab ich dann alles erzählt, und die hat mich danach sofort wieder zurück zum Kassierer geschickt. Und der hat das Geld einfach nur eingesackt und mir nicht mal einen Lolli spendiert dafür.

»Das passiert mir nicht noch mal«, hab ich mir da geschworen, »dass ich so blöd bin und alles erzähle.«

»Wir treffen uns morgen um drei auf dem Platz«, sagte die Sichel an diesem Tag noch. »Dann beginnt unser erstes Training. Wer eine Minute nach drei kommt, darf wieder nach Hause gehen.«

Am nächsten Tag peilte ich dann schon eine halbe Stunde früher durch das Loch im Zaun, um mich nicht zu verspäten. Außer mir war noch überhaupt niemand da. Deshalb schlenderte ich noch ein paar lässige Runden um den Block. Musste ja nicht jeder sehen, dass ich es mal wieder nicht abwarten konnte. Langsam trudelten dann immer mehr Leute ein. Als die Sichel den Platz betrat, kletterte auch ich durch die Lücke.

»Alle zusammenkommen«, rief die Sichel und stellte die Jungs der Reihe nach vor. Bei mir sagte er: »Das hier ist Luca, unser Pointguard.«

Ich hatte keine Ahnung, woher er meinen Namen kannte, aber eigentlich war es mir auch egal, Hauptsache, ich musste nicht selbst den Mund aufmachen.

Von den anderen Spielern kannte ich die meisten vom Sehen. Drei oder vier Türken waren dabei und einer, der Murat hieß, und Karim, der aus dem Senegal kam. Dann gab es einen Koreaner oder Japaner oder so was Ähnliches, der aber in akzentfreiem Deutsch sagte, dass er »Francis« hieß und »erst seit einem Jahr Basketball« spielte. Ein deutscher Junge gehörte auch noch dazu, zumindest glaubte ich das, weil er Heinrich hieß. Und ein Spanier oder Brasilianer oder so was war auch noch dabei, aber der war wahrscheinlich nicht ganz richtig im Kopf, weil er sich selbst »El Maestro« nannte. Vielleicht war er auch wirklich ein Meister. Zumindest war er der Einzige, den ich nicht schon vom Günni her kannte.

Von den anderen aber, die ich hier schon mal gesehen hatte, war keiner eine ganz große Nummer. Keiner hatte einen herausragenden Wurf. Keiner konnte explosiv zum Korb ziehen und alle waren mindestens zehn Zentimeter zu kurz. Im Vergleich zu Robins Team waren wir eine Gurkentruppe.

»Einen Center bekommen wir noch«, sagte die Sichel, als er meinen skeptischen Blick bemerkte.

Bis dahin erzählte er, dass wir ihn »Coach« nennen sollten, obwohl er wüsste, dass er bei uns nur »die Sichel« hieß.

»Und wie heißen Sie in echt?«, fragte Karim.

»Coach«, sagte er.

»Und weiter?«

»Nur Coach, mehr ist nicht nötig.«

»Haben Sie selbst mal gespielt?«, fragte Francis.

»Natürlich«, antwortete der Coach.

»In der NBA?«

»Natürlich nicht.«

»Dann in der Bundesliga?«

»Ihr seid auf Platz zusammen, nicht ich«, sagte der Coach. »Besser fragt euch selber.«

So richtig verstehen konnte ich nicht, warum er aus sich so ein Geheimnis machte. Vielleicht hatte er seine Gründe, aber eigentlich hätte ich die schon gerne gewusst. Ich meine, nicht nur die Gründe, sondern auch alles andere: wo er gespielt hatte und auf welcher Position, wieso er jetzt Hausmeister war und nicht Trainer und warum er sich um so eine Verlierertruppe kümmerte. Und nicht zum Beispiel um die Mannschaft von Robin.

Beinahe hätte ich ihn sogar gefragt, aber dann bog plötzlich Jana um die Ecke, und da schnürte sich bei mir sofort wieder die Kehle zu.

Jana kam direkt auf uns zu und hatte ein hellgrünes T-Shirt an und eine hellblaue Basketballhose und ihre ewig langen Beine steckten in ziemlich peinlichen Stoffturnschuhen.

»Euer Center«, sagte der Coach.

»Wie jetzt?«, meinte El Maestro entrüstet. »Mädchen können nicht werfen.«

»Sie kann«, antwortete der Coach.

»Aber ich spiele nicht mit Mädchen in einem Team.«

»Noch jemand möchte nicht zusammen mit Mädchen spielen?«, fragte der Coach. »Andere setzen sich hier auf die Bank.«

Am Ende stand El Maestro allein auf dem Feld herum und knetete seine Nase.

»Besser, du verlässt jetzt Basketballplatz«, meinte der Coach. »Wir müssen trainieren.«

»Flaschen«, murmelte El Maestro. »… keine Chance … ihr werdet so was von untergehen.« Dann schlurfte er zum Zaun und zeigte allen noch mal den Mittelfinger, bevor er sich durch die Lücke schlängelte und geräuschlos verschwand.

Wahrscheinlich war er echt nicht ganz dicht. Aber ein bisschen tat er mir auch leid, weil es bitter ist, wenn ein Traum so plötzlich zerplatzt, bloß weil man mal eine blöde Bemerkung macht und es danach nicht mehr schafft, den eigenen Müll wieder einzusammeln. Das heißt, ich nehme mal an, dass er das gerne getan hätte.

»Ich heiße Jana«, sagte Jana, als El Maestro verschwunden war, und der Coach sagte: »Jana ist unser Center. Und damit meine ich: nur unser Center. Nicht Freundin, nur Center. Ich will hier keine Flirts sehen. Keine Dates, kein Händchenhalten, kein Spazierengehen nachts im Park. Verstanden? Auch keine Liebesbriefe. Keine Liebesschwüre auf Anrufbeantworter. Keine Mails. Habt ihr kapiert?«

»Und was ist mit WhatsApp?«, fragte Francis.

»Mein Freund«, antwortete der Coach, »es ist nur ganz kurze Weg von Komiker bis zu Ersatzbank, solltest du immer dran denken. Und apropos kurze Weg: Wir brauchen bessere Kondition. Also, los geht's.«

Das Training sah dann so aus: Sprinten mit dem Ball von hinten bis nach vorne an die Dreierlinie, dann einen Korbleger machen, den eigenen Rebound holen, und danach ging es auf der anderen Seite exakt genauso wieder zurück. Eine Stunde immer im Kreis. Nach zehn Minuten war aus dem Sprinten bei jedem von uns eher ein Joggen geworden. Nach dreißig Minuten landete kein Ball mehr im Netz. Nach einer Dreiviertelstunde spürte ich meine Arme und Beine nicht mehr. Und kurz vor Schluss war ich mir nicht mal mehr sicher, ob ich das Training überhaupt überleben würde. So sehr pumpte meine Lunge nach Luft und so heftig pochte das Herz gegen den Schädel.

Anschließend sagte der Coach: »Noch jemand Lust auf Diskussion … nein? … sehr gut … also, ich rede … und kein Kommentar … von keinem … auch nicht von dir, Francis.«

»Klar, Chef«, sagte Francis, »für Sie und Jana tu ich alles, also, ich meine, für Jana natürlich noch mehr als für Sie …«

»Mund halten«, sagte der Coach, und dann redete er ungefähr eine halbe Stunde ohne eine einzige Pause. Seine Worte hörten sich an, als hätte er ewig lange daran gebastelt.

»Liebe Kinder«, begann er, als wären wir im Kaspertheater und nicht beim Basketball. Und dann redete er von »Team« und »Vertrauen« und »Einer für den anderen kämpfen« und so ein Zeug.

Ich denke mal, dass das Ganze eine Art Grundsatzrede war, weil wir das Thema Grundsatzreden nämlich gerade im Politikunterricht hatten. Dort stammten die Reden zwar von Winston Churchill und Barack Obama, und sie sollten auch immer gleich ein ganzes Land aufrütteln, aber ich vermute, dass auch ein Nichtpräsident so etwas sagen darf. Und dass es nicht unbedingt gleich um ein ganzes Land gehen muss. Allerdings kann ich das mit der Grundsatzrede auch nicht mit Sicherheit sagen, weil es echt nicht leicht ist, jemandem zuzuhören, wenn man sich vorher die Seele aus dem Leib gerannt hat. Deshalb ist meine Erinnerung daran vielleicht auch etwas lückenhaft.

Um ehrlich zu sein: Wahrscheinlich lag es auch daran, dass ich die ganze Zeit an Jana denken musste. Zum Beispiel, ob sie mich immer noch für einen Idioten hielt. Und was ich machen würde, wenn ich mich zwischen der Mannschaft und Jana entscheiden müsste, wo doch der Coach gesagt hatte, dass beides zusammen nicht geht. Aber das war vermutlich nur eine theoretische Frage. Bisher hatte sie mich jedenfalls komplett ignoriert.

Geht’s noch?

Kapitel 5

Für den nächsten Tag hatte uns der Coach dann eine Pause verordnet.

»Muskeln wachsen nicht bei Training. Muskeln wachsen bei Pause«, sagte er. »Ruhe ist wichtig.«

Damit war der Günni für uns gesperrt. Außerdem konnte ich mich sowieso kaum bewegen, so sehr schmerzte jede einzelne Faser. Ich surfte ein bisschen im Netz herum, aber weder unter Carl-Günter-Malsch-Schule noch unter »Hausmeister« oder »Sichel« fand ich irgendetwas zu unserem Coach. Ich fand auch nichts zu »Jana«, obwohl es bei Google über zweihundert Millionen Einträge zu diesem Namen gab. (Zum Beispiel eine Programmiersprache und einige Städte in Afrika und einen Asteroiden, der gerade irgendwo zwischen Mars und Jupiter durch das Weltall segelt.)

Auch zu Carl-Günter Malsch lieferte das Internet ein paar Hunderttausend Informationen: das Ranking aus der Zeitung und dass ihm die halbe Reeperbahn auf St. Pauli gehört und dass er seine erste Million damit verdient hat, dass er für kleines Geld in der Lüneburger Heide einen Güterzug mit verfaulenden Zuckerrüben aufgekauft hat, die niemand mehr haben wollte. Die hat er in Polen zu Schnaps brennen lassen und den Fusel dann nach Schweden verschifft. Es gab auch mal eine Anklage wegen Bestechung gegen ihn und eine wegen Glücksspiel und eine Verwicklung in einen Bauskandal. Kein Wunder, dass er das Bedürfnis gehabt hatte, seinen Namen durch eine Schule etwas aufzupolieren.

Von diesem Typen gab es auch jede Menge Fotos. Er war so ein grober, aufgequollener Fettsack und trotzdem meistens in Begleitung irgendwelcher blonden, schönen, halb angezogenen Frauen. Auf einem Bild war auch unser Coach mit drauf. Mehr so im Hintergrund, aber immerhin.

Vielleicht bei einem Fest in der Schule, dachte ich, da muss man als Hausmeister ja schon mal Anwesenheit zeigen. Dagegen sprach aber, dass ich noch nie eine Lehrerin gesehen hatte, die so wenig anhatte wie die Frauen auf diesem Bild.

Irgendwann bin ich dann in die Stadt gegangen, um eine Runde durch das größte Sportgeschäft in Hamburg zu drehen. Der Laden liegt im Einkaufszentrum am Ende der Fußgängerzone, ganz oben in der zweiten Etage. In der Regel gehe ich ungefähr einmal im Monat dorthin, um zu schauen, ob es irgendetwas Neues gibt in der Basketballabteilung. Wobei das mit Abteilung ein klein wenig übertrieben ist. Eigentlich sind es nur drei Regale neben der Rolltreppe, und dahinter kommt schon der riesige Outdoor-Wander-Trekking-Bereich mit mindestens dreißig Reihen Anoraks und olivgrünen Wanderschuhen und karierten Hemden, die aussehen wie die Gardinen in unserer Küche.

Die Leute in dem Geschäft kennen mich schon, weil ich eben so oft herkomme, aber nie etwas kaufen kann, weil mein Taschengeld dafür leider nicht reicht. Wahrscheinlich hat mich der Hausdetektiv deshalb auch schon mal in sein Büro geschleift, das hinter einer Tapetentür im Gang mit den Umkleidekabinen liegt. Der Typ ist so ein braun gebrannter Muskelmann-Glatzkopf mit schwarzen Klamotten, einer fetten Speckrolle im Nacken und einem Brilli im Ohr. Zuerst hat er mich gezwungen, alle meine Sachen auszuziehen, bis auf die Unterwäsche, und dann hat er noch alle Taschen ausgeleert und umgedreht und gesagt: »Ich weiß, was du vorhast, mein Freund. Irgendwann erwische ich dich, ich hab dich immer im Auge.«

Als ich meiner Mutter davon erzählte, hat sie gemeint, dass er so was überhaupt gar nicht darf und dass sie jetzt gleich zur Geschäftsleitung gehen und sich beschweren würde. Hat sie dann aber doch nicht gemacht, ich schätze, weil sie tierisch Respekt hat vor Polizisten und solchen Leuten.

Dafür habe ich aber herausgefunden, wie man den Muskelmann ärgern kann. Immer wenn ich von meiner Mutter ein neues Hemd oder T-Shirt bekomme, gehe ich damit in dieses Sportgeschäft. Und in der Umkleide ziehe ich das neue Teil unter meine alten Klamotten. So, dass das Preisschild unten herausbaumelt. Dann dauert es meistens keine Minute, bis der Detektiv angetobt kommt und ruft: »Ha! Hab ich dich endlich, Freundchen.«

Danach untersucht er das Kleidungsstück so penibel wie die Restaurantkritiker das Essen in den Kochshows, die meine Mutter immer im Fernsehen schaut, und dabei sieht er aus wie ein Dampfkochtopf, der gleich explodiert, und am Ende muss er eine Entschuldigung murmeln, und ich sage: »Bitte, ich versteh Sie nicht, können Sie vielleicht etwas lauter reden.« Dann muss er seinen Spruch noch einmal wiederholen.

Zwei Mal hat das jetzt schon geklappt, und seitdem grüßen mich auch die Verkäuferinnen immer ganz freundlich. Wahrscheinlich können sie den Typ genauso wenig leiden wie ich.

Noch besser wäre natürlich, wenn ich dazu einen coolen Spruch raushauen könnte, aber das funktioniert bei mir eben nicht.

Wenn jemand vor mir steht, löst sich sofort jeder Gedanke auf in meinem Kopf. Da kann ich mir vorher so viele coole Ansagen überlegen, wie ich will.

Das war an diesem Tag auch nicht anders. Da rauschte plötzlich Jana durch die Drehtür. Ich hatte überhaupt keine Chance mehr abzutauchen, weil sie gleich auf mich zusteuerte mit ihren Beinen, die mir mindestens bis zur Taille gehen.

»Hey.« Sie strahlte. »Ich darf mir richtige Basketballschuhe kaufen. Was machst denn du hier?«

»Ich … ähm … ich … auch«, stotterte ich, obwohl das total idiotisch war, weil ich gerade für jeden sichtbar in der Drahtbox mit den billigen Bällen wühlte.

Für einen Moment standen wir uns gegenüber und sahen uns an. Über das hüfthohe Gitter hinweg, ohne etwas zu sagen. Zuerst lachte sie noch ihr unfassbar breites, fröhliches Lachen, aber das wurde dann langsam schmaler, bis davon nichts mehr übrig war.

Wahrscheinlich fühlen sich Spione so, wenn sie enttarnt werden und keine Ausreden mehr haben und auch keine Chance auf einen Rückzug. Normalerweise bleibt einem da nur noch der Angriff. So ist es jedenfalls in meinem Leben immer gewesen. Solange ich wegrennen konnte, bin ich gerannt. Aber wenn weglaufen nicht mehr ging, bin ich wie ein Ochse nach vorne gestampft. Ohne noch mal nach rechts oder links zu sehen.

»Klingt grässlich, meine Stimme, oder?«, fragte ich.

»Na ja … schon … irgendwie«, sagte sie, aber in ihrem Gesicht war kein Entsetzen und nicht mal Belustigung oder so was. »Ist mir aber echt egal«, behauptete sie, »ich meine, wie du klingst … Ehrlich. Solange du nicht gerade was total Blödes sagst.«

»Blödes sagen kann ich auch richtig gut«, meinte ich.

»Vielleicht kannst du mir ausnahmsweise mal schlau bei meinen neuen Schuhen helfen.«

Das klingt vielleicht etwas seltsam, aber das Komische an der Sache mit meiner Stimme ist: Wenn ich erst mal anfange zu reden, vergesse ich ganz schnell, wie sie klingt. Das ist ungefähr wie beim Tauchen im Schwimmbad, wo man unter Wasser an gar nichts anderes denken kann als ans Atmen. Aber sobald man dann wieder aufgetaucht ist und normal atmen kann, vergisst man sofort wieder, dass man überhaupt atmet. Reden funktioniert ähnlich: Bevor ich was sage, kann ich an gar nichts anderes denken als an meine grässliche Stimme, und dann schaff ich es nicht, den Mund aufzumachen. Aber wenn ich es dann trotzdem tue, höre ich sie überhaupt nicht mehr. Na ja, meistens jedenfalls. Erst danach ist sie mir dann wieder ganz übel peinlich.

Zum Glück sind Basketballschuhe mein absolutes Spezialgebiet. Andere Jungs kennen sich vielleicht bei den irrationalen Zahlen aus oder in der Geschichte der Französischen Revolution oder was wir sonst gerade in der Schule behandeln. Und ich weiß halt bei Basketballschuhen Bescheid. Ich kenne von den großen Marken jedes Modell, das in den letzten fünfzehn Jahren hergestellt wurde. Jede Sonderedition. Von jedem NBA-Spieler. Schuhe, die über tausend Dollar im Internet kosten. Und andere, die besonders leicht sind oder besonderen Grip haben oder besonderen Halt für den Knöchel bieten, je nachdem, ob man als Pointguard, Forward oder Center unterwegs ist und ob man in der Halle spielt oder eher draußen. Es gibt Styler-Schuhe, die nichts anderes können, als gut auszusehen. Es gibt billige Lederschuhe, die nur Mütter toll finden, weil Mütter echt keine Ahnung von Sportschuhen haben und immer irgendwas Stabiles für ihre

Kinder wollen. Und es gibt Hightech-Schuhe mit Karbonrahmen und Luftdämpfung und einer Super-Grip-Sohle, die übertrieben viel kosten, aber trotzdem jeden Cent wert sind. Wenn man mich fragt.

Meine Mutter findet meine Beschäftigung mit Basketballschuhen eher »nutzlos«. »Wenn du nur ein Mal genauso viel Energie in deine Hausaufgaben stecken würdest«, sagt sie manchmal mit ihrem Leidensblick, »dann wärst du bestimmt richtig gut in der Schule.«

Ich finde das Wissen aber überhaupt nicht nutzlos, weil es nämlich in unserer Schule so ist, dass Schuhe beweisen, ob du Plan hast oder nur ein Denker bist. Die richtigen Schuhe sind mindestens so wichtig wie die richtige Musik. Eher noch wichtiger, weil die Spinner, die irgendwelches unbekannte Indie-Gehacke hören, nur um sich cooler zu fühlen, auch nicht ganz dicht sind im Kopf. Mit den richtigen Schuhen ist es jedenfalls ganz egal, was du trägst oder hörst und ob du Markenklamotten hast oder dich aus der Kleidersammlung bedienst. Und vor allem ist es egal, ob du redest oder überhaupt nichts sagst, weil mit den richtigen Schuhen ein Schweigen gleich mal viel schlauer klingt. Außerdem könnte ich später Produktentwickler bei Nike oder Adidas werden oder Zollfahnder für gefälschte Schuhe und dann hätte ich auf jeden Fall schon mal richtig Ahnung von dieser Sache.

Leider ist es so, dass man hier in Hamburg echte Schwierigkeiten hat, gute Basketballschuhe zu finden. Und besonders schwierig ist es, wenn man dann noch ein Kind oder eine Frau ist, weil es die richtig guten Schuhe nur für Männer gibt. Also erst ab ungefähr Schuhgröße 42.

Zum Glück waren Janas Füße Ruderboote. Ich schätze mal 44. Mindestens. Und das als Mädchen mit dreizehn Jahren. In 44 hatte der Laden mehr als zwanzig Modelle zur Auswahl.

Ich brauchte dann ungefähr zwanzig Minuten, um Jana davon zu überzeugen, dass Retro-Sneakers im Siebzigerjahre-Look überhaupt nicht gingen, weil sie sonst nämlich genauso gut Wanderstiefel hätte kaufen können, so schwer und steif, wie die waren. Am Ende entschied sie sich für ein Paar von diesen dunkelblauen, ultraleichten Hightech-Schuhen mit der neusten Boost-Dämpfung, um die ich Jana bestimmt das nächste halbe Jahr beneiden würde.

Gemeinsam verließen wir danach das Geschäft. Direkt vor der Tür führte eine Rolltreppe runter zum Foyer, und dort war ein Wasserbecken mit Springbrunnen und künstlichen Reispflanzen und einer flachen Mauer, auf die man sich setzen konnte. Ein Schwarm Goldfische paddelte zwischen den Pflanzen herum, und der Boden des Beckens war übersät mit kleinen Münzen, die irgendwelche Touristen dort immer versenkten. Rückwärts über die Schulter, warum auch immer. Wir setzten uns auf die Umrandung. Außer uns war um diese Zeit nur eine Rentnerin da, die sich vom Schleppen ihrer Einkaufstaschen erholen musste.

»Jetzt … nur mal theoretisch«, fing ich an, »glaubst du, der Coach meint es ernst damit bei dir? Keinen Freund zu haben aus dem Team und so?«

»Schon«, antwortete Jana.

»Und was würdest du machen, wenn du dich doch in einen verliebst?«

»Du meinst, theoretisch?«

»Genau … theoretisch …«

»Ich schätze, dann wäre mir Basketball wichtiger. Der Coach würde mich sonst doch nach Hause schicken.«

»Glaub ich nicht. Er schickt eher den Jungen nach Hause. So wie er auf dich aufpasst. Als wäre er dein Vater oder so was.«

»Das hätte mir noch gefehlt.« Jana sah ehrlich entrüstet aus, wie sie ihre Stirn in Falten schob und die Augen verschattete, und die Zähne hatte sie auch aufeinandergebissen.

»Wie ist denn dein Vater?«, fragte ich.

»Keine Ahnung, ich kenn ihn nicht.«

»Du weißt nicht, wie er heißt?«

Jana schüttelte stumm ihren Kopf.

»Aber du hast doch eine Mutter, hat sie dir nichts erzählt?«, fragte ich.

»Ich lebe bei Pflegeeltern. Und die wissen nichts von meinen richtigen Eltern. Behaupten sie. Angeblich hat mich ein Mann beim Pfarrer unserer Gemeinde abgegeben, als ich drei Jahre alt war. Und der Pfarrer hat dann meine Eltern gefragt, ob sie mich aufnehmen würden, bis der Mann wiederkommt.«

»Ist aber nie passiert«, hakte ich nach.

»Nie.«

»Aber dann kannst du doch den Pfarrer fragen.«

»Beichtgeheimnis. Der Pfarrer erzählt mir auch nichts.«

»Ist das sehr schlimm?«, fragte ich. »So gar nicht zu wissen, woher man kommt?«

»Interessiert mich nicht, woher ich komme … und dich muss es auch nicht interessieren.«

Wie jetzt?

Kapitel 6

Als ich am nächsten Tag nach der Schule auf dem Günni erschien, hatte sich die Stimmung verändert. Ich weiß auch nicht, wie ich das sagen soll, aber man konnte das richtig mit Händen greifen. Schon auf den ersten Metern, als ich durch das Loch im Zaun kletterte. Irgendwie fieser. Feindseliger. Als ob es plötzlich gar nicht mehr um Basketball ging. Sondern nur noch darum, den anderen fertigzumachen. Natürlich hat es auch früher immer mal Stress gegeben. Und den Gegner mit einer coolen Beleidigung aus dem Tritt zu bringen, gehört ja auch irgendwie zum Basketball. Aber an diesem Tag fühlte sich alles anders an. Die anderen Spieler waren nicht mehr die Kumpel, mit denen man Spaß hatte beim Zocken. Sondern die Gegner, die verhindern wollten, dass man seinem Traum ein Stück näher kam. Das war überhaupt nicht mehr sportlich. Als hätte der Night Move alles vergiftet.

Es fing damit an, dass ich an meinem Wurf feilte und aus den Augenwinkeln mitbekam, wie die anderen Spieler auf dem Platz plötzlich auf mich zukamen. Die meisten gehörten zu Robins Mannschaft. Auch er selbst war dabei. Von unserem Team war noch keiner zu sehen. Ich tat so, als ob ich überhaupt nichts bemerken würde, und konzentrierte mich auf den Wurf, aber es ist schon ziemlich schwierig zu treffen, wenn man zwanzig Augenpaare im Rücken spürt.

»Ham wir dir nicht schon mal gesagt, dass wir den Platz brauchen?«, sagte irgendwann einer von denen. »Alter, wir bereiten uns hier auf das Turnier vor, also verpiss dich.«

Ich tat so, als hätte ich nichts gehört, und versuchte weiter, jeden Wurf zu versenken, aber der Kreis um mich wurde immer enger, und dann schnappte sich jemand den Rebound und gab den Ball nicht wieder her.

Stattdessen warf er ihn zu einem anderen Jungen und der zum nächsten, und dabei johlten sie, immer wenn ich ganz kurz davor war, den Ball zu erreichen. Wie der bescheuerte Hase in der Geschichte mit dem Igel. So bin ich hin und her gerannt und war dabei immer zu spät. Irgendwann ist mir dann eine Sicherung durchgebrannt, und ich habe nur noch geschrien: »Ihr verdammten Arschlöcher, ihr Säcke … wenn ich nicht sofort den Ball habe … ich mach Kotelett aus euch … so platt hau ich euch. Dass euch eure Mutter vom Asphalt kratzen kann.«

Also, zumindest wollte ich so was schreien. Aber wie immer hat sich meine Stimme dabei überschlagen, sodass eigentlich nur ein Piepsen zu hören war, und die anderen haben mir natürlich nicht den Ball wiedergegeben, sondern sich totgelacht.

»Hu, jetzt hab ich aber Angst«, sagte der, der gerade meinen Ball in den Händen hielt. Es war der Center in Robins Mannschaft. Groß und breit wie eine Litfaßsäule. Und ungefähr genauso beweglich.

Ich glaube nicht, dass das jemand verstehen kann, der eine andere Stimme hat als ich, weil es nämlich so ist, dass man in solchen Situationen einfach immer das Opfer ist. Egal, was man macht. Wenn ich den Mund halte, denken die anderen, dass sie mich sowieso immer rumschubsen können. Und wenn ich was sage, denken sie das erst recht. Ich merke dann immer, wie bei mir zuerst so ein ohnmächtiges Gefühl von unten nach oben steigt, und danach kocht die heiße Wut hoch, und die überschwemmt mich quasi von innen, sodass ich überhaupt nichts mehr denken kann. Nur noch Augen zu und drauf. Wie gesagt: mit gesenktem Kopf, wie ein Ochse, ohne nach rechts oder links zu schauen.

Mit Anlauf und voller Wucht rammte ich der Litfaßsäule meinen Kopf in den Magen, dass der Kerl nur noch »hppft« machen konnte und dann wie ein Taschenmesser zusammenklappte. Der Ball rutschte ihm aus der Hand und für einen Augenblick war alles still auf dem Günni. Nur der Ball war zu hören. Wie er über den Platz hoppelte, immer schneller und leiser, bis er schließlich zwischen den Büschen verschwand.

»Alter, ich glaub's nicht, da bettelt einer um Schläge«, sagte schließlich jemand in meinem Rücken, und in dem Moment spürte ich schon einen brutalen Schmerz in den Rippen und einen unter dem Auge, und dann verschwamm irgendwie alles. Ich schlug nur noch wild und besinnungslos um mich. Wie ein blinder Boxer, ohne zu zielen. Und ich schätze mal, auch ohne zu treffen. Die anderen erwischten mich dafür umso öfter. Am Hinterkopf, auf der Nase, am Hals, keine Ahnung, zum Schluss trat mir dann jemand in die Kniekehlen, dass ich nach hinten kippte und mir beim Hinfallen auf die Zunge biss. Ich schmeckte Blut, ich glaube, mir wurde ein bisschen schwarz vor den Augen, dann hörte ich, wie die Stimme unseres Coachs über den Platz donnerte und dabei schnell näher kam.

»Auseinander«, brüllte er, während er das Knäuel entwirrte.

»Er hat echt angefangen«, sagte Robin und deutete auf mich.

»Und …?«, fragte die Sichel und schaute in mein Gesicht.

»Die Typen haben meinen Ball geklaut und wollten ihn nicht mehr hergeben.«

»Und das ist Grund, sich den Kopf einzuhauen?«

»Finde ich schon«, meinte ich.

»Auf jeden Fall Veranstaltung ist zu Ende«, sagte die Sichel. »Alle Mann gehen nach Hause … sofort … außer du, Luca. Mit dir ich muss noch reden.«

Als die anderen verschwunden waren, schaute mich der Coach eine ganze Weile an, ohne etwas zu sagen. Ich glaube, er versuchte, streng auszusehen, aber besonders gut war er nicht darin. Vielleicht ist ihm sogar ein ganz kurzes Lächeln durch das Gesicht gehuscht, aber beschwören kann ich das nicht.

»Ehrlich«, sagte ich, »das ging jetzt nicht anders.«

»Du weißt, Schlägerei ist keine Lösung.«

»Weiß ich.«

»Und Gewalt macht nur wieder Gewalt?«

»Weiß ich.«

»Und zerrissenes Hemd und ausgeschlagener Zahn sind zehnmal teurer als neuer Basketball?«

»Hier geht's aber nicht ums Geld.«

»Aber geht es um Vernunft.«

»Coach, ich weiß, dass Ihnen so was nicht passiert, aber so einer wie ich muss sich halt manchmal wehren. Sonst bin ich immer der Dumme.«

»Du glaubst, ich kenne das nicht?«, fragte der Coach. »Irrtum, mein Freund, ich kenne das besser, als du dir vorstellen kannst. Aber ich habe gelernt: Bei Schlägerei du gewinnst nie. Wehren ist gut. Schlagen ist Schwäche.«

»Und was ist, wenn man sich nicht anders wehren kann?«

»Geht immer anders. Aber Mut ist gut. Denselben Mut will ich von dir sehen beim Spiel.«

»Wie jetzt? Das versteh ich nicht.«

»Du musst mutig sein beim Basketball«, erklärte er. »Eigenen Korb beschützen. Team beschützen. Ball angreifen. Kämpfen, wenn du denkst, du hast schon verloren. Mit dem Herz von Löwen, das meine ich.«

Dabei hatte ich ehrlich gesagt überhaupt nicht das Herz eines Löwen gehabt. Mir war einfach nur eine Sicherung durchgebrannt.

»Und jetzt lauf nach Hause«, sagte er noch, »du siehst aus wie Zombie. In zehn Minuten beginnt das Training hier.«

»Zu Hause ist aber niemand«, antwortete ich.

»Dann frag bei Jana«, sagte er, »sie wohnt drüben, gegenüber, auf andere Straßenseite.« Dann entfernte er sich mit schnellen Schritten in die entgegengesetzte Richtung.

Ein bisschen wunderte ich mich schon, woher er das jetzt mit Jana wusste, aber natürlich bin ich sofort rübergelaufen und habe mit klopfendem Herzen geklingelt, und Jana hat auch sofort die Tür aufgerissen, aber reagiert hat sie dann ganz anders, als ich erwartet hätte. Ich meine, sie hätte wenigstens ein bisschen erschrocken schauen können. Oder »Großer Gott, was ist dir denn passiert?« sagen können. Stattdessen sah sie mich an, als wäre ich ein Haufen Hundescheiße, in die sie gerade mit ihren neuen Sneakers getreten wäre. Und jetzt müsste sie das stinkende Zeug wieder aus den Rillen der Profilsohle kratzen.

»Ganz hinten, letzte Tür«, zischte sie, und dann ließ sie mich einfach stehen und verschwand wortlos in einem Zimmer. Nicht mal »Hallo« oder »Wie geht's dir?« oder so was.

Zuerst stand ich etwas ratlos im Flur herum und wusste nicht, was ich tun sollte. Dann ging ich langsam den Gang hinunter.

Hinter der letzten Tür war ein Bad. Was ich dort im Spiegel sah, hatte echt keine Ähnlichkeit mehr mit meinem Gesicht. Unter dem einen Auge war eine heftige Schwellung und die Unterlippe war dick wie ein Schlauchboot und von dort lief ein getrockneter roter Faden runter zum Kinn und wahrscheinlich kamen daher auch die vielen roten Kleckse auf meinem T-Shirt. Ich hielt meinen Kopf unter den Wasserhahn und wischte mir das Blut mit Klopapier ab, und dann drehte ich das T-Shirt nach hinten, sodass die fleckige Seite auf dem Rücken war. So richtig seriös sah ich trotzdem nicht aus. Aber vielleicht etwas weniger scheußlich.

Ich klopfte an die Tür, hinter der Jana verschwunden war. Nichts rührte sich. Ich klopfte noch einmal, dann konnte man Schritte hören und das Quietschen einer Schranktür, und nach einer Weile kam Jana in ihren Sportklamotten und den neuen Schuhen aus dem Zimmer gefegt und würdigte mich mit keinem Blick.

»Was ist denn los?«, fragte ich.

Sie gab mir keine Antwort.

»Ich kann nichts dafür«, sagte ich. »Ehrlich, das war echt nicht meine Schuld.«

»Ich hab aber genau gesehen, wie du auf den dicken Kerl losgegangen bist«, antwortete sie.

Dabei schaute sie mich wieder mit diesem durchdringenden Hundescheißeblick an, sodass ich innerlich zu einem braunen Häufchen schrumpfte. Ich glaube, selbst meine Mutter hat mich noch nie so vernichtend angeschaut. So voller Widerwillen und von oben herab.

»Ich kann trotzdem nichts dafür«, stotterte ich, aber ich muss zugeben, dass es nicht sonderlich überzeugend klang. »Außerdem fand's der Coach auch nicht so schlimm.«

»Was der Coach findet, interessiert mich aber nicht«, sagte Jana, während sie aus der Wohnung stürmte und mit energischem Schritt zum Trainingsplatz stampfte.

Auf dem Platz stand zum Glück keiner mehr von Robins Mannschaft herum. Dafür waren jetzt schon fast alle aus unserem Team versammelt. Ein paar von ihnen feixten, als sie mich sahen. Wahrscheinlich wegen der dicken Lippe. Ich versuchte, die Blicke zu ignorieren, dann erschien unser Coach auf dem Platz. In der Hand hielt er ein Bündel Papiere.

»Alle zusammenkommen«, rief er und deutete auf die Bänke. Dann erklärte er uns, wie das mit dem Night Move eigentlich funktionierte. Insgesamt würde es sechzehn verschiedene Turniere geben an sechzehn verschiedenen Orten in Deutschland und das Finale würde in Berlin stattfinden und der Gewinner würde dann nach Amerika fahren.

»Das Hamburg-Turnier«, sagte der Coach, »ist genau hier auf unserem Platz, wo wir stehen. Das ist gute Nachricht.«

»Und die schlechte?«, fragte Francis.

»Die schlechte ist: Nur der Gewinner von unserem Turnier fährt nach Berlin. Und zweite schlechte Nachricht: Das Turnier ist schon in vier Wochen. Wir müssen tausend Prozent steigern. Jeden Tag tausend Prozent … Aber zuerst wir brauchen noch einen Namen für unser Team. Habt ihr Vorschläge, bitte.«

Murat war für »Gururlu Aslan« oder so ähnlich, was angeblich »stolze Löwen« heißt. Karim fand Gururlu Aslan »stolzen Bockmist« und hielt »Black Panthers« für angemessen. Dabei streckte er seine Faust zum Himmel. Francis schlug »Hot Shots« vor, weil wir »heiße Schüsse abfeuern« und weil es einen Film mit dem Namen gibt, in dem »lauter verrückte Spinner die Welt aufmischen«.

»Ich bin für ›Schlamm‹«, piepste ich.

»Wie bitte?«, fragte der Coach.

»Schlamm. Wie Matsch. Schlamm eben.«

Für eine Weile sagte niemand mehr was. Alle schauten mich an mit offenem Mund. Wahrscheinlich weil sie vorher noch nie gehört hatten, dass ich auch mal was sagte.

Irgendwann fragte der Coach: »Wie jetzt? Schlamm? Schlamm ist doch kein Name für ein Basketballteam.«

»Wir sind der Schlamm«, erklärte ich. »Der Rest, den niemand haben will. Der Dreck, der übrig geblieben ist.«

»Yo, Mann«, sagte Francis, »und später bleiben dann alle im Schlamm stecken und kommen nicht weiter.«

»Außerdem ist Schlamm rückwärts gelesen Malsch«, sagte Jana. »So wie die Schule hier. Na ja, jetzt nicht exakt, aber irgendwie schon ein bisschen.«

»Schlamm«, meinte der Coach und zog dabei das Wort wie Kaugummi auseinander. »Na gut, also wir heißen Schlamm, da gibt es wenigstens kein Team auf der Welt mit demselben Namen.«

Alle anderen Spieler nickten dazu, und der andere Deutsche, der Heinrich hieß und bisher auch noch nie den Mund aufgemacht hatte, meldete sich und sagte: »Ich kann Trikots besorgen, mein Onkel arbeitet in einer Textilagentur. Die haben dort immer Trikots rumliegen. Aus Vietnam. Kistenweise.«

»Aber ich will eins mit Namen und Nummer«, sagte Francis.

»Da gibt's auch so ein Gerät zum Bedrucken«, antwortete Heinrich.

»Mir gehört die Nummer 14«, sagte Karim.

»Bist du blöd, Alta«, meinte Murat, »die 23 is' cool. Oder die 6. Aber doch nich so 'ne voll kranke 14.«

»Ruhe«, donnerte der Coach, »ist bestimmt unendlich wichtig, aber jetzt beginnt unser Training. Und Training heißt: rennen. Nicht quatschen.«

Dann scheuchte er uns wieder über den Platz, bis keiner mehr kriechen konnte. Wir übten das Fast-Break-Spiel durch die Mitte und den Pass auf den Flyer und noch ein paar andere Varianten, die ausgleichen sollten, was uns an Können fehlte.

»Wenn andere schnellere Beine haben«, sagte der Coach, »wir müssen schneller sein in Kopf. Wenn andere größer sind, wir müssen spielen, dass Größe nicht wichtig ist. Wenn andere besseren Spieler haben, wir müssen die bessere Mannschaft sein. Das ist Basketball. Nicht die besseren Spieler gewinnen. Sondern immer das bessere Team.«

Eigentlich hatte ich keine Ahnung, wie man schneller im Kopf wurde. Oder wie man spielen musste, damit Größe nicht wichtig war. Aber nach allem, was heute passiert war, traute ich mich nicht mehr, danach zu fragen. Außerdem schienen die anderen kein Problem mit diesen Sätzen zu haben. Keiner wollte dazu etwas sagen. Auch Jana nicht.

Sie verschwand nach dem Training ohne irgendein versöhnliches Zeichen. Ich wartete, bis alle gegangen waren. Dann machte ich mich mit einem mulmigen Gefühl auf den Heimweg. Noch hatte ich keine Idee, wie ich das zerbeulte Gesicht meiner Mutter erklären sollte.

Alles anders

Kapitel 7

Es gibt viele Momente, in denen ich weiß, dass es auf der ganzen Welt keine bessere Mutter gibt. Zum Beispiel, wenn ich mal wieder mit einer schlechten Note in Deutsch nach Hause komme. Deutsch ist echt nicht mein Fach. Jetzt von den Noten her. Dabei finde ich eigentlich, dass meine Aufsätze gar nicht so übel sind, aber mein Lehrer hat da eine andere Meinung. Jedenfalls schreibt er immer so ein Zeug unter die Arbeit wie: »Leider sind deine Ausdrucksformen wieder mangelhaft.« Oder: »Das Wort ›gibts‹ gibt es nicht!« Oder: »So eine Sprache gehört nicht in ein Arbeitsheft. Wenn du glaubst, mit deinen Freunden auf diese Weise reden zu müssen, ist das deine Sache. In einem Deutschaufsatz will ich das Wort ›geil‹ niemals sehen.«

Dabei rede ich ja überhaupt nicht. Und Freunde habe ich auch nicht.

Ich habe dann angefangen, jeden Tag ein Fremdwort zu lernen, und die Worte strebermäßig intellektuell in meine Aufsätze eingebaut, aber geholfen hat mir das bei den Noten auch nicht. Vielleicht würfelt der Lehrer am Anfang von jedem Schuljahr die Note aus, habe ich schon mal gedacht, und das Ergebnis zieht er dann gnadenlos durch, egal, wie sehr man sich anstrengt.

Die meisten Eltern jedenfalls würden bei meinen Deutschnoten sofort anfangen, Fragen zu stellen. Oder sie würden gleich die Playstation einkassieren oder Computerspielen verbieten oder

Unsummen an Geld rausschmeißen für einen oberschlauen Nachhilfelehrer.

Meine Mutter reagiert cooler. Wenn sie weiß, dass ich eine Deutscharbeit zurückbekomme, überlegt sie sich für den Abend immer was Tolles. Dann gehen wir auf die Eisbahn zum Schlittschuhlaufen oder ins Erlebnisbad oder radeln, wenn es dunkel ist, runter zum Hafen und machen auf einer der verrotteten Kaimauern ein »Mitternachtspicknick«.

»Damit du mal auf andere Gedanken kommst, mein Junge«, sagt sie dann, während wir auf die großen, beleuchteten Containerschiffe schauen, die in den Hafen laufen. Und die Deutschnote erwähnt sie mit keinem Wort.

Einmal habe ich sie gefragt, ob ihr meine Noten vielleicht egal sind, aber da hat sie gesagt: »Natürlich nicht, Luca. Aber in Deutsch finde ich, dass dein Lehrer keine Ahnung hat. Bei uns in der Redaktion gibt es Reporter, die schreiben schlechter als du. Und in den anderen Fächern gibt es nur zwei Möglichkeiten: Entweder du ärgerst dich selbst über deine Zensuren. Dann tust du auch was, damit sie beim nächsten Mal besser werden. Oder dir gehen sie, wie du sagen würdest, am Arsch vorbei. Dann ändert sich daran auch nichts, wenn ich dich mit meinen Fragen quäle.«

So ungefähr reagierte sie jetzt auch bei meinem Gesicht. Bevor ich noch etwas sagen konnte, hatte sie einen Eisbeutel in der Hand, und während ich auf dem Sofa lag und die Backe kühlte, lief sie runter zur Videothek, um »uns beiden einen schönen Film« zu besorgen. Kein Vorwurf. Keine einzige Frage. Vielleicht wollte sie auch nur, dass ich sie nicht anlügen musste, und hat deshalb gar nicht erst nachgefragt. Obwohl sie sich wahrscheinlich echt

Sorgen gemacht hat. Ich glaube, es gibt nicht viele Eltern, die in so einer Situation den Mund halten können.

Der Film hieß dann »Brokeback Mountain« und war definitiv nur was für Mütter, aber dafür hatte sie mir einen Eimer Popcorn mitgebracht. War aber auch keine richtige Freude, das Zeug zu essen mit den geschwollenen Lippen.

Beim Basketball störten mich die Blutergüsse nicht. Jeden Tag stand ich jetzt mindestens drei Stunden auf dem Günni. Zusammen mit dem Rest meines Teams. Wir feilten an unserem Ballhandling und unserer Wurftechnik und übten Laufwege für die Spielzüge, die sich die Sichel ausgedacht hatte, und das Überraschende daran war: Alles, was wir machten, funktionierte auch irgendwie. Obwohl die meisten von uns eigentlich eher Grobmotoriker waren. Ich glaube, das war das erste Mal, dass ich so richtig Respekt bekam vor unserem Coach.

Davor war ich mir eigentlich noch nicht sicher gewesen, ob er überhaupt Ahnung hatte vom Basketball. Warum hätte er sich sonst so eine Gurkentruppe zusammengestellt? Aber mit jedem Tag, an dem wir trainierten, wurde klarer, dass er wusste, was er da tat. So als wären alle unsere Talente nur tief in uns verschüttet gewesen, und er legte sie jetzt Schicht für Schicht wieder frei.

Karim zum Beispiel hatte zwar einen bescheidenen Wurf, aber eine unglaubliche Energie. Er war ein kleines, quadratisches Kraftpaket, ungefähr wie die Männer beim olympischen Hundertmetersprint. Nur der Ball kam bei ihm manchmal nicht hinterher. Stundenlang musste Karim deshalb in diesen Wochen das Dribbling üben. Mit der rechten Hand, mit der linken Hand, mit verbundenen Augen, mit zwei Bällen, hinter dem Rücken und immer wieder im vollen Sprint.

»Ich will von dir Hunde-Dribbeln sehen«, sagte der Coach. »Kannst du denken, was ich meine damit?«

»Dass ich ein krummer Hund bin?«, fragte Karim.

»Du sollst flach wie ein Dackel dribbeln. Und energisch wie ein angreifender Pitbull.«

»Aber ich hasse Hunde.«

»Dann mach Black-Panther-Dribbeln, ist mir egal, Hauptsache, du dribbelst härter und flacher.«

Die nächsten zwei Wochen sah man Karim dann nur noch in gebückter Haltung und mit einem Ball in der Hand. Er dribbelte auf dem Schulweg, er dribbelte in den Pausen, und wenn er für seine Mutter einkaufen ging, trug er in einer Hand die Tasche und mit der anderen dribbelte er seinen Ball im Slalom um Parkuhren oder Verkehrsschilder oder auf die weißen Felder der Zebrastreifen. So schnell er konnte und niemals höher als die eigene Wade. Es dauerte nicht lange, dann war er eine echte Waffe geworden. Er traf zwar den Korb immer noch nicht, sobald er weiter weg stand als ein bis zwei Meter. Aber wenn er in die Zone zog, konnte ihn keiner stoppen. Selbst unser Coach mit seinen Monsterarmen hatte gegen ihn keine Chance.

Heinrich dagegen war das genaue Gegenteil. Heinrich schleppte zehn Kilo zu viel mit sich herum und sah immer aus wie ein Streber: Normalerweise hatte er braune Halbschuhe an und ein gestreiftes Polohemd mit Kragen und eine kurze Rentnerhose aus grauem Stoff. Jeden Tag dasselbe Outfit. Die Hose hatte er mit einem Gürtel über dem Bauchnabel festgezurrt. So, dass die Speckrolle darunter den Stoff ausbeulte. Ich glaube, ihm war sein Aussehen völlig egal. Beim Basketball brauchte er eine halbe Ewigkeit, um einmal quer über das Feld zu laufen. Aber es gab einen Punkt, von dem er nahezu jeden Wurf versenkte. Halb rechts, etwa vier Schritte von der Mitte entfernt, exakt auf der Dreierlinie. Das Verrückte war, dass sein Wurf wirklich nur von diesem einen Punkt funktionierte und dass es ganz klar nicht an der Entfernung lag, weil er auch schon danebenwarf, wenn er sich auf der Dreierlinie zwei Meter nach rechts oder links bewegte.

»Gibt es sogar in der NBA, so was«, meinte der Coach dazu. »Du gewinnst noch Spiele für uns mit deinem Wurf. Ganz sicher.«

»Ehrlich?«, fragte Heinrich.

»Kannst du wetten darauf.«

Wahrscheinlich war Heinrich deshalb auch von den ganzen Schindereien befreit. Er musste nicht sprinten, er musste keine Liegestütze machen und selbst mit den Passübungen hatte er nichts zu tun. Stattdessen stand er in jedem Training zu jeder Minute auf diesem einen Punkt und warf auf den Korb. Stundenlang. Alle fünf Sekunden einen Ball. Der Coach hatte sogar extra immer einen Mann engagiert, der die Rebounds einsammelte und die Bälle wieder zurückwarf.

In einer Zeitung habe ich mal gelesen, dass Wissenschaftler so was eine »Inselbegabung« nennen. Wobei sich Inselbegabung da eher auf den Verstand bezog und nicht auf die Hände. Aber vielleicht lag es bei Heinrich ja auch am Kopf, weil er nämlich schon ein bisschen komisch war in seinem Verhalten.

Zum Beispiel sprach er fast noch weniger als ich, auch wenn das eigentlich gar nicht mehr möglich ist. Aber Heinrich schwieg sogar, wenn er etwas gefragt wurde. Die Leute glaubten dann immer, dass er taub sei. Auch der Coach hatte das am Anfang gedacht, weil er ihn nämlich dreimal hintereinander gefragt hatte, welches Gefühl er in den Händen hätte, wenn der Ball seine

Hand verließ. Und beim vierten Mal hat er ihm die Frage dann fast ins Ohr gebrüllt.

»Sie müssen nicht schreien«, hatte Heinrich darauf gesagt. »Ich kann Sie hören.«

»Wenn ich frage, will ich auch eine Antwort.«

»Was soll ich antworten, wenn ich nix dazu sagen kann?«

So funktionierte Heinrich. Alles, was er tat und sagte, hatte irgendwie eine Logik. Obwohl sie natürlich anders war als die Logik in der normalen Eltern-Lehrer-Erwachsenen-Welt.

Auch Francis besaß eine ganz spezielle Begabung. Und damit meine ich jetzt nicht nur die Begabung, pausenlos reden zu können. Francis hatte außerdem so was wie das absolute Gefühl für das richtige Timing. Irgendwie spürte er auf die Millisekunde genau, wann er hochspringen musste, um einen Wurf zu blocken, und welchen Pass er abfangen konnte und wie man jemandem im vollen Lauf den Ball aus der Hand spitzelte, ohne dabei dessen Arm zu berühren. Francis war der perfekte Verteidiger, der jeden Gegenspieler zur Weißglut trieb. Und wenn ihm das einmal nicht durch sein Spiel gelang, quatschte er ihn halt in die Verzweiflung. Dann nannte er ihn »Pickelgesicht« oder »Flacheisen« oder »Nacktschnecke, die so lahm ist, dass sie noch auf ihrer eigenen Schleimspur ausrutscht«. Irgendwann verlor jeder Gegner die Beherrschung.

Ich persönlich finde solche Beleidigungen ja immer ein bisschen unsportlich, aber unser Coach meinte, dass die NBA-Spieler das auch so machen und dass Trash Talk zum Basketballspielen dazugehört.

Das alles war wirklich seltsam. Als ob der Coach tatsächlich in uns hineinschauen konnte. Wahrscheinlich hatte er uns deshalb früher immer so durchdringend und zombiemäßig angestarrt und jetzt waren wir für ihn ein offenes Buch und er wusste einfach alles von uns. Vielleicht sogar, wie viel mir Jana bedeutete.

Aber vielleicht war es doch nicht so, weil er auf der anderen Seite zu mir immer nur nette Sachen sagte. »Toller Pass, Luca, Wahnsinn … so will ich das sehen … uuuh … das ist wirklich perfekt gespielt.« So was in dieser Art.

Ich glaube, am meisten hat ihm gefallen, wenn ich Jana anspielte. Das war aber gar nicht so schwer, weil Jana nicht nur groß ist, sondern auch Arme wie ein Krake hat und richtig gut springen kann, und wenn sie den Ball im Sprung fängt, ist sie locker in der Lage, ihn noch im Flug in den Korb zu legen. »Tipp-in« nennt sich das. Bei Jana sah das jedes Mal so vogelleicht und geschmeidig aus, dass man eigentlich gar nicht anders konnte, als sich in sie zu verlieben.

Auch die Mannschaft von Robin auf dem Nachbarplatz schaute immer ganz genau hin, wenn Jana und ich das Manöver übten. Und da kamen dann auch keine spöttischen Kommentare mehr. Selbst ihr Lachen wurde leiser in diesen Wochen.

Dabei war das Lachen ihre Spezialität nach unserer Schlägerei. Sie hörten auf, mich zu drangsalieren, ich schätze, weil sie Angst hatten vor der Sichel, aber sie hockten oft auf den Bänken, wenn wir trainierten, und feixten oder klopften sich auf die Schenkel.

»Kannst du sie nicht mal wegschicken, Coach«, sagte Jana einmal, aber der schüttelte nur den Kopf und meinte: »Beim Turnier kommen noch ganz andere Dinge auf euch zu, das ist doch eine hervorragende Schulung.«

Und dann mussten wir Übungen machen, bei der wir wie Krebse über den Platz krabbelten. Oder uns wie Würmer über den Boden wanden. Oder wie Frösche hüpften. Und dabei mussten wir immer den Ball nach vorne dribbeln. Das war ziemlich kompliziert und echt tierisch anstrengend, aber vor allem machte man sich komplett zum Affen dabei. Robins Mannschaft kriegte sich überhaupt nicht mehr ein vor Lachen.

Am lautesten lachten sie aber, als Heinrich ein paar Tage später mit einem riesigen Karton ankam und ihn auf den Platz in den Mittelkreis stellte. Er schnitt mit einem Teppichmesser die Klebstreifen auf, und wir Spieler drückten natürlich von allen Seiten, weil wir es nicht abwarten konnten, die neuen Trikots zu sehen. Jedes einzelne war sorgfältig verpackt in Seidenpapier. Ich schätze mal, wegen der Aufdrucke.

Die Hemden waren dann – na ja – eher speziell. Würde ich sagen.

Eigentlich sahen sie wie Militärunterhemden aus. Dieselbe beschissene olivbraune Farbe. Auf dem Rücken war dann aber bei jedem eine riesige schwarze Zahl aufgedruckt. Und vorne auf der Brust prangte ein Schlammmonster, das mit seinen Pranken einen Basketball zerriss. Das Logo war rund und hatte den Durchmesser einer mittleren Pizza. »Schlamm Hamm« stand darunter. In tropfenden blutroten Buchstaben.

»Habe ich selbst entworfen.« Heinrich strahlte.

»Oha«, sagte der Coach.

Alle anderen blickten schweigend auf ihre Füße. Heinrich schaute langsam von einem zum anderen. Man konnte richtig dabei zusehen, wie er in sich zusammenfiel. Wahrscheinlich hatte er in seinem ganzen Leben noch nie so schmal ausgesehen.

»Richtig cool«, meinte Jana schließlich und klopfte ihm auf die Schulter. »Echt jetzt, tolle Idee.«

Ich persönlich fand sie nicht ganz so toll, aber ich fand, dass Jana toll reagierte. Sie war auch zu allen anderen nett, nur zu mir eben nicht, da konnte ich hüpfen, so viel ich wollte. Immer noch tat sie so, als hätten wir nie ein Wort miteinander geredet. Sie schaute mich nicht an, sie lächelte nicht zurück, sie klatschte nach einem gelungenen Spielzug nicht einmal mit mir ab. Als ob ich sie persönlich ganz übel beleidigt hätte. Dabei hatte ich doch gar nichts getan. Aber wenn man komplett Luft für jemanden ist, hat man auch keine Chance, die Sache wieder geradezurücken.

An diesem Tag hielt ich es nicht mehr aus und baute mich direkt vor ihr auf, als sie nach dem Training nach Hause wollte. So, dass sie gar keine andere Chance hatte, als stehen zu bleiben.

»Geh mir aus dem Weg«, sagte sie mit so einem kalten, schneidenden Ton, dass ich echt Schwierigkeiten hatte, nicht sofort zur Seite zu springen.

»Erst erzählst du mir, was mit dir los ist.«

»Mit mir ist gar nichts los.«

»Was hab ich dir dann getan?«

»Mir? Mir hast du nichts getan.«

»Wem dann? Dem Center der anderen Mannschaft? Der hat es verdient, ich schwör's.«

»Ganz genau.«

»Wie? … Was heißt jetzt genau?«

»Ihr Jungs seid alle beschissen. Neandertaler, Angeber, zurückgebliebene Schläger. Ich weiß gar nicht, warum ich mal gedacht hab, dass du eine Ausnahme wärst.«

»Aber es war echt nicht so …«

»Klar, immer ist alles anders.«

»Und du weißt natürlich auch ganz genau Bescheid.«

»Weiß ich auch.«

»Du denkst vielleicht, dass du was weißt. Aber du weißt überhaupt nichts.«

Sagte ich und stapfte davon, ohne mich noch mal umzudrehen. Bei meiner Mutter funktioniert das nämlich fast immer. Sie überlegt dann, ob sie mir nicht vielleicht doch unrecht getan hat, und rennt hinter mir her und hat ein schlechtes Gewissen.

Jana rannte nicht. Ich hörte absolut kein Geräusch von ihr. Keine Schritte, kein Rufen, nicht einmal das Rascheln von Kleidung, wenn sich ein Mensch bewegt. Die Stille dröhnte lauter als die Böllerei an Silvester. Aber umdrehen konnte ich mich jetzt natürlich auch nicht mehr.

Am nächsten Tag sprach sie dann immer noch nicht mit mir. Nur ein einziges Mal, als sie »Pass doch auf, Blödmann« sagte, weil mir ein Ball durch die Finger rutschte. Der »Blödmann« klang nicht mehr ganz so gehässig, aber da kann man sich natürlich auch täuschen, weil ich Mädchen sowieso nicht kapiere. Dem einen Kerl verzeihen sie alles, aber wenn jemand anderes dasselbe macht, ist er das größte Arschloch. Und umgekehrt ganz genauso. Wenn einer echt nett ist, ist er für sie nur ein »Schleimer«. Und der Nächste ist dann plötzlich »supersüß« oder so, auch wenn es überhaupt keinen Unterschied gibt in dem Verhalten.

Normalerweise mache ich mir über so was dann tagelang Gedanken, aber diesmal war alles anders, weil der Night Move viel wichtiger war. Sogar wichtiger als »Blödmann« oder eine beleidigte Jana. Ich konnte an überhaupt gar nichts mehr anderes denken als an dieses Turnier. Und an unsere Mannschaft und an Crossover und Finger Roll und Motion Offense und so. Ich glaube, die letzte Woche vor dem Turnier habe ich überhaupt keine Hausaufgaben mehr machen können. Sogar für Müllrunterbringen und Zimmeraufräumen war kein Platz mehr im Kopf.

Meine Mutter fand das natürlich weniger lustig, aber man kann ja nicht wirklich selbst bestimmen, was einem so durch den Kopf geht. Außerdem wäre irgendwann das Turnier vorüber und dann könnte ich auch wieder anfangen zu lernen.

»Ich schwör's«, sagte ich meiner Mutter, »ich mach das, da kannst du dich drauf verlassen, ehrlich.«

Geglaubt hat sie mir aber nicht. Ich schätze, weil sie auch vorher nicht verstanden hat, wie ein albernes Basketballturnier die Kraft haben kann, alle anderen Gedanken einfach so zu verschlingen. Der Night Move war wie ein riesiger Strudel. Ich hatte überhaupt keine Chance, gegen den Sog zu schwimmen.

Diese vier Wochen fühlten sich auch mindestens so lange an wie der Rest des ganzen Schuljahrs, was echt ungerecht ist, wenn man überlegt, wie schnell die blöden Termine sonst immer auf einen zurasen. Deutscharbeiten zum Beispiel. Man denkt, dass es noch irre lang hin ist, und dann sind sie plötzlich da, und man hat wieder keine Zeit zum Lernen gehabt. Aber auf so was wie den Night Move oder auf Weihnachten wartet man ewig. Und wenn sie dann endlich anfangen, sind sie auch schon ruckzuck wieder vorbei. Das ist schon ziemlich unpraktisch eingerichtet.

Wer's nötig hat

Kapitel 8

Die letzte Nacht war dann eine einzige Katastrophe. Zuerst konnte ich überhaupt nicht einschlafen und musste mindestens fünfmal aufs Klo und danach ballerten draußen besoffene Typen irgendwelche Bierflaschen gegen die Mauer. Dann war die Bettdecke verschwitzt. Und das Laken nervte mit seinen ganzen Falten. Und überhaupt war es viel zu hell im Zimmer, weil es zwei Tage nach Vollmond war und das Licht durch die Lücken der Jalousien fiel. Vor zwei Jahren wäre ich jetzt zu meiner Mutter ins Bett gekrochen und sie hätte mir irgendetwas erzählt und fünf Minuten später hätte ich bestimmt schon geschlafen. Aber mit dreizehn kann man so was ja nicht mehr bringen.

Also stand ich auf und kontrollierte zum zehnten Mal meine Sporttasche. Es war alles an seinem Platz. Ich studierte noch mal die Zettel mit den Spielzügen, die der Coach ausgedruckt hatte. Außerdem brauchte der Ball etwas Luft. Fand ich. Na ja, wenigstens ein ganz kleines bisschen.

Ich schaute noch einmal aus dem Fenster. Die besoffenen Typen waren verschwunden, aber auf dem Bürgersteig lagen überall Scherben herum. Dann kamen drei Typen die Straße runter. Einer sah echt aus wie unser Coach. Zumindest lief er steif und gebückt und hatte genauso magere Schultern. Hinter ihm lief ein Typ, der definitiv der Penner von Bäckerlehrling war. Er schubste den Hageren vor sich her, und der schlug die Hände des Bäckers jedes

Mal weg, wenn sie ihm zu nahe kamen. Und der dritte Typ war so ein fetter Schwabbeltyp, der nur rumpöbelte, aber sich nicht die Hände schmutzig machte. Erkennen konnte ich ihn nicht. Auf jeden Fall schien er sich mit dem Hageren über irgendwas zu streiten. Verstehen konnte ich nichts wegen der Doppelverglasung an unseren Fenstern. Später quälte sich noch ein Sattelzug um die enge Kurve vor unserem Haus. Danach passierte lange Zeit nichts mehr.

Irgendwann bin ich wieder unter die Decke gekrochen und wahrscheinlich auch ziemlich schnell eingeschlafen, aber um sechs war ich schon wieder wach. Das passiert mir sonst eher selten. Ich glaube, das war das erste Mal in den letzten zwei Jahren, dass mir vor der Schule Zeit genug für ein Frühstück blieb. War aber völlig unnütz dieses Mal, ich bekam keinen einzigen Bissen herunter.

Auch in der Schule rauschten die Worte der Lehrer einfach durch mich hindurch. Wie Wasser aus dem Hahn in die Spüle. Rein ins Ohr und weg in den Ausguss. Überhaupt keine Chance, irgendwas zu behalten von dem Stoff.

Nach sechs Stunden war endlich Schluss und ich rannte ohne Umweg die fünf Blocks runter zum Günni. Es war sonniges Wetter, mit ziemlich viel Wind. Vor dem Dönerladen drehten sich die Werbepropeller, und hinter den Hausecken bildeten sich richtige kleine Tornados, in denen Pappbecher und abgeschnittene Grashalme und so ein Zeug rotierten. Manchmal schafften sie es sogar, ein, zwei Meter nach oben zu fliegen, aber dann fielen sie wieder runter und rutschten nur über die Gehwegplatten des Bürgersteigs.

Auf dem Günni war die Hölle los. Der Schulhof war komplett zugestellt. Überall bauten Leute ihre Buden auf: der Limonadenabfüller. Ein Internetladen für Basketballkleidung. Ein Mobilfunkanbieter. Sogar eine Bank. Und natürlich der Stand des Familienministeriums. Davor parkte ein fetter Lkw, auf dem ein Mischpult und riesige Boxen standen. Aus ihnen dröhnte jetzt schon der neuste Hip-Hop.

Holla, dachte ich, hat da jemand in der Politik was kapiert?

Aber der Lkw gehörte dann doch nicht zum Ministerium. Sondern zur Limonade.

Am Stand des Ministeriums war auch die Organisationsleitung für das Turnier. Sie bestand aus einer jüngeren Frau und einem Mann, der mindestens vierzig war. Die Frau war ganz okay angezogen mit einem roten Hoody und engen Jeans, aber der Typ sah aus wie alle Businesstypen, wenn sie versuchen, auf Freizeit zu machen. Blouson, geöffneter Kragen, keine Krawatte und eine alberne Baseball-Cap in der Stirn. Auf seiner war »Rocking Politics« eingestickt. Na ja, wahrscheinlich hatte er so was nötig.

Dabei stand er eigentlich nur herum und tat nichts. Und die Frau neben ihm hakte auf einem Zettel die Anmeldungen ab. Von ihr führte eine Gasse mit Stellwänden wieder nach draußen. An diese Wände waren jede Menge Schaubilder gepinnt. »Fettarmes Essen«, »Volkskrankheit Adipositas«, »Was tun bei Diabetes?«. An der letzten Wand standen die einzelnen Paarungen des Turniers. Das dritte Spiel auf Court 1 hieß »Schlamm Hamm« gegen die »Dunking Donuts«.

Außerdem gab es noch die »Hamburg Hurricanes«, die »Billstedt Ballerz«, die »Freak City Finest« und so bescheuerte Namen wie »Für den Baum« oder »Blutige Euter«. Insgesamt sechzehn Teams. Das erste Spiel sollte schon um Viertel nach drei beginnen. Fünfzehn Minuten vorher war die »Begrüßung der Mannschaften durch Staatssekretär Dr. Theo Casenius« angesetzt. Und der Anpfiff für das Finale würde dann schon um 21:30 Uhr sein. »Im Interesse der angrenzenden Anwohner bitten wir um Nachtruhe nach 22 Uhr.« Stand noch ganz fett unten auf dieser Stellwand. Dabei hieß das Ganze »Night Move«.

Jetzt war es aber erst kurz nach halb zwei. Die meisten Teams waren trotzdem schon da, sodass es echt schwierig war, die eigenen Leute in dem Getümmel zu finden. Zum Glück überragte unser Coach alle anderen um einen halben Meter. Wie ein Leuchtturm stand er in der Brandung vor seiner Wohnung und peilte angestrengt in die Menge. Immer wenn er einen von uns entdeckte, pfiff er auf seinen Fingern, aber gegen den Lärm aus den Boxentürmen hatte auch er keine Chance.

Trotzdem waren die meisten schon da, als ich den Coach erreichte. Nur Karim fehlte noch. Alle anderen trugen bereits unsere neuen Trikots. Sah echt peinlich aus, weil das Monster vor der Brust so riesig war, dass wirklich jeder Mensch hier erst einmal hinschauen musste. Alle Hemden waren mindestens zwei Nummern zu groß mit viel zu großen Ausschnitten für unsere mageren Arme. Und unter der olivbraunen Kackfarbe sah die Haut aus wie grünlich angelaufenes Gammelfleisch. Dafür reichten die Hosen nicht einmal bis zu den Knien. Der einzige Trost war, dass sie bei Janas langen Beinen eher wie Hotpants saßen. Und dass Heinrich noch viel verbotener aussah als wir, weil bei ihm die Speckrollen auch noch das Logo verzerrten. Das ist gerecht, dachte ich. Dabei war er wahrscheinlich immun gegen hämische Blicke.

Ich aber nicht. Und Karim auch nicht. Zuerst lachte er nur, als er angeschlendert kam in seinen Baggy Pants, dem XXL-T-Shirt und seinen auf den Millimeter exakt ausrasierten Haaren.

Er schlug sich auf die Schenkel und johlte: »Hammer, seht ihr beknackt aus.« Dann realisierte er, dass er das Zeug auch selbst tragen musste. »Nee, Leute«, meinte er, »bei aller Liebe, nee, das geht nicht … wirklich nicht. Ganz ehrlich, das könnt ihr voll vergessen, dass ich so was anzieh.«

»Du hast keine Chance«, sagte Jana und warf ihm sein Trikot zu. Er hatte die Nummer 12. Ich trug die 9. Jana die 15.

»Das ist echt scheiße«, sagte Karim, als wir uns alle vor unserem Coach versammelt hatten. »So kann doch kein Mensch vernünftig spielen.«

»Ist, wie es ist«, meinte der Coach. »Wir brauchen Trikots und andere gibt es nicht.« Dann räusperte er sich und hielt noch einmal eine von seinen Grundsatzreden, die uns wahrscheinlich heißmachen sollte, schätze ich mal. Er sprach über »Schnelligkeit im Kopf« und »Teamplay« und »leidenschaftliche Defense«, glaube ich, aber außer Heinrich hörte niemand so richtig zu. Spannender waren die anderen Spieler, die überall rumliefen oder sich warm machten oder schon beim Einwerfen waren. Sie sahen, na ja, alle irgendwie professioneller aus als wir. Und größer natürlich und sowieso viel cooler. Außerdem gab es außer Jana kein einziges Mädchen in einer Mannschaft. Und außer Heinrich keinen Jungen mit Speckrollen unter dem T-Shirt.

Dann hielt der Staatssekretär endlich seine Begrüßungsrede. Er federte extradynamisch hoch auf die Ladefläche des Lkw und schleimte herum und benutzte Worte wie »voll cool« und »Hammeridee«, aber am Ende war er doch wieder nur ein Krawattenträger. Er sagte: »Dies ist ein weiteres Beispiel für die produktive und partnerschaftliche Zusammenarbeit zwischen Politik und freier Wirtschaft im Rahmen unserer Gesundheitsinitiative, meine sehr verehrten Damen und Herren. Gemeinsam leisten wir hier einen nachhaltigen Beitrag zur Gesundheit unserer Bürgerinnen und Bürger. Deshalb sind die Night Moves, erlauben Sie mir diesen Hinweis, meine Damen und Herren, auch nur der Anfang einer ganzen Reihe weiterer Maßnahmen im Rahmen einer neuen Gesundheitserziehung.«

Zum Schluss sagte er noch: »Mögen die Spiele beginnen.« Dann nahm er seine alberne Kappe ab und schaute stramm in die Runde. Aber niemand klatschte. Die meisten Spieler hatten sich sowieso schon abgewandt und machten sich warm auf den beiden Plätzen.

Richtig mies

Kapitel 9

Unsere Gegner sahen wir aber erst, als wir mit unserem Spiel an der Reihe waren. Dieser Moment war – wie soll ich sagen – ziemlich ernüchternd. Das heißt, eher sogar ein Schock. So groß waren die meisten von denen. Mindestens noch mal einen halben Kopf größer als Jana. Und doppelt so schwer. Wahrscheinlich konnten ein paar von denen sogar schon dunken und trugen ihren Namen zu Recht. Sie grinsten auch breit, als sie uns sahen, und beschäftigten sich danach wahrscheinlich schon mit ihrem zweiten Gegner. Uns hielten sie wahrscheinlich für ganz leichte Opfer.

»Hört zu«, sagte der Coach, »wir haben Fast Break geübt. Den schnellen Pass auf die Außenbahn, mit zweite und dritte Welle. Das spielen wir. Hörst du, Luca, mit einem langsamen Aufbau wir haben keine Chance gegen die langen Kerls unter den Brettern. Aber die unterschätzen uns, das ist unser Vorteil. Also Heinrich mit Block von außen. Oder Karim zieht mit Block zum Korb. Das sind unsere erste Optionen.«

Dann stellten wir uns im Kreis und hielten die Hände aneinander, und der Coach rief: »Schlamm«, und wir brüllten: »Hamm.« Dreimal hintereinander. »Schlamm! Hamm! … Schlamm! Hamm!« Klang wie ein afrikanischer Kriegstanz oder so. Wir hatten echt den coolsten Schlachtruf von allen.

Danach ging Jana zum Sprungball und ich nickte ihr noch mal schnell zu.

»Freunde?«, fragte ich.

»Kollegen«, antwortete sie, aber dabei lachte sie ihr pommes-frites-breites Lachen, und das war fast schon wie früher, und ich schwor mir, dass sie von mir ein paar astreine Alley-oop-Pässe bekommen würde. Danach pfiff der Schiedsrichter zur ersten Partie.

Es wurde ein böses Massaker.

Es begann schon damit, dass die Gegner natürlich den Sprungball gewannen und ihr Größter sofort zum Korb zog und den Ball mit einer Kraft durch den Ring donnerte, dass die ganze Anlage schwankte. Und so ging es eigentlich immer weiter. Sie machten mit uns, was sie wollten. Die Hälfte unserer Angriffe wurde geblockt. Und bei der anderen Hälfte kamen wir erst gar nicht in eine Situation, in der wir seriös hätten werfen können. Karim hatte einen Gegner, der noch schneller war als er selbst. Jana wurde von den großen Kerlen aus der Zone gedrückt, sodass sie nicht mal in die Nähe des Korbes kam. Heinrich hatte kein einziges Mal einen freien Wurf von seinem Spot. Auch ich hatte Schwierigkeiten damit, den Ball nach vorne zu bringen. So viel Druck machte deren Pointguard auf mich. Nur Francis spielte wie immer: Stand seinem Gegenspieler auf den Füßen herum und laberte ihn pausenlos von der Seite an. Kurz vor der Halbzeit hieß es 14 : 3 für die Dunking Donuts.

»Jetzt geht euch die Puste aus, was?«, meinte Francis.

»Alter, halt endlich mal deine Klappe«, meinte sein Gegenspieler.

»Da riech ich doch Angstschweiß«, antwortete Francis. »Ich meine, wenn du ein bisschen schneller laufen würdest und nicht so ’ne verdammt lahme Pussy wärst, würde der Gestank auch wieder verschwinden. Aber so? Latscht die ganze Zeit in seinem eigenen Mief herum. Puh, das Zeug klebt ja wirklich an dir. Digga, ich sag dir, komm mir bloß nicht zu nah, immer schön einen großen Bogen machen, das hält ja kein normaler Mensch aus …«

Da holte ihn sein Gegenspieler mit einem kurzen, ansatzlosen Stoß vor die Brust von den Beinen. Nicht wirklich ernsthaft. Francis taumelte nur ein paar Schritte rückwärts, stolperte dabei und landete dann auf seinem Hintern. Ein bisschen unsanft vielleicht, aber ohne Verletzung. Trotzdem schickte der Schiedsrichter den Gegenspieler sofort vom Platz. Disqualifiziert für den Rest des Turniers.

»Du bist ein Arschloch«, sagte er zu Francis, als er wie ein Haufen Elend vom Spielfeld schlich.

»Nimm's locker«, antwortete Francis und klopfte ihm auf die Schulter.

Ich würde echt was geben dafür, wenn ich wenigstens ein bisschen von Francis hätte. Wie er das schaffte, immer einen coolen Spruch rauszuhauen. Ich glaube, Francis musste nicht einmal nachdenken dabei.

Bei ihm sprudelten die Worte irgendwie automatisch raus. So eine Art Sprüche-Springbrunnen.

Bei mir sprudelte nichts. Das lag wahrscheinlich auch daran, dass ich immer Angst hatte, mich zu blamieren. Und Francis hatte eben keine Angst, sondern war der coolste Hund, den ich überhaupt kannte. Ich schätze, wenn ich ein Mädchen wäre, hätte ich mich bestimmt in ihn verknallt. Allerdings bin ich kein Mädchen. Und Jana schien das mit Francis ganz anders zu sehen. Sie beachtete ihn genauso wenig wie mich in den letzten Wochen. Sie war auch die Einzige, die nicht über seine Sprüche lachte. Als würden Witze bei ihr nicht im Gehirn landen, sondern in den Eingeweiden. So schmerzverzerrt und verächtlich und zusammengepresst stand sie jedes Mal da. Aber Jana war ja auch kein normales Mädchen.

Trotzdem hätte sie wenigstens jetzt mal ein bisschen lockerer schauen können. Schließlich hatte Francis den besten Mann der anderen außer Gefecht gesetzt. Wenn wir überhaupt eine Chance haben sollten gegen die Donuts, dann auf diese Weise.

Hatten wir dann aber trotzdem nicht. Immerhin konnten uns die Gegner nicht mehr ganz so brutal abschlachten wie in der ersten Halbzeit. Ein paarmal zog Karim sogar wie ein Rennwagen zum Korb. Auch mir gelangen einige schöne Anspiele in die Zone. Nur Heinrich kam immer noch nicht zum Zug. 22 : 12 hieß es am Ende.

»Kopf hoch, Jungs«, sagte der Coach, »das ist nicht das Ende der Träume.«

Das Turnier funktionierte nämlich so, dass es insgesamt vier Gruppen mit vier Mannschaften gab, und von denen erreichten dann immer die beiden ersten das Viertelfinale. Danach wurde im K.-o.-System weitergespielt. Bis zum Finale. So wie beim Fußball in der Champions League.

»Glaubt mir«, sagte unser Coach, »die Donuts waren der schwerste Gegner auf dem Turnier, das verspreche ich.«

Woher er das wusste? Er hatte tatsächlich über jedes Team hier eine eigene Mappe zusammengestellt. Wobei Mappe vielleicht ein bisschen gewaltig klingt, eher waren es ein bis zwei Zettel. Auf denen standen irgendwelche Beobachtungen zu jedem einzelnen Spieler.

Nur über unseren nächsten Gegner hatte er nicht viel mehr als ein paar Buchstaben notiert: »DM PG Bh +.«

»Der Guard hat ein gutes Ballhandling, aber keinen Verstand«, erklärte er mir. »Lass ihn toben, dann er besiegt sich ganz alleine.«

»Versteh ich nicht«, sagte ich.

»Der Junge ist nur beschäftigt, gut auszusehen. Steh ihm auf den Füßen rum, er macht hundertprozentig Fehler.«

Das klang logisch, wie alles, was unser Coach sagte, und selbst wenn es idiotisch geklungen hätte, hätte ich es ihm noch geglaubt. Das ist mir, ganz ehrlich, noch nie so passiert. Normalerweise denke ich immer, dass mich andere nur verarschen wollen, und deshalb glaub ich natürlich erst mal gar nichts, auch nicht, wenn Erwachsene oder Lehrer mir etwas sagen, und schon mal gar nicht, wenn sie irgendwelche schlauen Tipps oder Ratschläge haben. Ein Ratschlag ist ja nichts anderes als die Feststellung, dass man vorher was falsch gemacht hat, und auf so ein Statement kann ich gerne verzichten. Dass ich alles falsch mache, denke ich eh schon alleine.

Und wenn dann jemand was Nettes sagt, frage ich mich eben, warum er das sagt, und nicht, ob zur Abwechslung vielleicht mal was dran sein könnte an seinen Worten. Die meisten Menschen denken deshalb, dass sie bei mir lieber die Klappe halten, und da ich selbst auch nichts sage, rauscht das Leben ziemlich schweigend an mir vorüber. Dabei höre ich eigentlich wahnsinnig gerne zu. Eine gute Geschichte oder ein cooler Spruch sind für mich wirklich das Größte. Nur eben keine Ratschläge, bitte.

Bei unserem Coach war es genau umgekehrt. Seine Reden waren echte Schlaftabletten. Aber seine Ratschläge hätte ich in mich reinkippen können wie den Milchshake aus unserem Eissalon. Da gab's überhaupt kein Zuviel. Was er zum Basketball sagte, war meine Bibel. Ich wäre überhaupt nicht auf die Idee gekommen, irgendetwas davon infrage zu stellen. Vielleicht lag das an seiner ruhigen, kräftigen Stimme, die sich immer irgendwie kompetent anhörte. Oder dass er aus sich selbst kein Geschiss machte und nie eine Show abzog. Vielleicht wollte ich ihm auch nur glauben, weil er mich ja für einen guten Pointguard hielt. Oder es lag daran, dass er sich echt für uns engagierte. Zum Beispiel jetzt auch mit seinen Mappen. Da musste er in den vergangenen Wochen bei jeder anderen Mannschaft mindestens eine Stunde am Zaun gehangen sein. Und das nur für uns und bei so einer nebensächlichen Sache wie diesem Turnier. Das heißt, für mich war es natürlich nicht nebensächlich, sondern das Wichtigste überhaupt. Aber was hatte er davon? So richtig schlau wurde ich nicht aus ihm.

Die Rechnung, bitte

Kapitel 10

Trotzdem hielt ich mich natürlich im nächsten Spiel exakt an seine Worte. Wie immer waren die Gegner einen Kopf größer als wir. Das Team nannte sich »Bill Kill«. Wahrscheinlich weil der Pointguard von denen Bill hieß. So riefen ihn die anderen jedenfalls immer.

Offensichtlich hielten sie sich für die coolsten Krieger des Night Move. Dabei bestand die ganze Truppe nur aus Posern und Stylern. Sie trugen ihre Hosen unterhalb der Pobacken und oben rum nichts außer der blanken Haut, obwohl keiner von denen einen Sixpack hatte, sondern alle aussahen wie bleiche Spargel. Ihre Trikotnummern hatten sie sich mit schwarzer Farbe auf den Rücken gemalt.

Zuerst maulte der Schiedsrichter deshalb ein bisschen herum, aber am Ende akzeptierte er ihr Outfit, weil auch wir kein Problem hatten damit. Dabei ist es echt eklig, wenn man im Gedränge gegen so einen nassen, verschwitzten Rücken glitscht.

Bill Kill gegen Schlamm Hamm, das klang schon ein bisschen comicmäßig, fand ich. Aber außer mir schien das niemandem aufzufallen. Das Match selbst war dann von Anfang an eine klare Sache. Bill oder wie er hieß hatte keine Ahnung vom Basketball, aber zeigte beim Dribbling trotzdem alles, was er so draufhatte: hinter dem Rücken, zwischen den Beinen, über die Schulter, und dabei lief er Kringel über den Platz wie ein Eiskunstläufer. Dem

Korb kam er damit nicht näher. Er sah seine freien Leute nicht, er hatte keinen Blick für den Raum, und seine Mitspieler hatten keine Ahnung, wohin sie eigentlich laufen sollten. Stattdessen schauten sie immer rüber zum Rand, wo ihr Fantrupp rumstand und lärmte. Sah aus wie der Ausflug eines Friseursalons. Viele Mädchen, stachlige Frisuren mit roten und grünen Strähnen und im Gesicht extraharter Zementputz. Mindestens dreilagig.

»Assi-Bräute«, meinte Francis.

Na ja. Eine war auch richtig hübsch und trug Stiefel und einen superknappen Rock und hatte sich mit Lippenstift »The Bill please!« auf den Bauch gemalt. Das fand ich dann doch wieder lustig.

Dem Team half diese Unterstützung allerdings wenig. Jeder Angriff lief nach demselben Schema ab. Bill brachte den Ball, machte Faxen, verlor ihn irgendwann, und bei uns ging es dann richtig schnell: Pass in die Zone und Jana schloss mit einem einfachen Korbleger ab. Oder der Ball kam zu Heinrich, der wie ein festgewachsener Baum auf seinem Punkt an der Dreierlinie stand und fast jeden Wurf versenkte.

Bill Kill war komplett chancenlos. Schon gegen Ende der ersten Halbzeit verloren sie jede Lust am Spiel. Zur zweiten kamen sie mit Bierdosen in der Hand zurück. Das fand dann der Schiedsrichter nicht mehr sportlich genug. Schließlich ging es hier um die Volksgesundheit.

»So pfeife ich das Spiel nicht an«, sagte er.

»Alter, leg los«, meinte Bill, »wir ham hier hohen Besuch, wir müssen unseren Ladys was zeigen.«

»Ihr könnt ihnen zeigen, was ihr wollt. Aber bestimmt keine Bierdosen auf dem Platz.«

Danach debattierte die Truppe eine Weile, ob sie die Dosen vielleicht wieder abstellen wollten, aber dann schoben sie doch alle gemeinsam vom Platz. Mit Stinkefinger und lautem Gegröle. Der Schiedsrichter wertete die Partie 20 : 0 für uns. Dabei hatten wir schon zur Halbzeit 18 : 2 geführt.

Hoffentlich wurde das nicht mehr wichtig. Denn ein Unentschieden würde uns jetzt im nächsten Spiel nicht mehr reichen, um eine Runde weiterzukommen: Wir hatten einfach zu hoch verloren gegen die Dunking Donuts. Und zu wenig aufgeholt durch das abgebrochene Spiel.

Du hier?

Kapitel 11

Die Gegner der nächsten Partie waren die Billstedt Ballerz. Das z hinten war wichtig in der Szene. Viele Basketballer schrieben so: Boyz statt boys. Oder skillz und nicht skills. Es hieß auch hustlaz und nicht hustlers. Warum auch immer.

Die Ballerz waren jedenfalls eine echt harte Truppe. Keine Angeber, das sah man sofort. Eher von der Sorte, um die ich normalerweise einen ganz großen Bogen mache, wenn ich sie in Hamm irgendwo auf der Straße sehe. Und das lag nicht nur daran, dass sich die Jungs aus Hamm und Billstedt sowieso nicht leiden können. Es lag auch an diesen Spielern. Sie waren drahtige, austrainierte Kerle. Nicht besonders groß, aber wahnsinnig schnell. Mit kurz geschorenen Schläfen und ausrasiertem Nacken und darüber die aktuelle Fünf-Zentimeter-Fighter-Brikettfrisur. Sie trugen Jogginghosen, Schmuck im Ohr und Ralph-Lauren-Shirts mit großem Logo. Die meisten hatten noch eine von diesen Trucker-Caps mit Netzhinterteil auf dem Kopf, die immer zwei Nummern zu klein sein müssen und die man in Richtung Nacken trägt wie eine Melone. Gegen die Donuts hatten die Ballerz nur mit zwei Körben Unterschied verloren.

»Eh, grass, Alter, du hier?«, sagte plötzlich Murat zu einem der Ballerz, und dann gab es eine echt komplizierte Begrüßung. Man musste sich schon ziemlich gut kennen, um so was überhaupt hinzukriegen.

»Hasttu null Schangse, ischwör«, meinte der andere zu Murat. »Machisch platt. Is' so.«

Danach glitt das Gespräch ins Türkische ab, sodass ich nichts mehr verstehen konnte, aber es sah nicht aggressiv aus oder so was. Eher bescheuert.

»Beste Kollege von mein Bruder«, erklärte Murat, als er danach wieder bei uns stand. »Selbe Schule. Aber is' schwer. Voll die Kickboxer, die Truppe.«

Die Mappe unseres Coachs war zum Glück etwas genauer.

»Aufpassen«, sagte er, als wir uns alle im Kreis versammelt hatten. »Die spielen extrem harten Basketball. Wie Handball oder Rugby. Wenn wir schlechten Schiedsrichter haben, müssen wir gegenhalten. Sonst überrennen sie uns mit ihrer Athletik.«

Zum Pointguard sagte er: »Pass auf, Luca, der Guard dribbelt hoch, aber er hat einen schnellen ersten Schritt. Wenn du versuchst zu stealen, er schlägt deinen vorderen Fuß, und hast du überhaupt keine Chance. Also lass dich nicht locken. Bring ihn auf rechte Seite. Er hat nur die linke Hand, mit rechts er kann nicht einmal in der Nase bohren. Wenn du ihn unten in der Ecke hast, er ist nicht mehr gefährlich.«

Als Schwachstelle im Team der Ballerz hatte er die langen Kerls ausgemacht. Einfach, weil sie überhaupt nicht lang waren.

»Die Bretter gehört uns«, meinte er, »also wir spielen über Jana. Jana ist unsere erste Option. Hast du verstanden, Luca?«

»Krieg ich hin«, sagte ich.

War dann aber doch schwieriger als versprochen. Das Problem war, dass Jana gar nicht erst dorthin kam, wo ich sie hätte anpassen können. Ihr Gegenspieler blockte sie in jeder Situation aus der Zone, weil er gleichzeitig schneller und stärker war und seinen Körper wie eine Waffe benutzte. Er war nicht groß, eher so quadratisch gebaut und hatte auch einen quadratischen Kopf und gezupfte Augenbrauen. Aber er hatte eine extreme Sprungkraft. Wie ein menschlicher Gummiball. So hüpfte er auf dem Platz herum und rückte Jana dabei richtig nah auf die Pelle. Es war das erste Mal, dass ich sie echt verzweifelt sah. Mit hängenden Schultern und gar nicht mehr die stolze Erscheinung.

Außerdem war der andere Pointguard auch wirklich gut. Mehr als einmal kam er an mir vorbei, weil ich immer wieder die Fehler machte, vor denen der Coach mich gewarnt hatte. Aber wenn ich Abstand hielt, fand er mit seinem Pass immer einen anderen freien Spieler.

Es war das brutalste Ringen auf dem Platz, das ich bis dahin erlebt hatte, auch wenn das jetzt ein ziemlich unsinniger Satz ist, weil es ja erst das dritte Match meines Lebens war. Wir quetschten uns aus wie Orangen, weil der Verlierer definitiv ausschied aus dem Turnier. Allerdings wurde es immer schwieriger für uns dagegenzuhalten, je länger es dauerte. Die Ballerz waren einfach fitter als wir. Und stärker. Und sowieso zehnmal schneller als so jemand wie Heinrich.

Heinrich war auch der Erste, der nach Luft schnappte wie ein Karpfen an Land und den Coach um seine Auswechslung bat. Dann kam Murat, weil er schon in der ersten Halbzeit gegen die Ballerz mehr gerannt war als in den beiden anderen Partien zusammen. Wahrscheinlich wollte er dem Kollegen auf der anderen Seite unbedingt etwas beweisen.

Auch ich hatte immer öfter Schwierigkeiten, meinem Gegenspieler zu folgen.

»Wir schaffen das nicht«, japste ich, als der Coach eine letzte

Auszeit nahm. Da waren nur noch zwei Minuten zu spielen. Und wir lagen mit drei Punkten hinten.

»Immer ruhig«, sagte er. »Wir haben das Spiel praktisch gewonnen. Also ruht euch aus.«

Sein Plan klang ziemlich simpel: Der Quadratkopf, der Jana das Leben schwer machte und in der Verteidigung wie eine Mauer stand, hatte bereits drei Fouls auf seinem Konto, und mit dem vierten würde er das Spielfeld verlassen müssen, und dafür sollte der nächste Spielzug sorgen.

»Also, wir haben Einwurf, der Ball muss schnell zu Karim, und Karim zieht in Zone, wie immer aber nicht zum Korb, sondern zum Gegenspieler. Ganz nah, verstehst du? Du täuschst den Wurf an und der andere springt hoch für den Block und in Luft er kann nicht mehr ausweichen und kriegt das vierte Foul. Jana hat danach freie Bahn und ihr macht in den letzten zwei Minuten noch sechs einfache Punkte.«

»Und wenn die auch noch sechs Punkte machen?«, fragte Francis.

»Machen sie nicht, wenn ihr beste Mann nicht mehr auf dem Platz ist, fallen sie in sich zusammen.«

Es kam exakt so, wie der Coach vorausgesagt hatte. Der Quadratische hob ab wie eine Rakete und kassierte sein viertes Foul und danach waren die Pässe auf Jana ein Kinderspiel und ihre Korbleger wieder sicher und sexy.

Am Ende hatten wir den Drei-Punkte-Rückstand in einen Sieg mit zwei Punkten gedreht. Trotzdem schaute der Coach ziemlich teilnahmslos, als hätten wir nur den Platz gefegt oder so was. Wir Spieler aber tanzten und lagen uns in den Armen. Ich sogar für zwei oder drei Sekunden in denen von Jana. Sie war schweißgebadet und roch, ich weiß auch nicht, vielleicht wie frische Erde oder so, ich kann das ganz schlecht beschreiben. Der Kopf leuchtete und die Adern an ihrem Hals waren dick wie Lampenkabel und der Körper dampfte in den kühler werdenden Abendhimmel. Er war irgendwie fest und weich zugleich. Ich bin dann aber schnell wieder weg von ihr, damit sie nichts mitbekam von meiner Verwirrung.

Noch Fragen?

Kapitel 12

Wir hatten jetzt eine Stunde Zeit bis zum ersten Spiel im Viertelfinale. Also lief ich erst einmal rüber zum Schulhof, um mir die Ergebnisse der anderen Teams und die neuen Paarungen anzuschauen. Vom Truck ballerte richtig schwarzer, böser Hip-Hop herunter, dass die Limonade in den Pappbechern schwappte. Wie wenn man ein Steinchen ins Wasser schmeißt. Vor dem Truck tanzten jede Menge Poser, vor allem Jungs, aber bei den meisten sah das ziemlich bemüht aus. Nicht so lässig wie die Tänzer, die man in den Videos sieht. Die Mädchen standen eher daneben und schauten kritisch. Es waren deutlich mehr als am Spielfeldrand.

Der Stand mit dem Staatssekretär war dagegen noch ärmer besucht als zu Beginn des Night Move. Kein einziger Mensch interessierte sich für »Diabetes« und »Adipositas«. Und das Mädchen mit dem roten Hoody saß gelangweilt auf einer umgedrehten Getränkekiste und blätterte ein Promi-Magazin durch, das irgendetwas mit »In« im Namen hatte.

Auch die Kappe neben ihr tat auf beschäftigt und hielt sich ein Smartphone ans Ohr. Dabei konnte er in dem Hip-Hop-Lärm mit Sicherheit kein einziges Wort verstehen. Man sah es ihm richtig an, wie ihm die geföhnte Dynamiker-Fassade weggebröckelt war. Wahrscheinlich betete er, dass dieses Grauen von Veranstaltung so schnell wie möglich vorüberging und er wieder abtauchen durfte in sein Politikerbiotop. Dort war er bestimmt eine echte

Nummer, aber hier interessierte sich kein Mensch für ihn. So hatte er sich das bestimmt nicht vorgestellt. Wahlkampftechnisch ein Totalausfall. Leider musste er bis zum Ende bleiben. »22:00 Uhr: Siegerehrung durch Staatssekretär Dr. Theo Casenius.« Stand auf dem Zeitplan.

Ich schaute auf das Tableau mit den Ergebnissen. Auch Robins Truppe hatte es in die K.-o.-Runde geschafft. Sie hieß »Knicks wie weg«, was irgendwie auch witzig klang, obwohl ich nicht wusste, ob der Name noch eine tiefere Bedeutung hatte. Außer natürlich, dass die Knicks das New Yorker NBA-Team sind und im Madison Square Garden spielen.

Knicks wie weg hatte sogar alle Spiele gewonnen, und das ziemlich deutlich, aber die Auslosung hatte dafür gesorgt, dass wir uns frühestens im Finale begegnen würden.

Unser nächster Gegner sollte die »Theodor-Storm-Schule« sein. Das war eigentlich ein privates Elitegymnasium, das in einem supernoblen Elbvorort lag. Für Diplomatenkinder und Bankersöhne und so. Sie hatten sich auch nur mit Mühe in die zweite Runde gequält. Niemand, vor dem man Angst haben musste. Dachte ich.

Unser Coach wiegte allerdings zweifelnd den Kopf, als er den Namen des Gegners hörte.

»Spielen denselben Basketball wie wir«, sagte er. »Fast Break, Teamplay, keine Stars, aber blindes Verständnis. In der Schule haben sie Basketball als Unterrichtsfach ab der fünfte Klasse. Die Mannschaft versteht sich blind.«

Außerdem hatten sie zwei baumlange Center. Die beiden mussten Zwillinge sein, so wie sie aussahen: dieselben Locken, dieselbe riesige Nase, dieselben Pickel und dieselben langen Arme, mit denen sie sich wahrscheinlich in den Kniekehlen kratzen konnten.

Ohne sich dabei bücken zu müssen. Die beiden waren mindestens 1,95 Meter groß, und das mit gerade mal vierzehn Jahren. Wenn sie liefen, sah es so aus, als würden sie auf Stelzen gehen. So hölzern und mit steifen Knien war das. Aber die Zone würde ihnen gehören. Unter dem Korb würden sie jeden Wurf blocken können. Sie würden auch jeden Rebound wegfischen. So viel war schon mal klar.

Mein Gegenspieler sah dagegen nicht ganz so aufregend aus. Gleiche Statur wie ich. Nicht sonderlich muskulös. Ähnliche Größe. Nur der Scheitel saß bei ihm wie mit dem Geodreieck gezogen. Und das Hemd hatte er sauber in die Hose gestopft.

Er deutete auf unsere Trikots und sagte: »Seid ihr auf einem Feldzug, oder was?«

Ich schüttelte nur blöde den Kopf.

»Na denn«, meinte er, »auf einen sportlichen Wettkampf.« Dann gab er mir die Hand. Mit einer echten Verbeugung. Nichts mit Faust gegen Faust oder irgendeinem anderen coolen Getto-Gruß. Das war echt abgefahren. Als würden Boxer vor einem Kampf erst mal gemeinsam häkeln. Der Junge kam definitiv aus einer anderen Welt.

Ich haute ihm dann nur männlich die Hand auf die Schulter. Also, zumindest sollte es männlich wirken. Dann warf der Schiedsrichter den Ball zum Tip-off hoch und das Spiel konnte beginnen.

Es kam, wie der Coach vermutet hatte: Sie waren nicht wirklich schnell auf den Beinen. Jedenfalls nicht schneller als wir. Aber ihr Passspiel war echt rasant. Wir mussten höllisch aufpassen, um vor dem Ball zu bleiben. Auch ihre Defense spielten sie wirklich aufmerksam. Sie sanken extrem tief ab und machten die Räume eng und direkt unter dem Korb warteten dann die beiden Kräne.

Zum Glück hatten wir Heinrich. Er stand frei an der Dreierlinie herum und traf, wie er wollte. Es sei denn, die Gymnasiasten bewegten sich aus der Zone. Dann konnten sie Heinrich verteidigen, ließen aber genug Platz, dass Karim und ich zum Korb ziehen konnten. Oder für Jana, die dann von mir das Anspiel bekam.

Ich weiß, dass es jetzt vielleicht etwas seltsam klingt, aber es war echt großer Sport, den wir gegen die Storm-Schule zeigten. Wir waren dominant, wir machten keine Fehler, wir trafen die meisten Würfe. Und auf alles, was die anderen versuchten, hatten wir eine noch bessere Antwort. Das sah sogar deren Pointguard so.

»Meine Güte, spielt ihr einen guten Basketball«, schnaufte er nach dem Spiel. »Und wir dachten, dass wir gegen euch eine Chance haben. Aber das war ja eine echte Demonstration von euch.«

Für einen Augenblick überlegte ich, ob ich wirklich mit meiner Piepsstimme antworten oder doch lieber nur cool den Kopf schütteln sollte, aber dann war es mir auch egal nach so einem Sieg.

»Keine Ahnung, war unser bestes Spiel bisher«, sagte ich.

»Und wie lange gibt's euch schon?«, fragte er.

»Du meinst jetzt das Team, oder?«

»Klar, was denn sonst?«

»Vier Wochen.«

»Echt jetzt?«, sagte er und schüttelte fassungslos den Kopf. »Ihr seid erst seit vier Wochen eine Mannschaft? Was habt ihr denn vorher gemacht?«

»Nichts. Glaube ich. Bei uns hat keiner im Verein gespielt oder so. Wir haben uns nur hier auf dem Platz ein paarmal getroffen.«

»Das fass ich nicht. Wie geht denn so was? … Ich meine, wir spielen jetzt seit fast vier Jahren zusammen in der Schulmannschaft. Und wir haben echt gute Trainer. Die Schule hat extra einen Bundesligaspieler dafür angestellt. Euer Trainer muss ja ein echter Künstler sein.«

»Glaub schon«, antwortete ich. »Aber komisch ist er auch. Irgendwie.«

Träum weiter

Kapitel 13

Als ich zurück zu meiner Mannschaft ging, lagen sie schon alle am Rand des hinteren Feldes auf einem Stückchen Rasen und lockerten ihre Muskeln. Die Sichel ragte quasi zwei Meter darüber.

»Freunde, das war ordentlich«, sagte er.

Dann machte er eine Pause und schaute zu uns herunter, von einem zum Nächsten. Grau und freudlos wie immer. Wie so ein schwarzes Loch, das Licht und Energie und überhaupt alles verschlingt und nichts mehr loslässt. So saugte die Sichel Freude auf. Sobald man ihr zu nah kam, schwupp, war die Ausgelassenheit weg, und übrig blieb nur die Schwerkraft und der Ernst des Lebens.

»Nächster Gegner ist die ›Ballsport-Gemeinschaft Nord‹«, sagte er. »Ist ein Verein, Hamburg-Meister, gibt kein besseres Team in Hamburg. Wir müssen keine Angst haben. Aber wir müssen Augen aufmachen und wachsam sein.«

Außerdem war BG Nord die einzige Mannschaft neben uns, die einen Trainer mitgebracht hatte. Dieser Typ stand vielleicht zwanzig Meter von uns entfernt und kontrollierte die Dehnübungen seiner Truppe. So ein strammer, kurzbeiniger General, vielleicht vierzig Jahre alt. Wässrige Augen, dunkle Haare und weiße Beine. Er trug schwarze Socken dazu und seine kurze Hose war bis zum Bauchnabel hochgezurrt. Das gebügelte Polohemd steckte korrekt in der Hose. Die Arme hatte er in die Hüften gestemmt und um seinen Hals baumelte eine Pfeife. Dabei machte seine Stimme locker dem Hip-Hop-Lkw Konkurrenz.

»Ready … and go«, brüllte er. »… and hold … and hold … ten seconds … and stop.«

Wie Militärausbildung sah das aus. Ich musste echt ein bisschen feixen. Aber die Spieler auf dem Boden ignorierten die Lacher. Der General hatte seine Supersportler im Griff.

»Hat Ahnung, der Mensch«, sagte der Coach.

»Von Englisch, oder was?«, meinte Francis, aber dann verstummte er sofort, als er den scharfen Blick unseres Trainers bemerkte. Wahrscheinlich hatte Francis eine Höllenangst vor der Ersatzbank. Aber ich hätte jede Wette gehalten, dass der Coach ihn niemals dorthin gesetzt hätte.

»Also ruht euch aus jetzt«, sagte er, »und bleibt wach. Nicht schlafen, nur ruhen.«

Jana war die Erste, die aufstand und sich etwas abseits auf ein freies Stück Rasen legte. Kopf auf die Sporttasche, Kopfhörer über den Ohren und die Augen geschlossen. Ich hockte mich in ihre Nähe. Nicht direkt daneben natürlich, dazu hätte ich nicht den Mut gehabt. Eher so zwei, drei Meter entfernt, dass ich sie noch anschauen konnte. Im normalen Leben hätte ich mich das niemals getraut. Ich meine, länger als eine halbe Sekunde oder so in ihr Gesicht zu schauen. Sie hatte echt einen wahnsinnig schönen Mund. Eine volle Unterlippe und eine etwas schmalere Oberlippe, und beide waren ein bisschen nach vorne geschoben, sodass sie immer ein bisschen trotzig aussah. Selbst jetzt noch beim Dösen. Die Haut im Gesicht war leicht gebräunt, und auf der Nase hatte sie ein paar Sommersprossen, und ihre Lider mit den dunklen Wimpern zuckten manchmal, als würde sie träumen.

Sonst bewegte sich nichts. Nur die Nasenflügel weiteten sich mit jedem Atemzug. Und der Brustkorb hob und senkte sich im selben Rhythmus. Sie hatte definitiv keinen Busen. Aber die längsten Beine der Welt, und die längsten Zehen wahrscheinlich auch, obwohl man das nicht so richtig erkennen konnte, weil ihre nackten Füße beinahe im Gras verschwanden. So lag sie da, versunken und mit sich allein.

Irgendwann rief uns der Coach dann aber zum Einwerfen für das nächste Spiel. Ich tippte Jana auf die Schulter, weil sie ja einen Kopfhörer trug, und sie faltete ihre Beine zusammen und schob sich nach oben wie eine Hebebühne. So was braucht echt Kraft in den Beinen.

»Genug gesehen?«, fragte sie, während sie ihren Kopfhörer in die Sporttasche packte.

»Wieso … nee … ich nicht … Was meinst du?«, stotterte ich und bekam im Gesicht wahrscheinlich hektische Flecken.

Puh, war das peinlich. Wie hatte sie das mitkriegen können? Dass ich sie die ganze Zeit angestarrt hatte wie ein verliebter Ochse? Am liebsten wäre ich unter das Gras gekrochen. Oder hätte mich in Luft aufgelöst. Natürlich traf ich beim Einwerfen erst einmal keinen einzigen Wurf. So lange, bis sogar unserem Coach auffiel, dass etwas nicht stimmte.

»Was ist los, Luca?«, rief er vom Spielfeldrand. »Geht's dir nicht gut? Dann sag es mir.«

Ich streckte aber nur den Daumen hoch und dann pfiff der Schiedsrichter die großen Kerle zum Mittelkreis und natürlich ging es danach genauso weiter. Ich bekam überhaupt nichts gebacken. Ich verlor Bälle beim Dribbling. Ich warf Pässe direkt ins Aus. Und an einen Wurf auf den Korb traute ich mich überhaupt nicht zu denken. Nach zwei Minuten hatte der Coach genug von dem Elend und nahm mich vom Platz. Da lagen wir bereits mit acht Punkten hinten.

Er ließ jetzt Francis den Aufbau machen, aber unser Spiel wurde nur unwesentlich besser dadurch. Vielleicht produzierte er nicht mehr so viele Fehler wie ich, aber er schaffte es auch nicht, schnell unter den anderen Korb zu kommen. Die Ballsport-Gemeinschaft verteidigte uns mit all ihren Waffen. Ganzfeldpresse. Trap Defense. Unter dem Korb spielten sie eine Zone.

Unser Coach schaute ohne sichtbare Regung zu. Der General marschierte dagegen an der Seitenlinie entlang und brüllte: »Facing, facing … Beinarbeit … die Hüfte runter … verdammt noch mal … das ist zu einfach … Körperspannung … deny, deny … konzentriert euch, den Korbleger musst du treffen …«

Eigentlich kommentierte er pausenlos, was seine Spieler gerade falsch machten. Wie so ein wild gewordener Radioreporter. Als ob man im Nachhinein an einer Aktion noch etwas ändern könnte. Ich schätze, dass seine Jungs das permanente Geschrei überhaupt nicht mehr hörten. Aber vielleicht brauchten sie seine Stimme ja als Geräuschtapete im Hintergrund. Wie andere Leute Musik. Auf jeden Fall schafften sie es, uns auf Abstand zu halten.

»Du musst Luca wieder einwechseln«, sagte Jana, als unser Coach seine letzte Auszeit nahm. Da waren vielleicht noch vier Minuten zu spielen und unser Rückstand war auf zehn Punkte gewachsen. Nichts, was man nicht aufholen könnte in vier Minuten. Das ist das Schöne am Basketball. Aber zehn Punkte Rückstand sind trotzdem schon eine Marke.

Der Coach schüttelte nachdenklich den Kopf. »Du hast gesehen, was mit ihm los ist.«

»Aber wir verlieren. Wir brauchen jemand, der den Ball schnell nach vorne bringt. Wir kriegen das nicht hin ohne ihn.«

»Mit ihm auch nicht.«

»Bitte. Er schafft das … Ich weiß, dass er das schafft.«

Das Wort »bitte« traf unseren Coach wie ein Schlag. Konnte man richtig sehen. Er zuckte zusammen, als hätte er gerade einen Weidezaun angefasst.

»Ach so«, murmelte er. »Das weißt du.« Dann gab er mir ein Zeichen und setzte Murat zurück auf die Bank.

Ich streifte die Jacke ab, die ich mir über die Schulter geworfen hatte. Es war kühl geworden mittlerweile. Der Himmel wechselte gerade von Blau zu Schwarz und um die Flutlichtmasten hatten sich bereits Schwärme von Faltern versammelt.

»Ist nur, weil wir dich brauchen«, sagte Jana, aber dann beugte sie sich noch mal rüber zu mir und flüsterte: »Außerdem war es schön irgendwie … ich meine, wie du neben mir warst und mich angeschaut hast.«

»Wie jetzt? Was meinst du?«

»Halt so, wie wenn jemand da ist, der auf mich aufpasst. Und jetzt klatschen wir die anderen hier weg und stopfen diesem Trainer endlich das Maul.«

Sie sagte echt »wegklatschen« und »Maul stopfen«, obwohl das irgendwie überhaupt nicht passte zu ihr. Wie so ein Proll-Tattoo am Arm der englischen Queen. Sag ich jetzt mal.

»Was ist denn mit dir los?«, fragte ich. »Hast du irgendwas gegen den Trainer?«

»Ich hasse brüllende Männer. Ich hasse Typen, die glauben, sie haben immer recht, nur weil sie lauter schreien.«

»Noch schlimmer als Typen, die sich mal prügeln?«

»Hey, das ist mein Ernst, darüber mache ich keine Witze. Und jetzt lass uns spielen.«

Vier Minuten sind echt eine lange Zeit, wenn man die ganze Zeit mit vollem Tempo über einen Basketballplatz sprintet. Und sie sind wahnsinnig kurz, wenn man dabei zehn Punkte aufholen muss. Wir rannten uns die Lunge aus dem Leib, aber noch schneller als wir rannte die Zeit.

»Über Heinrich«, rief unser Coach von außen, »wir brauchen Dreier«, und Heinrich traf sie dann auch, aber immer wenn wir drei Punkte machten, holten die anderen zwei wieder auf.

Nach zwei Minuten lagen wir immer noch sechs Punkte hinten. Aber uns gelang jetzt so ziemlich alles und die Gegner wurden langsam nervös. Als noch fünfzig Sekunden zu spielen waren, stand es zum ersten Mal unentschieden. Zwölf Sekunden vor Schluss führten wir dann mit einem Punkt. Und weitere fünf Sekunden später lagen wir wieder mit einem Punkt hinten. Uns blieben sieben Sekunden für einen letzten Angriff.

Aber wir hatten keine Auszeit mehr.

»Über Karim«, rief der Coach quer über den Platz. »Oder du gehst alleine, Luca.«

Ganz ehrlich: Für mich gibt es nichts Größeres als so eine Situation. Wenn wieder alles auf null steht und sich das ganze Spiel in dieser einen Sekunde entscheiden muss und wenn es nur noch auf mich ankommt – meine Übersicht, meine Sicherheit, mein Gefühl in der Hand, meinen Abschluss. Das ist dann echt geil, wenn der Ball kurz vor der Sirene die Hand verlässt und in einer perfekten Flugkurve Richtung Korb segelt und Ewigkeiten später durch das Netz flutscht. Am besten, ohne dabei den Ring zu berühren. Ich glaube, vielen zittert in solchen Situationen die Hand. Oder sie können den Arm praktisch gar nicht mehr heben. Bei mir ist es umgekehrt. Je größer der Druck, desto ruhiger werde ich. Wie in der Schule. Je tiefer der Abgrund ist, vor dem ich stehe, desto weiter kann ich auch springen.

Francis machte den Einwurf und ich brachte den Ball dann nach vorne.

»Druck machen«, donnerte der General über den Platz. »Kein Foul … bloß nicht foulen … der geht zum Korb … pass auf den Crossover auf … Herrgott noch mal!«

Der Zeitnehmer zählte währenddessen die Uhr herunter. »Sechs … fünf … vier«, brüllte er, da löste sich Jana von ihrem Gegenspieler und kam von der Grundlinie hoch zum Pick 'n' Roll.

Ich deutete einen Pass an, aber zog dann doch rechts vorbei in die Zone. Ein Dribbling, zwei Schritte, die Verteidiger hatten nicht geswitcht, meiner war immer noch vor mir.

»Drei«, rief der Mann mit der Uhr.

Von unten kam der nächste Gegenspieler zur Helpside hoch, bei »zwei« stemmte ich mich zum Wurf, etwas nach hinten, damit man den Ball schlechter verteidigen konnte. Fadeaway Jumpshot heißt das beim Basketball. Jana stand jetzt frei in der Zone. Es war die Entscheidung einer Zehntelsekunde. Mein Ball kam perfekt als Alley Oop, direkt neben den Ring, und genauso perfekt stieg Jana nach oben. Der Zeitnehmer rief »eins«, als sie den Ball in den Korb tippte. Grazil und geschmeidig.

Der General hüpfte auf dem Platz herum wie ein Springbock. »Zu spät«, schrie er mit hochrotem Kopf, »aus, vorbei … Ref … die Uhr war schon runter … come on … jeder hat das gesehen … wo ist das Fernsehen … ich verlange einen Fernsehbeweis …«

Fernsehen war nicht da. Überraschenderweise. Der Schiedsrichter gab den Korb, war auch überhaupt keine Frage. Jana hüpfte zum Coach und sprang ihn an wie ein Schimpanse den nächsten Ast. Beinahe wäre er nach hinten gekippt. Dann hing sie an ihm, die Beine um seine Taille geschlungen und die Arme hinter dem Nacken verknotet. Seine Hände baumelten eher hilflos herunter.

Für mich war das wie ein kleiner Stich ins Herz. Schließlich hatte sie doch von mir den perfekten Pass bekommen und mich danach noch nicht einmal angeguckt oder abgeklatscht oder sonst irgendwas. Dafür kamen alle anderen angerannt. Soweit sie noch rennen konnten. Francis, Karim, Murat, Heinrich. Wir lachten und sprangen uns gegenseitig an, Brust gegen Brust, wie die Profis. Wir lagen uns in den Armen und hüpften verknäult über den Platz. Der Schreihals stand immer noch da wie ein verloren gegangenes Kind auf dem Bahnhof. Francis salutierte vor ihm und nannte ihn »einen großen Strategen«.

Da wurde sein Kopf noch etwas röter. »Pah, seid ihr schlechte Sieger«, schnaubte er. »Hat doch jeder gesehen, dass wir die wahren Gewinner sind.«

»Träum weiter, Opa«, antwortete Francis.

Dann kam auch Jana wieder zu uns. Sie strahlte glücklicher als jemals zuvor. »Danke, danke, danke!« Sie drückte mir einen verschwitzten Kuss auf die Backe. »Ich hab's gewusst! Gib's zu, dass ich's gewusst hab. Du hast für uns das Spiel gewonnen und keiner hat's geglaubt. Nur ich. Ich hab's gewusst.«

»Nichts ist gewonnen«, sagte der Coach, der sich jetzt auch zu uns gesellte. Er sah ein bisschen zerzaust aus. Auch die Stimme klang nach Kloß im Hals, sodass er sich pausenlos räuspern musste. »Keine Jubel«, sagte er. »Erst gewinnt ihr das Endspiel, dann kommt die Feier.«

Ach du Scheiße

Kapitel 14

Der Gegner dafür wurde gerade jetzt auf Court 2 ermittelt. Die Paarung hieß Dunking Donuts gegen Knicks wie weg. Wie es aussah, hatten wir mit unserem Halbfinale das leichtere Los gezogen. Beide Mannschaften spielten einen großartigen Basketball. Technisch brillant. Und extrem dynamisch. Viel dynamischer, als wir das je gekonnt hätten.

Bis zur dritten Minute. Da schraubte sich ein Spieler der Donuts hoch, um den Ball in den Korb zu stopfen, und der Center der Knicks versuchte, den Ball zu blocken. Es war dieser Schwachkopf, mit dem ich mich vor ein paar Tagen geprügelt hatte. Auch er sprang hoch, das heißt, er versuchte zu springen, aber sein massiger Körper hob kaum vom Boden ab, obwohl er gewaltig Schwung holte mit seinen Armen. Dabei erwischte er den Gegenspieler mit dem Ellenbogen im Gesicht, einen Fingerbreit unter dem Auge. Der drehte fast einen Salto und klatschte danach flach auf den Tartan. Einen Moment lag er besinnungslos da, dann rappelte er sich wieder hoch und baute sich vor dem Center auf. So im Abstand von ein bis zwei Zentimeter.

»Alter, kannst du nicht aufpassen«, zischte er. »Das hier ist Basketball. Nicht Ultimate Fighting. Schon mal gehört? Basketball? Körperloses Spiel? Geht das in deinen Schädel, du Penner?« Dabei schubste er ihn so ein bisschen gegen die Brust.

Der Schwachkopf wartete noch nicht einmal bis zum Ende der

Rede. Ohne Warnung schnellte der Kopf nach vorne. Seine Stirn krachte in das Gesicht seines Gegners, es gab ein übles Geräusch und der Spieler der Donuts knickte nach hinten. Blut quoll aus seiner Nase, ein fetter roter Strom lief ihm über das Kinn und den Hals herunter. Alle seine Kollegen kamen sofort gelaufen.

Es wurde eine richtig heftige Schlägerei. Die Donuts prügelten auf den Schwachkopf ein, und die Knicks hielten dagegen, und am Anfang versuchte der Schiedsrichter noch zu schlichten, aber dann nahm er doch lieber den Kopf zwischen die Arme und robbte rückwärts aus dem Getümmel.

Auch Jana hatte es schlimm erwischt. Dabei war sie überhaupt nicht beteiligt an dem Gemetzel. Sie stand etwas abseits und starrte wie hypnotisiert auf die Gewalt. Stocksteif. Mit aufgerissenen Augen. Unfähig, auch nur einen einzigen Finger zu rühren. Ihr ganzer Körper zitterte, als hätte sie Schüttelfrost. Als ich sie am Arm berührte, zuckte sie zusammen, als wäre sie von einer Peitsche getroffen worden. Sie war überhaupt nicht mehr ansprechbar. Ihr Gesicht war weiß wie ein leeres Blatt, auch die Lippen hatten so eine kranke weißblaue Farbe. Auf der Stirn und der Oberlippe hatten sich viele kleine Schweißtropfen gebildet.

Ich glaube, ich habe in meinem Leben noch nie so eine Panik gehabt. Was war mit Jana los? Sieht man so aus, wenn das Herz stehen bleibt? Oder der Kreislauf? Was immer da im Kreis läuft. Musste Jana jetzt vielleicht sterben? Um Gottes willen.

»Hilfe«, schrie ich, »Hilfe … bitte … warum hilft mir denn keiner?«

Aber das Geschrei bei der Schlägerei war viel lauter als meine Stimme.

Ich muss einen Arzt holen, dachte ich, genau das muss ich, und rannte los, aber nach zwei Schritten bin ich auch wieder umgekehrt, weil ich sie ja nicht allein da rumstehen lassen konnte. Es war der blanke Horror.

Eines steht auf jeden Fall fest seit diesem Tag: Das Allerletzte, was ich im Leben werde, ist Sanitäter. Ich meine, wenn du jemandem helfen musst, und vielleicht hängt sein Leben davon ab, aber du hast überhaupt keinen Plan, weil du ja nicht in den anderen reinschauen kannst. Steckt ihm jetzt eine Pflaume in der Luftröhre? Oder hat er zu viele Drogen genommen? Oder einen Hirnschlag? Oder was weiß ich noch alles. Wahrscheinlich gibt es tausend Sachen, die man da falsch machen kann. Und das Falscheste überhaupt ist bestimmt, gar nichts zu tun. So was möchte ich echt nicht noch mal erleben. Wenn der Mensch, den man am liebsten hat, irgendwie abklappt, und man steht wie ein Blinder vor der Ampel und schafft es nicht, über die Straße zu gehen.

Dann sah ich aus dem Augenwinkel, wie sich unser Coach in das Getümmel stürzte. Er walzte wie ein Bulldozer über den Platz und schlug eine Schneise durch das menschliche Dickicht. Null Ähnlichkeit mehr mit dem Mann, der sonst immer wie ein schlaffes Fragezeichen herumstand und sich auf seinen Besen stützte. Plötzlich bekam man eine Idee, wie er früher Basketball gespielt haben musste. Höchstens eine Minute dauerte es, dann hatte er die Kämpfer wieder in die beiden verschiedenen Lager sortiert. Die standen sich danach schwer atmend und zerbeult gegenüber.

»Was fällt euch ein«, donnerte er. »Was glaubt ihr, was sich Leute erzählen über das Turnier? Spannende Spiele? Tollen Basketball? Großartige Party? Nichts von dem werden sie erzählen. Nur von einer Idiotenbande, die sich Köpfe einhaut. Ihr macht den Sport kaputt, den wir alle lieben. Ihr zieht Basketball in den Dreck. Wer gibt euch Recht dazu …« Dann fiel sein Blick auf Jana und er brach sofort ab und rannte zu ihr herüber. Wahrscheinlich hatte er ihren Zustand jetzt erst bemerkt.

Jana hatte sich immer noch nicht beruhigt. Ich hatte versucht, ihr etwas Wasser zu geben, aber das hatte gar nicht erst funktioniert. Danach war mir nur noch eingefallen, sie auf den Rasen zu legen und meine Sporttasche unter ihre Füße zu schieben. War aber auch nicht so einfach gewesen, weil sie sich richtig heftig dagegen gewehrt hatte. Ihren Kopf legte ich dann noch auf meine Jacke.

Die nahm unser Coach als Erstes weg, als er Jana erreichte. Dann kniete er sich neben sie, fühlte den Puls und strich ihr über die Wangen. Er schob ihr das Haar aus der Stirn und bettete ihren Kopf in seine riesigen Hände. Dabei redete er die ganze Zeit, langsam und bedächtig und in einer Sprache, die ich nicht kannte. Mindestens zehn Minuten tat er nichts anderes, als zu reden. Aber man konnte richtig zusehen, wie sich Janas Körper dabei entspannte. Das Zittern hörte allmählich auf, genauso wie das Flackern der Augen. Sogar das Gesicht bekam wieder eine gesündere Farbe.

»Ich verstehe das nicht«, stammelte ich, »ihr ist doch gar nichts passiert, ich meine, persönlich. Keiner hat sie angegriffen. Warum reagiert sie denn so?«

»Mach dir keine Gedanken«, sagte der Coach, »vielleicht hat sie früher schlimme Dinge erlebt.«

»Was denn für Dinge?«, fragte ich.

Die Sichel zuckte mit den Schultern und hob dann Jana auf, als wäre sie leicht wie Papier. »Luca, du regelst das hier«, sagte er noch. Dann trug er sie rüber zu seiner Wohnung. Gar nicht trauermäßig oder so, wie man das aus dem Fernsehen kennt, wenn irgendwo auf der Welt ein Unglück passiert. Eher war das ein inniges, schönes, friedliches Bild. Ich schaute den beiden hinterher und wusste überhaupt nicht mehr, was ich noch denken sollte.

Von unserer Mannschaft hatte niemand Janas Zusammenbruch bemerkt. Natürlich war die Massenschlägerei interessanter gewesen. Irgendwann tauchte auch die Pfeife von Schiedsrichter wieder auf und tat so, als hätte er die Lage im Griff. Mit durchgedrücktem Kreuz stand er im Mittelkreis und blies in seine Trillerpfeife, bis er die Aufmerksamkeit aller Mannschaften hatte. Dann disqualifizierte er die Donuts und die Knicks für den Rest des Turniers.

»Ich verbiete euch hiermit, jemals wieder hierherzukommen«, rief er, obwohl er das ganz bestimmt gar nicht konnte, weil er hier nicht das Hausrecht besaß. Das hätte vielleicht unser Coach machen können. Aber nicht dieser Kasper.

Wir selbst brauchten dann eine Weile, bis wir realisierten, dass wir damit die Sieger des Hamburger Night Move waren und in einer Woche nach Berlin reisen würden zum großen Finale.

»Wo ist der Coach?«, fragte Francis. »Und was ist mit Jana?«

»Ihr ging's nicht so gut«, antwortete ich, »sie ist irgendwie umgekippt, der Coach hat sie nach Hause gebracht.«

»Alter, ist das geil«, jubelte Karim.

»Wie bitte?«, sagte ich.

»Wir sind geil, Mann, wir fahren nach Berlin zum Finale, das ist geil, aber so richtig.«

Danach gingen wir alle rüber zum Sound-Truck, wo später die Medaillen verteilt werden sollten. Der Staatssekretär hatte dort eine Wand aufbauen lassen mit den Logos aller Sponsoren. Daneben wartete schon eine Reihe von Fotografen. Außerdem waren doch drei Typen vom regionalen Fernsehen da. Und einige Radiosender. Die Fernsehtypen erkannte man an den Aufdrucken auf ihren Regenjacken. Bei den Radioleuten stand der Name des Senders auf den Schaumstoffbällen der Mikrofone. Und dann gab es noch einige Zeitungsreporter. Die kamen wahrscheinlich eher vom Politikressort als aus dem Sport, weil sie fast alle Anzüge trugen. So war das zumindest in der Redaktion meiner Mutter. Da erkannte man die Politikjournalisten daran, dass sie versuchten, genauso langweilig auszusehen wie die Typen, über die sie schrieben. Und die Sportschreiber waren die mit den karierten Hemden und den verlebten Gesichtern.

Alle warteten, bis der Staatssekretär endlich vor die Fotowand trat. Er hatte seine Baseballkappe mittlerweile entsorgt und das Blouson gegen einen Anzug getauscht. Er lobte die »sportlichen Höchstleistungen«, die er »bestaunen durfte«, und nannte die Veranstaltung einen »wichtigen Baustein zur Volksgesundheit« und das »leuchtende Beispiel für eine gelungene Integration«.

Das klang nicht unbedingt so, als hätte er sich überhaupt ein Spiel angeschaut. Auch die Schlägerei erwähnte er mit keinem einzigen Wort. War aber auch logisch, weil die Rede schon vorher im DIN-A4-Format auf seinem Tapeziertisch lag, »zum Nachlesen und für die Presse«.

Dann rief er unser Team auf die Bühne. Der Coach war immer noch nicht wieder aufgetaucht. Jeder von uns bekam eine Medaille. Und Karim durfte zusätzlich noch den Night-Move-Pokal in den Himmel stemmen. Ich schätze, weil er mit seiner dunklen Haut so schön nach gelungener Integration aussah. Dann musste ich mich neben den Politiker stellen und die Medaille in die

Kameras halten und Karim stand auf der anderen Seite mit dem Pokal und der Staatssekretär legte die Arme auf unsere Schultern. Den Mund hatte er dabei zu einem starren Grinsen verzerrt. Sah wirklich grauenhaft künstlich aus. Aber wahrscheinlich merkt man so was auf Fotos nicht. Nehme ich mal an. Der Typ war in solchen Sachen bestimmt ein Profi.

»Daumen hoch«, rief dann einer der Fotografen. Also streckte der Staatssekretär den erhobenen Daumen nach vorn. Das Lächeln saß weiter wie festgenagelt.

»Und dann mal bitte das Victory-Zeichen!«

Der Staatssekretär war sich für nichts zu schade. Von mir wollten sie, dass ich auf die Medaille beiße. Hab ich dann aber nicht gemacht, weil ich noch nie verstanden habe, welchen Sinn so was hat.

Ein paar Journalisten wollten auch noch Interviews führen. Aber nicht mit uns, sondern mit dem Politiker und den Sponsoren. Also haben wir Spieler uns für den kommenden Morgen verabredet und sind nach Hause gegangen.

Echt gruselig

Kapitel 15

Der nächste Tag war ziemlich unwirklich.

Schon bei uns zu Hause im Treppenhaus wurde ich angesprochen, als ich morgens zur Schule ging. Auch in der Klasse klopfte mir alle paar Meter jemand anderes auf die Schulter. Sogar die Mädchen, die wahrscheinlich vorher noch nicht mal gewusst hatten, dass es mich gab. Sie erzählten von einem riesigen Bild in der Zeitung und von einer Szene im Fernsehen, in der ich ebenfalls zu erkennen war. Irgendwann konnte ich nicht mehr anders, als mir am Kiosk neben der Schule eine Zeitung zu kaufen. Obwohl es für mich praktisch nichts Unsinnigeres gibt, als Geld für Zeitungen auszugeben, weil Zeitung lesen ungefähr wie Zimmer aufräumen ist: Am nächsten Tag beginnt derselbe Mist wieder von vorne und dann kann man sich die Arbeit auch gleich sparen. Finde ich. Wenn man erst mal ein bestimmtes Level an Unordnung oder Unwissen erreicht hat, kann man sich praktisch nicht mehr verschlechtern.

Die Presse hatte jedenfalls aus dem Night Move eine riesengroße Sache gemacht. Das Foto von uns und dem Staatssekretär klebte fett auf der ersten Seite. Allerdings nur vom Lokalteil und nicht im Sport. Es zeigte einen dynamischen und äußerst freundlichen Mann, der seine Hände lässig auf unsere Schultern legte. Außerdem zeigte es zwei Schüler, die stumpf in die Kamera glotzten. Das heißt, ich glotzte nicht einmal, sondern hatte gerade die

Augen geschlossen. Unser Trikot sah noch dämlicher aus, als ich es in meinen dunkelsten Augenblicken befürchtet hatte.

Der Text in der Zeitung dazu handelte vom positiven Einfluss des Sports auf Körper und Geist, was unser Foto jetzt nicht so bestätigen konnte. »Text-Bild-Schere« nennt man das. Hat mir meine Mutter mal beigebracht.

Es gab auch kein Wort über unsere Spiele. Und genauso wenig über die Schlägerei. Unsere Mannschaft kam eigentlich nur in der Bildunterschrift vor. Und da hieß ich nicht mehr Luca, sondern Lukas, und aus Karim war Kareem geworden. Immerhin wie Kareem Abdul-Jabar, der in seiner Laufbahn sechs Mal zum wertvollsten Spieler der NBA gewählt worden war. Außerdem gab es eine Art Grußwort des Oberbürgermeisters, der uns viel Glück wünschte für das Turnier in Berlin. Hatte wahrscheinlich auch sein Parteifreund, der Staatssekretär, eingefädelt. Die Zeitung bot dazu eine Busfahrt in die Hauptstadt an. »59 Euro inkl. Mittagessen im Schnitzelhaus Güstrow, all you can eat, exklusiv für jeden Supporter.«

Im Sportteil standen dann doch die Ergebnisse. Und es gab eine Anzeigenseite des Limonadenherstellers, der sich selbst mit Bildern vom Night Move feierte. Auf einem der Fotos konnte man Jana sehen, von hinten, wie sie gerade zum Rebound abhob. Und ein anderes zeigte sie, wie sie auf dem Rasen lag und ich neben ihr saß und auf ihren nicht vorhandenen Busen starrte. Heilige Scheiße. »Play hard, drink soft« stand über der ganzen Seite. Gleich nach der Schule musste ich mit ihr reden und schauen, ob mit ihr wieder alles in Ordnung war. Das konnte der Coach ja schlecht verbieten. Ich meine, nach dem, was mit ihr gestern passiert war.

Am Ende musste ich sie nicht einmal suchen, weil sie schon auf dem Platz wartete, als ich dort auflief. Sie sah komplett ratlos aus. Fast schon ein bisschen panisch.

»Als ich heut Morgen aufgewacht bin, lag ich plötzlich in einer fremden Wohnung«, sagte sie. »Wieso denn das? Wie bin ich da hingekommen? Was bedeutet das?«

»Der Coach hat dich zu sich nach Hause getragen«, sagte ich, »mehr weiß ich auch nicht.«

Jana hatte keine Erinnerung an das Ende des Turniers. Sie wusste nichts von ihrem Zusammenbruch, sie wusste nichts von der Schlägerei, und dass wir gewonnen hatten, wusste sie auch nicht.

»Passiert dir das öfter?«, fragte ich. »Ich meine, dass du so zusammenklappst. Das war echt gruselig.«

Jana schaute ins Leere und gab keine Antwort. »Ich muss den Coach fragen«, sagte sie zu sich selbst, »… ich meine … ist doch nicht normal, mich in seine Wohnung zu bringen … und dann zu verschwinden … und nicht wieder aufzutauchen … einfach so.«

»Außerdem haben wir eigentlich jetzt schon seit einer Viertelstunde Training«, meinte Francis. Er war auch auf den Platz gekommen. Mit Flipflops und Badehose und ohne T-Shirt. »Der traut sich was. So wie er uns jedes Mal eintopft, wenn sich einer von uns verspätet.«

Nach ein paar Minuten hatte sich auch der Rest der Mannschaft bei uns versammelt. Wir guckten uns alle ein wenig unschlüssig an. Bisher hatte der Coach beim Training noch keine einzige Minute verpasst.

»Vielleicht isser saufen gegangen nach dem Sieg«, meinte Francis. »Und jetzt hängt er irgendwo ab in der Ecke.«

»Digga, spinnstu«, sagte Murat, »gehssu nix saufen bei kranke Mädchen in deine Wohnung.«

»Vielleicht fragen wir mal beim Direktor nach, ob er heute gearbeitet hat«, sagte Heinrich, der die Welt ja immer etwas nüchterner sah als wir. »Wahrscheinlich hatte er Probleme beim Abbau der Buden. Oder so.«

Der Direktor war allerdings um diese Uhrzeit längst nicht mehr in seinem Büro. Nur die Schulsekretärin wühlte dort noch herum.

Sie war so der mittelalte, praktische Typ mit Halbschuhen, grauem Kurzhaarschnitt und Jack-Wolfskin-Fleecejacke. Wahrscheinlich machte sie in der Freizeit Nordic Walking und hatte Packtaschen an ihrem Hollandrad. Hier robbte sie gerade auf allen vieren um den Schreibtisch herum und verlegte Kabel.

Jana schob mich nach vorne und die Frau schaute mich fragend von unten an.

»Ähem«, stotterte ich, »ja, also … wir suchen den Hausmeister, wissen Sie zufällig, wie er heißt? Und wo wir ihn vielleicht finden?«

»Er heißt Stanislaus Lob, und wo er ist, weiß ich nicht«, meinte sie, »aber wenn ihr ihn trefft, könnt ihr ihm schon mal ausrichten, dass er sich bitte schön sofort bei mir melden soll. Oder er kann gleich seine Papiere nehmen. Erst brockt er uns die Sache mit diesem Night Move ein, und dann verschwindet er, sobald der Dreck weggeräumt werden muss.«

»Das heißt, Sie haben ihn heute noch gar nicht gesehen?«, fragte ich.

»Und dafür habe ich weiß Gott nicht das geringste Verständnis.«

»Haben Sie bei ihm schon mal erlebt, dass er nicht zur Arbeit gekommen ist?«, fragte Jana.

»Jetzt wo du es sagst, nein, kann ich mich nicht erinnern.«

»Und warum glauben Sie dann, dass er sich drücken will?«

»Weil ich mich am liebsten auch drücken würde, wenn ich den ganzen Mist da draußen sehe.«

Dann lachte sie so ein dunkles, kehliges Lachen und kroch unter dem Schreibtisch hervor.

»Ihr habt recht, Kinder, das passt nicht, vielleicht ist er ja krank.«

»Er ist aber nicht zu Hause.«

»Hm, dann müssen wir jetzt mal überlegen«, sagte sie, aber dann überlegte sie doch nicht, sondern hatte mit einem Griff gleich alle wichtigen Telefonnummern parat: den Veranstalter des Night Move, den Eventmanager des Limonadenherstellers und die städtische Müllabfuhr. Sie wählte die Nummern und reichte mir dann den Hörer rüber, keine Ahnung, vielleicht weil ich der Mann war oder so. Ich gab ihn jedenfalls weiter an Jana, aber sie schüttelte nur energisch den Kopf und verknotete ihre Arme hinter dem Rücken, sodass mir gar nichts übrig blieb, als selbst mit den Typen zu reden. Und jeder, ungelogen, sagte erst mal: »Wie alt bist du denn, mein Kind?« Oder: »Gib mir mal deine Mutter.« Oder so was.

Unseren Coach aber hatte keiner von ihnen gesehen. Nirgendwo war ein Mensch mit dem Namen Stanislaus Lob aufgetaucht, keiner hatte Kontakt gehabt, zum Schluss telefonierte ich sogar noch mit einem Mann von der Polizei.

»Seit wann ist die betreffende Person abgängig?«, fragte die Stimme im Telefon.

»Seit heute Morgen«, antwortete ich.

»Bitte was?«

»Ich sagte, wir vermissen ihn seit heute Morgen.«

»Ich habe dich schon verstanden. Was glaubst du, was wir hier tun? In der Nase bohren? Wenn wir uns um jeden Menschen kümmern müssten, der mal einen halben Tag nicht zur Arbeit kommt, müssten wir unser Personal verzehnfachen. Melde dich in zwei Tagen wieder. Falls er dann immer noch nicht aufgetaucht ist.« Dann knackte es in der Leitung. Wahrscheinlich hatte er einfach aufgelegt.

»Polizisten«, sagte die Sekretärin verächtlich. »Tun so, als wären sie Papst, aber das Abitur an unserer Schule hätte keiner von denen geschafft. Und so jemand darf uns Befehle erteilen. Das ist der Abgrund.« Sie redete sich richtig in Rage. Aber insgeheim gab ich ihr recht. Ich hatte auch noch nie einen bescheidenen Polizisten erlebt.

»Trotzdem bin ich sicher, dass ihr unseren Hausmeister wiederfindet«, sagte die Sekretärin noch. »So jemand verschwindet ja nicht einfach. Warum sucht ihr ihn überhaupt?«

»Er ist unser Trainer«, erklärte ich.

»Sieht aber nicht sehr sportlich aus, der Herr.« Sie lachte. »Na ja, trotzdem viel Glück bei der Suche.«

Was geht?

Kapitel 16

Nach drei Tagen war die Sichel immer noch nicht wieder da. Keiner von unserem Team hatte etwas gesehen oder gehört. Jana und ich waren in unserem Stadtteil von einem Krankenhaus zum nächsten gelaufen, aber dort war kein Stanislaus Lob aufgetaucht. Karim hatte alle Basketball-Vereine abgeklappert und Francis bei den Hamburger Zeitungen nachgefragt. Niemand hatte eine Information über unseren Trainer. Trotzdem interessierte sich die Polizei immer noch nicht für ihn. Und das Internet kannte auch keinen Stanislaus Lob. Kein einziger Eintrag. Zumindest hatte ich keinen gefunden.

»Was machen wir denn jetzt?«, fragte Jana, als wir uns wieder auf dem Platz trafen.

»Wir brauchen auf jeden Fall einen Trainer«, antwortete Heinrich. »Ohne Trainer dürfen wir in Berlin gar nicht mitspielen. Steht in den Regeln.«

»Wieso das denn?«, fragte Francis. »War hier in Hamburg doch auch nicht nötig.«

»Da konnten theoretisch auch die Eltern aufpassen auf uns. Bei einer Auswärtsfahrt will das Ministerium einen Erziehungsberechtigten sehen. Ist so, kann ich jetzt auch nicht ändern.«

»Dann fährt halt meine Mutter mit«, sagte ich. »Die macht so was, bin ich mir absolut sicher.«

»Dann ist das ja schon mal geklärt«, meinte Heinrich. »Der

zweite Punkt ist: Wir müssen uns kräftig verstärken, wenn wir in Berlin irgendwas reißen wollen.«

»Was denn verstärken?«, fragte Jana.

»Uns. Auf deiner Position, zum Beispiel. Du bist die einzige Große in unserem Team. Und du bist jetzt auch nicht gerade ein Wellenbrecher. Sobald jemand richtig körperlich gegenhält, verlieren wir den Kampf um die Bretter. So haben wir in Berlin keine Chance, das ist mal sicher. Oder nimm die Position des Pointguard. Wenn Luca sich verletzt oder ein anderes Team es schafft, ihn aus dem Spiel zu nehmen, sind wir komplett aufgeschmissen. Wir brauchen auf jeden Fall noch einen zweiten vernünftigen Guard.«

»Und wer soll das sein?«, fragte Francis. »Du vielleicht?«

»Hörst du nicht zu? Ich sagte: Verstärkung. Ich bin keine Verstärkung. Ich bin schon da.«

»Ach was …«

»Aber was haltet ihr von ihm hier?« Heinrich deutete auf den Jungen, der sich auf der anderen Seite des Platzes gerade durch das Loch im Zaun schlängelte: Ball in der Hand, Lakers-Hose, die neusten Hyperdunks, Yankee-Cap in den Nacken geschoben.

»Robin ist absolut ein genialer Spieler«, hörte ich Jana sagen und wartete auf das »aber«, weil sie ihn ja definitiv für einen Idioten hielt. Aber nichts passierte. Das war wie im Western, wenn auf einen Cowboy geschossen wird, und der schaut dann ungläubig an sich runter und sieht, wie ihm das Blut aus der Bauchhöhle quillt, und kapiert erst nach einer Minute, wie weh das tut und dass es jetzt vorbei ist mit ihm.

»Ist jetzt 'n Scherz, oder?«, fragte ich vorsichtig.

»Wieso?«, sagte Jana.

»Na ja, weil … weil der Typ ein Angeber ist … und ein Idiot … und weil er überhaupt alles kaputt macht.«

»Jetzt reagier doch nicht gleich allergisch, nur weil er auf deiner Position spielt.«

»Darum geht's hier doch gar nicht.«

»Robin ist aber ein echt guter Spieler, also, find ich jetzt auch«, meinte Francis, »und wenn so einer bei uns im Team ist, da sag ich doch, prima.«

Die anderen nickten. Einer nach dem anderen.

Ich verdrehte die Augen. »Ihr werdet schon sehen, was ihr davon habt«, murmelte ich leise, weil es immer blöd aussieht, wenn man gegen was protestiert und gleichzeitig selbst betroffen ist. Dann denken alle, man würde das nur so aus Egoismus tun. Dabei ging es um das genaue Gegenteil: dass ein Ego-Zocker wie er für das Team eine Katastrophe wäre.

»Kommst du mal rüber?«, rief Jana, als Robin begann, sich unter dem anderen Korb aufzuwärmen. Echt albern, wie er da einen auf Profi machte mit seinen Dehnübungen und den kurzen Sprints. Dann kam er betont lässig herübergeschlendert. Dribbelte dabei den Ball zwischen den Beinen. Hinter dem Rücken. Ohne auf die Hände zu sehen.

»Was geht?«, sagte er zu Jana und zwinkerte ihr so dämlich, aufreißermäßig zu.

Schon dafür hätte ich ihm seine Hyperdunks in den Arsch schieben können. Jana tat so, als hätte sie nichts bemerkt.

»Hör mal«, sagte sie, »wir bräuchten für das Night-Move-Finale in Berlin noch ein paar gute Spieler. Wie sieht's aus, hättest du Lust, mit dabei zu sein?«

»Auf welcher Position?«, fragte Robin und deutete in meine

Richtung. »Ich meine, wenn ich spiele, dann nur auf der Eins, was anderes kommt für mich nicht infrage.«

»Jeder Spieler spielt genau da, wo das Team ihn hinstellt«, antwortete Heinrich.

»Und wer entscheidet das?«

»Wir. Das Team. Die Mehrheit«, sagte Jana.

Robin fing an zu lachen und deutete dabei auf Heinrich und mich, und das war schon der zweite Grund, ihm eine reinzuhauen. Innerhalb von nur einer Minute.

Er sagte: »Nee jetzt … is' nich' euer Ernst … das könnt ihr total vergessen. Dass ich mir von diesen Typen was sagen lasse.«

»Jetzt pass mal auf«, zischte Jana, und ihre Stimme wurde dabei so scharf, dass Robin unwillkürlich den Kopf einzog. »Das ist aber so, wenn du dazugehören willst. Das Team entscheidet. Wo du spielst. Und wann. Und warum. Und wenn dir das nicht passt, kannst du hier sofort wieder gehen.«

Eine gefühlte Ewigkeit sagte Robin gar nichts. Ich betete, dass er immer noch so arrogant war wie früher und ablehnen würde, aber dann murmelte er: »Ist ja gut, von mir aus, hat halt die Mehrheit das Sagen.«

»Dann wäre das ja schon mal geklärt«, meinte Heinrich. »Und um auf deine Frage mit der Guard-Position zu antworten: Wir sind sowieso eine kleine Mannschaft. Das ist unsere Schwäche, aber auch unsere Stärke. Du und Luca, ihr seid beide schnell, ihr könnt beide zum Korb ziehen, ihr könnt beide passen und ihr habt von draußen einen sicheren Wurf. Also spielen wir auch mit zwei Pointguards, würde ich sagen.«

»Und wer bringt dann den Ball?«

»Wir spielen Fast Break, wo immer es geht. Also, wir tragen

den Ball nicht nach vorne, sondern passen ihn auf die Außenbahn. Und das macht derjenige, der näher am Einwerfer oder am Rebounder ist. Der andere läuft als Flyer zur Mittellinie. So einfach ist das.«

»Ich überleg's mir«, sagte Robin und schlenderte wieder rüber zum anderen Korb, um schwer professionell an seinem Wurf zu feilen. So ein Spinner.

Geht gar nicht

Kapitel 17

Meistens begannen die Trainingseinheiten in den nächsten Tagen so, dass Heinrich mit ein paar Zetteln vor die Mannschaft trat. Auf denen hatte er irgendwelche Spielzüge aufgemalt, die so kompliziert waren, dass sie keiner von uns kapierte. Mit geraden, gestrichelten, gepunkteten und geschlängelten Linien, je nachdem, ob man mit dem Ball dribbelte oder sich ohne Ball freilief oder auf den Korb warf oder passte.

»Willsu arschen, oda was?«, rief Murat, als er zum ersten Mal eine dieser Zeichnungen sah. »Spielisch Basketball oder gehisch Schule?«

»Dann kommt mal zusammen«, sagte Heinrich, »lasst mich das kurz erklären. Ich bin zwar nicht euer Trainer, also nicht wirklich, aber ich möchte hier trotzdem mal was Prinzipielles zum Basketball sagen.«

»Es will aber keiner hören, was du Prinzipielles zu sagen hast«, entgegnete Robin.

Trotzdem kamen wir alle angetrottet und setzten uns auf die Tribüne und Heinrich hockte sich im Schneidersitz auf das Tartanfeld.

»Es gibt einen ganz wesentlichen Unterschied zwischen Fußball und Basketball«, erklärte er und klang dabei wie der schlimmste Klugscheißerlehrer. »Diesen Unterschied müsst ihr begreifen. Er liegt in den rechnerischen Wahrscheinlichkeiten für eine erfolgreiche Aktion. Schauen wir uns den Fußball an. Beim Fußball führen von hundert Angriffen statistisch gesehen ungefähr einer bis zwei zu einem Tor. Die Wahrscheinlichkeit für einen Treffer liegt also bei ein bis zwei Prozent pro Angriff. Eine gute Mannschaft schießt in einem Spiel ungefähr zwanzigmal aufs Tor. Was bedeutet das? Es bedeutet, dass von diesen zwanzig Schüssen möglicherweise keiner ins Tor geht, weil statistisch gesehen sowieso nur jeder fünfzigste trifft. Gleichzeitig kann der Gegner aber auch mit seiner ersten Chance das Tor treffen. Der Ausgang eines Fußballspiels ist also mathematisch gesehen in einem hohen Maß Zufall: Ich kann die schlechtere Mannschaft sein und trotzdem das Spiel gewinnen, einfach deshalb, weil mir gleich am Anfang ein Glücksschuss gelingt. Und mein Gegner kann mir in allen Belangen überlegen sein und trotzdem verlieren, weil von seinen zwanzig Schüssen keiner ins Tor trifft. Was folgt daraus für die Taktik?«

Er schaute von einem zum anderen, aber es hätte mich gewundert, wenn überhaupt einer richtig zugehört hätte. Schon weil er das Wort »Mathematik« benutzt hatte, und dabei fangen die meisten Menschen ja sofort an zu schlafen. Wie bei mir im Unterricht, wenn jemand »Punische Kriege« sagt oder »Gewerkschaftsvorsitzender« oder »mittlere Jungsteinzeit« oder so was. Sind bestimmt alles wichtige Themen, aber mir kippt dann sofort der Kopf auf die Tischplatte. Da hab ich überhaupt keine Chance, mich dagegen zu wehren. Auch hier antwortete keiner von unserer Mannschaft.

»Es folgt daraus, dass es im Fußball durchaus Sinn macht, das Glück zu versuchen«, fuhr Heinrich fort. »Es folgt daraus, dass es mathematisch nicht unvernünftig ist, wenn ich einfach mal einen

Dreißigmeterschuss wage. Mathematisch gesehen verschlechtern sich meine Wahrscheinlichkeiten dadurch nur unwesentlich.«

»Alter, was quatschst du Fußball?«, sagte Murat. »Und Mathematik und so 'n Zeug? Wir spielen Basketball.«

»Weiß ich«, sagte Heinrich, »aber um das Wesen des Basketballs zu begreifen, ist so ein Ausflug zum Fußball wichtig.«

»Was denn für 'n Ausflug?«

»Mensch, du weißt schon, gedanklicher Ausflug. Beim Basketball sieht die Rechnung komplett anders aus. Beim Basketball führt ungefähr jeder zweite Angriff zu einem Korb. Wenn du einen Angriff läufst, liegt die Wahrscheinlichkeit, dass er auch zu einem Korberfolg führt, bei fünfzig Prozent. Für die Dauer eines normalen Spiels sind das vierzig bis fünfzig erfolgreiche Abschlüsse. Das ist im Sinne der Wahrscheinlichkeitsrechnung schon eine statistisch signifikante Größe. Wir bewegen uns beim Basketball also nicht mehr im Bereich des Zufalls. Beim Basketball gewinnt in fünfundneunzig von hundert Fällen die bessere Mannschaft. Wer aber ist die bessere Mannschaft? Ganz klar: Die bessere Mannschaft ist diejenige, die mit einer höheren Wahrscheinlichkeit trifft. Ein Team mit einer Trefferquote von fünfundvierzig Prozent verliert gegen jedes Team, das seine Würfe zu fünfundfünfzig Prozent versenkt.«

»Alder, du erzählst was vom Pferd«, schimpfte Francis. »Ich kapier's nicht, was soll das?«

»Halt die Klappe und lass ihn ausreden«, sagte Jana.

»Ich find's auch blödsinnig«, meinte Robin. »Geile Spieler gewinnen Spiele. Nicht so ein mathematischer Wahrscheinlichkeitsscheiß. Du brauchst krasse Moves und einen guten Wurf, dann gewinnst du auch.«

»Jetzt hört ihm doch erst mal zu«, sagte Jana.

Und Heinrich meinte: »Dann mach ich mal weiter. Wir müssen uns also fragen: Wie erhöhen wir in unserem Spiel den Prozentsatz von Treffern? Und wie verringern wir den Prozentsatz bei unseren Gegnern? Wie steigern wir unsere Quote? Schauen wir dazu auf unser eigenes Spiel. Wenn wir ohne Gegenspieler allein zum Korb ziehen können, treffen wir mindestens in neun von zehn Fällen. Richtig? Wenn wir vorher eine Eins-gegen-eins-Situation haben, kommen wir vielleicht noch zu sechzig Prozent zu einem Korberfolg. Und wenn die Gegner eine Zone spielen und fünf Mann vor dem Korb stehen, verringert sich die Wahrscheinlichkeit für einen erfolgreichen Korbleger noch mal dramatisch. Verstanden?«

Heinrich schaute von einem zum anderen. Francis und Jana nickten müde. Die anderen reagierten gar nicht.

»Anderes Beispiel«, fuhr Heinrich fort, »wenn ich auf meinem Spot frei zum Schuss komme, treffe ich, sagen wir, zu sechzig Prozent den Korb. Wenn mir jemand dabei die Hand ins Gesicht hält, sind es noch maximal zwanzig Prozent. Und wenn nicht ich dort stehe, sondern, sagen wir, Karim – also jetzt nichts gegen dich, Karim –, dann geht die Wahrscheinlichkeit eines Korberfolgs gegen null. Freier Dreier von mir vom Spot: gute Entscheidung. Verteidigter Wurf von Karim: ganz schlechte Wahl. Verstanden? Darum geht es: Wir müssen kluge Entscheidungen treffen und uns Abschlüsse mit hohen Wahrscheinlichkeiten erarbeiten, damit wir unsere Spiele gewinnen.«

»Was ist denn daran neu?«, fragte Robin.

»Gar nichts. Das ist sogar so alt, dass schon Computerprogramme existieren, mit denen sich die Stärken und Schwächen von

Mannschaften anhand solcher Wahrscheinlichkeiten analysieren lassen«, antwortete Heinrich. »Aber es wäre echt nett, wenn ihr mich nicht jedes Mal nach fünf Sätzen unterbrecht. Also, die Frage ist: Wie erhöhen wir unsere Wahrscheinlichkeiten? Erster Punkt: Je schneller wir spielen, desto weniger Zeit hat der Gegner, sich zu positionieren. Das heißt, desto freier kommen wir zum Wurf, desto besser ist unsere Quote. Also versuchen wir, schnell zu spielen. Ultraschnell. Wir laufen schnelle Fast Breaks. Und wir passen schneller, als der Gegner verschieben kann. Im Fußball würde man ›One-Touch-Fußball‹ dazu sagen. So, zweiter Punkt: Wir vermeiden schwierige Abschlüsse. Bevor wir einen verteidigten Wurf von draußen nehmen oder in eine vollbesetzte Zone ziehen, beginnen wir lieber einen neuen Spielzug. Dritter Punkt: Alle Spielzüge, die auf euren Zetteln stehen, führen zu Situationen, in denen wir eine Überzahl herstellen, sodass am Ende einer unserer Spieler einen freien Wurf hat. Ihr müsst diese Spielzüge hier im Training nur wieder und wieder üben. So lange, bis ihr sie mit geschlossenen Augen bei vollem Tempo beherrscht. Die Effektivität eines Spielzugs hängt von der Geschwindigkeit ab, mit der wir ihn spielen können.«

»Stammen die auch aus so einem Computerprogramm?«, fragte Robin.

»Nein«, antwortete Heinrich knapp. »Sind von mir. Wenn ihr sie sauber durchspielt, werdet ihr damit Erfolg haben. Das garantiere ich.«

Hat aber dann schon im Ansatz nicht funktioniert. Manchmal hasse ich es, recht zu haben, aber dieser Robin war echt die Pest. Noch viel schlimmer, als ich befürchtet hatte. Egal, was wir machten, egal, welche Spielzüge wir übten, er musste immer eine

Extrawurst braten. Immer so spielen, dass er sich selbst in Szene setzte. Meistens waren die Moves, die er machte, gar nicht so schlecht – okay, sie waren sogar richtig gut –, aber es war eben nie das, was wir üben wollten. Außerdem tat er auf dem Spielfeld so, als wäre ich überhaupt nicht da. Am Anfang dachte ich noch, dass er mich nur zufällig nicht bemerkt hätte, aber dann sah es doch echt nach Absicht aus. Ich sollte den Ball nicht bekommen. Da konnte ich so einsam in der Zone rumstehen, wie ich wollte. Lieber machte Robin einen bescheuerten Einhand-beim-Laufen-behind-the-back-Bodenpass, als dass er sich an den Spielzug gehalten und mich angepasst hätte.

Jana bekam den Ball dafür umso öfter. Und immer wenn sie danach einen Korb machte, kam er angerannt und klatschte sie ab, und sie lachte befreit und glücklich. So sah es jedenfalls aus. Außerdem machte Robin schon am ersten Tag auf General und brüllte Kommandos oder rief »hier« oder »Ball« oder so was und die anderen passten dann auch und sahen nicht mehr den besser postierten Spieler.

Nach zwei Tagen war ich so genervt, dass ich allen Mut zusammennahm und mit Jana sprach. Es war nach dem Training, als alle davon redeten, wie sie das Turnier in Berlin gewinnen würden und was sie dann alles machen würden, wenn sie in Amerika waren. Gerade hatten wir ein Drei-gegen-drei-Trainingsspielchen gemacht – Robin, Karim und Jana gegen Heinrich, Francis und mich – und die anderen hatten uns richtig zerstört. Jetzt hockte Jana auf dem Boden und machte sich die Schnürsenkel auf. Dann schob sie die neuen Hightech-Schuhe von ihren Fersen. Noch pumpte sie heftig nach Luft.

»Was ist?«, keuchte sie, weil ich mal wieder kein Wort herausbekam und nur auf ihre Füße starrte. Ich meine, ich finde Füße jetzt nicht besonders schön oder so, nicht mal die von Fußmodels in der Werbung, die ja die schönsten Füße des Universums haben müssten und die nicht aussehen wie die Füße meiner Mutter zum Beispiel, die an jedem Fuß seitlich vorne so einen dicken Knubbel hat, von dem der große Zeh irgendwie rechtwinklig abbiegt. Sieht man bei vielen Frauen, wenn man mal auf der Straße guckt. Männer haben so was nicht, nicht mal die ältesten Opas. Auch Janas Füße sahen lustig aus, weil der zweite und dritte Zeh länger waren als der große, sodass der ganze Fuß nach vorne eher spitz zulief. Wie so ein Ruderboot eben.

»Luca«, fragte Jana, »was willst du?«

»Das Team … «, stotterte ich, »Robin macht alles kaputt … wie ich gesagt hab.«

Jana schaute mich von unten an mit ihren großen Augen. Wie so eine Spielzeugpuppe, bei der die Wimpern hochklappen, wenn man den Kopf bewegt.

»Er passt doch den Ball«, sagte sie schließlich. »Ich finde, Robin ist gar kein Ego.«

»Komm schon, du weißt, dass das nicht stimmt«, antwortete ich. »Du bist die Einzige, die er anspielt.«

»Luca, bist du eifersüchtig?«

»Blödsinn, ich bin nicht eifersüchtig.«

»Dann sei mal entspannt, ich finde, es läuft gerade echt cool.«

»Wenn du meinst«, sagte ich. »Ich finde nicht. Ist doch so, dass sich keiner um das kümmert, was Heinrich sagt. Jeder macht hier nur sein eigenes Ding.«

»Trotzdem sind wir besser als früher. Das ist mal sicher.«

»Weißt du, was die Sichel gesagt hat? Damals, zu mir? Er hat gesagt, dass er mich als Guard haben will, weil ich nie den Ball fordere. Das hat er gesagt. Deshalb wollte er mich im Team. Und nicht Robin.«

»Interessiert mich aber absolut nicht, was der Coach mal gemeint hat. Er ist abgehauen und hat uns im Stich gelassen. Von wegen Teamplay und das Wichtigste ist die Mannschaft. Dem ist es völlig egal, was mit uns passiert. So sieht's aus. Der Typ ist ein Arsch und ein Verräter, der kann mir komplett gestohlen bleiben.«

»Und deshalb siehst du auch nicht mehr, was für ein Angeber Robin ist?«

»Die Meinung hast du aber exklusiv«, sagte Jana.

»Dafür änderst du deine ganz schön schnell«, antwortete ich. »Vor ein paar Wochen war er für dich noch der Vollidiot. Hast du selbst zu deiner Freundin gesagt.«

»Und? Ist doch meine Sache.«

»Ich versteh's halt nicht. Mich hast du nach meiner Schlägerei ganz schnell gedisst. Ich durfte dir nicht mal die ganze Sache erklären. Aber dieser Robin gibt dir zwei schöne Pässe und ist für dich gleich der Held?«

»Ja klar, und du bist überhaupt nicht eifersüchtig.«

»Na und, bin ich's halt«, sagte ich, aber in diesem Moment kam Robin angeschlendert und gab ihr High-five und sagte: »Wenn der Kollege hier nervt … musst du nur sagen, ich übernehme das.«

»Verschwinde … du … du … Penner«, piepste ich. »Geht dich überhaupt gar nix an.«

»Da kann aber einer mit Niederlagen nicht umgehen«, meinte Robin und legte so grauenhaft gönnermäßig seinen Arm auf meine Schulter, dass ich ihm am liebsten auf seine tollen Schuhe gekotzt hätte. So eklig war das.

»Hör zu, Mann«, sagte er »das ist jetzt ziemlich asozial, wie du dich gegenüber unserer Lady benimmst. So was findet hier keiner gut. Warum gehst du nicht einfach und coolst dich runter? Und wenn du dich wieder beruhigt hast, können wir über alles reden.«

»Ich hab mit dir überhaupt nichts zu reden«, entgegnete ich, aber dann bin ich trotzdem gegangen, weil ich gemerkt habe, wie die Wut in mir hochkam und ich ihm gleich eine reingewürgt hätte. Ich war wirklich ganz kurz davor, da hatte praktisch kein Millimeter gefehlt.

Brutale Sache

Kapitel 18

Es war am Anfang des nächsten Trainingstags. Ich hatte mich echt wieder vorbildlich unter Kontrolle. Aber dann rief Robin gleich zu Beginn die ganze Mannschaft zusammen, als wäre er jetzt der Chef.

»Ich habe mir das jetzt eine Woche lang angeschaut, aber so geht es nicht weiter«, erklärte er. »Wir brauchen definitiv die Hilfe von einem Profi. Heinrich, das geht nicht gegen dich, aber schlaues Gerede wirft nun mal keine Körbe.«

»Hauptsache, du hast den Durchblick«, sagte Heinrich.

»Deine selbst gehäkelten Spielzüge bringen uns jedenfalls nicht wirklich nach vorn.«

»Es gibt einen Unterschied zwischen selbst gehäkelt und kreativ.«

»Einen professionellen Trainer brauchen wir trotzdem.«

»Ach, und so einen hast du im Ärmel?«, sagte ich und wusste im selben Moment, dass dieser Satz ein Fehler war, weil er Robin die Chance gab, seinen Profi zu präsentieren.

»Ganz genau«, erklärte er dann auch. »Ihr kennt ihn vom Night Move. Es gibt in ganz Hamburg keinen besseren Jugendtrainer.«

Ich erinnerte mich nur an einen einzigen Trainer auf dem Turnier. Das war dieses Rumpelstilzchen in kurzen Hosen, das die ganze Zeit an der Seitenlinie rumgetanzt war und englische Befehle über den Platz geschrien hatte. Der totale Idiot. Und das einzig Gute an ihm war, dass Jana ihn auch zum Kotzen gefunden hatte.

»Du meinst doch nicht den Trainer der BG Nord?«, fragte ich.

»Genau den«, antwortete Robin.

»Woher kennst du ihn denn?«

»Ich hab früher auch mal dort gespielt.«

»Das bestimmst aber nicht du, wer uns coacht, darüber entscheidet noch immer die ganze Mannschaft.«

Eigentlich war ich mir absolut sicher, dass dieser Schreihals bei uns keine Chance hatte. Niemand, der noch ein bisschen Verstand hatte, würde so einen Wicht freiwillig in sein Leben lassen. Ich schaute mich um. Karim und Francis schien das Thema wenig zu interessieren. Jana schaute starr an sich herunter. Nur Heinrich meldete sich zu Wort.

»Ich habe mehr drauf als der«, sagte er schlicht. »Das ist mal Fakt.«

»Und was ist mit euch?«, fragte ich in die Runde.

»Kostet doch nix, den Typen mal auszuprobieren«, meinte Karim.

»Ich hab da auch nix gegen«, antwortete Francis.

Murat nickte.

Mit Robin zusammen waren das vier Stimmen gegen die beiden von mir und Heinrich.

»Aber Heinrich hat sich echt schon so viel Arbeit gemacht«, sagte ich, obwohl mir eine solche Bettelei brutal zuwider ist. Bringt sowieso nie was. Und am Ende hat man sich nur noch mehr zum Deppen gemacht. Ist meine Erfahrung.

»Er kann doch das Scouting machen und assistieren«, schlug Robin vor. »Ich behaupte ja nicht, dass sein mathematischer Ansatz überhaupt nichts taugt. Hat halt nur wenig zu tun mit der Praxis.«

»Jetzt sag doch auch mal was, Jana«, meinte ich.

Man konnte richtig sehen, wie ihr die ganze Geschichte unangenehm war. So krumm, wie sie dastand und sich wand und ihre Schultern nach oben gezogen hatte.

»Klingt doch vernünftig«, antwortete sie schließlich, ohne mich anzuschauen.

Ich weiß nicht, ob ich mich schon jemals so verraten gefühlt hatte wie in diesem Moment. Als wäre alles gelogen gewesen, was sie jemals gesagt hat.

»Ihr werdet schon sehen«, murmelte ich, »das wird nie was mit diesem Trainer. Robin war schon ein Fehler. Und der Typ ist es erst recht.«

Lange dauerte es danach nicht, bis dieser BG-Nord-General auf unserem Platz erschien. Robin hatte ihm schon vor unserer Abstimmung Bescheid gesagt. Störte hier aber auch keinen außer mir.

Wieder hatte der General kurze Sporthosen an, und damit meine ich, wirklich kurz, weil sie schon eine Handbreit über dem Knie zu Ende waren. Das schwarze Poloshirt hatte er bis unter das Kinn geknöpft. Seine dicken Waden hatten die Form von Blumentöpfen, und die Füße steckten in neuen Jordans 11 Retro Low, die ich auch gekauft hätte, wenn ich das Geld gehabt hätte dafür. Der ganze Typ sah aus wie festgeklebt in den Achtzigerjahren. Wahrscheinlich hörte er auch Vinyl-Schallplatten von den Dire Straits oder Police und spielte Luftgitarre dazu. Um seinen Hals baumelte eine Trillerpfeife.

Ganz ehrlich: Da kann man mir sagen, was man will, aber Trainer mit Trillerpfeifen sind prinzipiell immer Idioten. Und das sagt sogar jemand wie ich, den niemand ernst nimmt mit seiner Stimme und der auch gerne was hätte, mit dem er sich überall Gehör verschaffen kann.

Außerdem hatte der General so eine rot geäderte Haut, wie Leute, die jeden Tag zwei Liter Wein in ihren Körper kippen. Davon merkte man aber nichts auf dem Platz.

»Ihr sucht also nach einem Trainer«, sagte er. So laut, dass es in den Ohren klingelte. »Ich trainiere nicht jeden. Eigentlich habe ich Besseres zu tun. Also beweist mir, dass ihr es wert seid.«

»Alta, wir haben den Night Move gewonnen«, antwortete Francis.

»Es interessiert mich einen Scheißdreck, was ihr gewonnen habt«, entgegnete der General. Ungelogen. Er sagte wirklich »Scheißdreck«, und das war ja aus dem Mund eines Erwachsenen eigentlich schon mal ein gutes Zeichen, weil so ein Mensch wahrscheinlich keinen erzieherischen Ehrgeiz hat. Dachte ich. Kam aber dann trotzdem anders.

»Mich interessieren eure Ergebnisse nicht«, erzählte der General weiter. »Mich interessiert noch nicht einmal, wie gut ihr spielt. Das Einzige, was mich interessiert, ist das Potenzial, das ihr habt. Ob ich aus euch einen Topspieler machen kann. Oder nicht. Jeden von euch, der das Potenzial hat, bringe ich groß heraus. Das verspreche ich. Nicht mehr und nicht weniger.«

»Wir wollen aber nicht groß herauskommen«, sagte Francis. »Wir wollen Berlin gewinnen.«

»Wenn wir gewinnen, kommen wir automatisch groß heraus«, entgegnete Robin.

»Was ist mit denen, die kein Potenzial haben?«, fragte ich.

»Die sollten sich eine andere Sportart suchen«, antwortete der General.

»Aber ein Team ist doch mehr als das Potenzial der einzelnen Spieler.«

»Wer Rücksicht auf die schlechten nimmt, verhindert, dass die guten besser werden.«

»Und das heißt?«, fragte Jana. Sie sah wirklich ratlos aus. Dabei war es doch eigentlich klar, was es hieß: Nämlich dass Leute wie Heinrich oder ich in die Röhre guckten. Und dass Robin sich noch mehr erlauben konnte.

»Es heißt«, antwortete der General, »dass ich jetzt erst einmal einige Tests mit euch machen muss.«

Dabei wurden dann die Spannweite unserer Arme gemessen und die Schnelligkeit beim Sprint, mit Ball und ohne Ball, vorwärts und rückwärts und im Slalom durch einen Hütchenwald. Wir mussten aus dem Stand mit der Hand an eine Messlatte springen und einen Medizinball stoßen und am Ende sollten wir noch fünfzigmal auf den Korb werfen und dabei wurden die Treffer gezählt. All diese Daten verglich der General mit den Werten irgendwelcher gleichaltriger Jugendnationalmannschaften, die er auf seinem Rechner hatte.

»Ich kann euch beibringen, wie man wirft«, dozierte er, während er sich durch die Daten klickte. »Ich kann euch auch ein besseres Ballhandling lehren. Oder eine bessere Spielübersicht. Was ich euch nicht lehren kann, ist Grundschnelligkeit und Größe. Entweder du bist schnell. Oder du bist groß. Ich verschwende garantiert meine Energie nicht an jemanden, der beides nicht mitbringt.«

Heinrich war der Erste, den er nach Hause schickte.

»Tut mir leid, mein Freund«, sagte er, »deine Athletik ist eine Großbaustelle. Du wirst es in kein Team der Welt schaffen. Versuch's mal mit Schach. Oder Billard.«

In Heinrichs Gesicht war keine Regung zu sehen. Als hätte der General vom Wetter geredet. Stand nur da und schaute dem Rotgeäderten in die Augen, und der schaute zurück, wie bei dem Spiel, bei dem derjenige verliert, der sich zuerst bewegt. Ging gefühlt mindestens drei Minuten so.

»Aber Heinrich stört doch nicht«, sagte Jana schließlich. »Warum kann er nicht einfach bleiben? Tut doch niemandem weh.«

»Mit tut es weh«, sagte der General in schärferem Ton, ohne Heinrich dabei aus den Augen zu lassen. »Ich will, dass du hier verschwindest. Und zwar sofort.« Dann wandte er sich an Jana. »Und von dir möchte ich so etwas nie wieder hören. In keiner Situation. Geht das in deinen hübschen Kopf? Mund halten und trainieren. Wenn du ein Problem damit hast, bitte schön. Kannst deinen Kollegen sofort begleiten.«

Dann warf er einen Blick auf die Ergebnisse ihres Tests.

»Alle Achtung«, murmelte er, »das sind aber mal herausragende Werte … für eine Frau. Aber wer bei mir trainieren will, hat seinen Mund zu halten. Verstanden?«

Ich schaute Jana an. Sie blickte rüber zu Robin. Der schüttelte ganz leicht den Kopf.

»In Ordnung, Sie sind der Boss«, presste Jana schließlich hervor.

Heinrich ging kerzengerade vom Platz. Keiner von uns sagte ein Wort. So beschämend war das. Irgendwann drehte sich Heinrich noch einmal zu uns um.

»Kein Drama, Freunde«, meinte er. »Ist genau so gekommen,

wie ich's erwartet habe. Ehrlich, mir geht's gut. Es ist alles in Ordnung.«

Heinrich war wahrscheinlich der einzige Mensch, dem man so eine Aussage glauben konnte. Bei der seltsamen Logik, die er auch bei anderen Dingen besaß.

Der General klickte sich in der Zwischenzeit durch unsere Testergebnisse.

Meine waren »untere Kante«. Sagte er. Eine Sache aber fand er bemerkenswert: dass ich dribbelnd mit Ball deutlich schneller war als ohne. Selbst slalomlaufend und hakenschlagend im Hütchenwald.

»Kann doch nicht sein«, sagte er mehr zu sich selbst, »wie ist so was möglich?«

Also musste ich noch ein paar Bahnen zusätzlich sprinten, und dabei ließ er eine Kamera laufen, deren Zeitlupenbilder er später analysieren wollte.

Am nächsten Tag erklärte er: »Es liegt mit Sicherheit daran, dass du mit Ball in der Hand den Schwerpunkt automatisch nach vorne verlagerst. Du fällst beim normalen Sprint ins Hohlkreuz zurück.«

Im Dribbling war ich tatsächlich schneller als alle anderen aus unserem Team. Jana konnte am höchsten springen. Karim hatte den schnellsten ersten Schritt. Und Robin belegte in allen Disziplinen den zweiten Platz. Nur werfen konnte er besser als jeder andere. Auch besser als ich.

Eigentlich hatte ich mir vorgenommen, den General ganz hart zu verachten. Und mit ihm auch alles, was er jemals erzählen würde. Aber dass ich mit Ball der schnellste Spieler unserer Truppe war, machte mich auf eine ganz böse Art stolz. Wie ein Loch im

Damm war das und jetzt sickerte das Gift ein und weichte alles auf. Meinen Widerstand. Die Wut. Auch dass er Heinrich so eiskalt abserviert hatte.

Ich begann wirklich, mich über ein Lob zu freuen. Ich strengte mich an bei jedem Training. Ich veränderte meinen Schwerpunkt beim Rennen, obwohl so was wahnsinnig schwer ist, weil man ja nicht einfach eine andere Haltung anknipsen kann. Immer wenn ich an was anderes dachte, fiel ich in die alte Bewegung zurück. Und das passierte eigentlich pausenlos. Aber wenn ich dann mal daran dachte, wurde ich tatsächlich schneller dadurch.

Trotzdem blieb der General natürlich ein Arschloch und das ewige »you know … got it … let's go« wurde auch mit jedem Tag penetranter. Richtig schlimm aber war es am absolut heißesten Tag in diesem Sommer. Die ganze Woche davor hatten wir jeden Tag trainiert, bis uns übel war, und damit meine ich, wirklich übel, weil ich mehr als einmal in das Bambusgestrüpp kotzen musste, das sich hinter dem Platz befand. An diesem heißesten Tag war es dann Karim, der sich mitten im Training neben die Auslinie ins Gras fallen ließ.

»Geht nicht mehr«, japste er und weigerte sich, noch einmal aufzustehen.

Der General bekam natürlich sofort glasige Augen. »Was soll das?«, brüllte er mit rotem Kopf. »Hier werden keine Pausen gemacht.«

»Schmerzen«, antwortete Karim und deutete auf seine Ferse.

»Ja und?«, sagte der General. »Seit wann sind Schmerzen ein Grund, sich auszuruhen?«

»Geht wirklich nicht mehr.«

»Ich sage hier, wann etwas nicht mehr geht. Wie willst du besser werden, wenn du deine Grenzen nicht immer weiter hinausschiebst?«

Also stemmte sich Karim doch wieder hoch und humpelte über den Platz. Jeder konnte sehen, wie sehr er sich quälte. Für den General quälte er sich trotzdem nicht schnell genug.

»Zwei Suicides zusätzlich für unseren Simulanten«, rief er. »Come on … in fünfzig Sekunden … let's go.«

Ich glaube, Suicides heißen so, weil sie sich anfühlen, als wäre Selbstmord die bessere Alternative: Du sprintest von der Grundlinie bis zur Freiwurflinie, berührst sie mit deiner Hand, sprintest zurück, berührst die Grundlinie, sprintest zur Mittellinie. Immer so weiter. Rennen, stoppen, in die Knie gehen, Richtungswechsel. Vor und zurück, und jeder Weg ist länger als die Strecke davor, bis du endlich den ganzen Platz hoch- und wieder runtergelaufen bist.

Fünfundzwanzig Sekunden pro Suicide wären für mich schon »obere Kante«. Karim schaffte das normalerweise ohne Probleme. Aber nicht mit seiner schmerzenden Ferse. Und nicht bei diesen Backofentemperaturen. Als er nach zwei Suicides wieder auf der Grundlinie stand, war mehr als eine Minute vorüber. Er stützte seine Arme schwer atmend auf seine Knie und schwitzte, als würde er gerade aus einem Tauchbecken kommen.

Der General schüttelte den Kopf und klopfte auf seine Uhr. »Reicht leider nicht«, meinte er, »also noch mal von vorn.«

Keiner von uns sagte ein Wort. Keiner kam Karim zu Hilfe. Wir standen an der Seitenlinie und sahen blöde und arschlochmäßig einfach nur zu, und der General grinste und rief: »Alright, mein Freund … and go.«

Karim kam gerade noch bis zur Freiwurflinie. Der Knall beim

ersten Richtungswechsel war über den ganzen Platz zu hören. Wie ein Schuss ungefähr, nur nicht ganz so metallisch. Ich glaube, jedem von uns klumpte bei dem Geräusch das Blut in den Adern. Sah aus, als hätte jemand Karim die Füße weggekickt. Für eine Millisekunde hing er irgendwie flach in der Luft, dann klatschte er auf den Tartan. Er schrie nicht, er wälzte sich nicht, er lag nur da und wimmerte leise. Sah richtig gespenstig aus.

Ich glaube, Jana war die Erste, die reagierte. Sie rannte los und danach rannten auch die anderen und alle riefen dabei wild durcheinander. »Karim! … Sag doch was! … Kannste laufen? … Alta, mach ihm bloß nich' die Schuhe auf … Biste blöd, wie willste sonst wissen, ob was kaputt ist?«

Nur der General wirkte unbeteiligt. Langsam schlenderte er rüber, ungefähr so wie ich, wenn mich meine Mutter zum Bäcker schickt. Der General griff Karim unter die Achsel und stellte ihn mit einem Ruck auf die Beine. Karim war bleich wie getoastetes Brot. Ich wusste gar nicht, dass ein Afrikaner so aussehen kann. Schwankend und auf Francis gestützt humpelte er zur Tribüne. Dort schob der General das angewinkelte Knie ganz komisch vor und zurück. Als würde er eine Schublade auf- und zumachen wollen.

»Ist das Kreuzband«, meinte er schließlich. »Das war's für dich, Saison ist zu Ende.« Dann telefonierte er nach einem Krankenwagen.

»Scheiße, Scheiße, Scheiße …«, murmelte Karim. Man konnte richtig sehen, wie er innerlich schrumpfte und gegen die Tränen kämpfte. Nur noch ein halber Strich in der Landschaft.

»Vielleicht ist es ja doch nicht so schlimm«, sagte Jana.

»Berlin … war mein Traum«, murmelte Karim. »Ich war noch

nie weg aus Hamburg … in meinem ganzen Leben nicht … und jetzt mit Schlamm … verdammte Scheiße.«

»Was steht ihr herum«, raunzte der General und sah auf die Uhr. »Das Training geht weiter, in genau einer Minute. Also beeilt euch. Hier gibt es nichts mehr zu sehen.«

»Verbrecher«, flüsterte ich. Aber so, dass es der General schon noch hören konnte.

»Hast du ein Problem?«, fragte er.

»Ja, ich hab ein Problem«, sagte ich. »Was ist, wenn Karim nie wieder Basketball spielen kann? Wenn Sie sein ganzes Leben zerstört haben? Sie und Ihre beschissene, unsinnige Quälerei.«

»Wenn du im Basketball etwas werden willst, brauchst du einen stabilen Körper«, erwiderte der General. »Das ist Teil des Talents. So ist es nun mal. Karim hat dieses Talent nicht gehabt. Ganz offensichtlich. Kein stabiler Körper, keine Karriere.«

Ich fand es aber genau umgekehrt. Nicht Karim fehlte Talent. Sondern der General hatte es ihm brutal gestohlen. Und den Spaß und das ganze Leben gleich mit.

Es dauerte ungefähr zehn Minuten, dann kam endlich eine Sirene näher. Der Wagen hielt vor dem Haupteingang mit rotierendem Blaulicht, aber niemand hatte einen Schlüssel fürs Tor. Deshalb kletterten die Sanitäter schließlich mit der Trage durch das Loch im Zaun. Sie schnallten Karim mit zwei Gurten fest, aber die Arme baumelten an den Seiten herunter. Manchmal schleiften sie über den Boden. Wie die Ohren bei einem Basset.

»Aufstellung an der Grundlinie«, brüllte der General. »Und los geht's!«

So ein Blödsinn

Kapitel 19

»Wir müssen die Sichel finden«, sagte ich zu Jana, als sich das Training auch nach drei Tagen nicht gebessert hatte. Immer noch quälte uns der General bis an den Rand der totalen Erschöpfung. Und auf Schwächen oder Durst oder einen Hitzschlag nahm er sowieso keine Rücksicht. »Das Arschloch trainiert uns alle kaputt. Der ruiniert nicht nur das Team. Der ruiniert jeden Einzelnen. Wir brauchen unseren alten Coach. Er ist der Einzige, der diesen Amokläufer aufhalten kann.«

»Ich weiß aber gar nicht, wo wir die Sichel suchen sollen«, antwortete Jana. Sie war weicher geworden zu mir. Nicht mehr so kratzig und ablehnend wie zuvor. Wahrscheinlich war sie genauso entsetzt über das, was da passierte.

»Ich weiß es auch nicht«, antwortete ich, »aber vielleicht weiß ich jemanden, den wir fragen können.« Dann erzählte ich ihr von der Szene, die ich in der Nacht vor dem Turnier von meinem Fenster aus beobachtet hatte: die Schubserei zwischen dem Bäcker-Arschloch und dem Typen, der ja vielleicht die Sichel war, und dem Schwabbelbauch, den ich nicht ganz erkennen konnte.

»Und wo finden wir ihn?«

»Keine Ahnung. Aber den Bäcker, den kenn ich, der arbeitet hier ganz in der Nähe.«

»Dann los«, sagte Jana und zog mich vom Schulhof.

Wie immer war die Tür zur Backstube angelehnt, aber dahinter streute nur ein älterer Mann Mehl in leere Brotformen und stapelte sie dann auf einem Wagen.

Es war heiß in dem Raum und der Typ trug nur ein weißes, dreckiges Unterhemd und weiße Sandalen und eine graue Hose mit winzigen Karos. Auf dem Kopf hatte er eine Art Mütze aus Krepppapier.

»Was?«, fragte er unfreundlich, ohne uns anzuschauen.

»Wir suchen Ihren Lehrling«, sagte ich.

»Ich hab keinen Lehrling«, brummte der Alte.

»Kann auch Geselle oder Hilfskraft oder so was sein.«

»Ich habe auch keinen Gesellen.«

»Aber da war doch immer einer. Mit dicker Halskette und kurzen Haaren und einem VW Golf. Habe ich selbst gesehen.«

»Der Strolch kann mir gestohlen bleiben«, sagte der Bäcker. »Hat nichts geschafft, aber sich jeden Morgen verspätet. Das kann man sich als Bäcker nicht leisten. Als Bäcker musst du pünktlich sein. Das zuallererst. Und letzten Monat ist er dann überhaupt nicht mehr aufgetaucht. Angeblich arbeitet er jetzt auf St. Pauli. Als Türsteher vor einem Tanzlokal oder so was, fragt mich nicht. Da kann er wenigstens ausschlafen. Der soll mir bloß nicht wieder unter die Augen kommen.«

»Sie wissen nicht vielleicht, wie der Laden heißt?«

»Bestimmt nicht. Und ich will's auch nicht wissen.«

»Aber vielleicht kennen Sie seine Wohnung?«

»Nein, kenne ich nicht.«

»Aber als Arbeitgeber müssen Sie doch seine Adresse haben.«

»Jetzt hört mal zu, ihr zwei, der Kerl ist für mich Geschichte … und alle seine Freunde auch.«

»Aber wir sind keine Freunde.«

»Mir egal«, brummte der Bäcker und schob uns raus auf den Bürgersteig. Dann schloss er die Tür.

»Glaub ja nicht, dass ich hier noch ein einziges Brötchen kaufe«, schimpfte Jana. Aber das hat er wahrscheinlich nicht mehr gehört.

Etwas unschlüssig standen wir danach auf der Straße herum. Wie sollte es jetzt weitergehen mit der Suche?

»Erst mal ins Krankenhaus«, sagte Jana. »Wenn wir uns nicht um Karim kümmern, sind wir auch nicht besser als dieser General.«

Das schlechte Gewissen kam wie eine Welle. Was war ich nur für ein abscheulicher Mensch, weil die Wahrheit ist nämlich, dass ich ihn voll vergessen hatte. Und Menschen vergessen ist auf jeden Fall schlimmer, als Schuhe oder Geldbörsen zu vergessen. Hatte mir meine Mutter eingehämmert, seit ich denken kann, weil so ein Vergessen nämlich gar nichts mit Vergesslichkeit zu tun hat. Sondern mit Kälte und Unaufmerksamkeit und Egoismus. Und bei so was konnte meine Mutter richtig böse werden. Kann sie auch heute noch. Da verwandelt sie sich in eine verbale Geröllawine. Keine Chance, sich dagegenzustemmen. Auch Kopf einziehen und warten, dass das Gewitter vorüberzieht, hilft da nicht mehr. Eigentlich kannst du dich nur noch platt auf den Teppich legen und dich schuldig bekennen. Und auch dann dauert es noch mindestens einen Tag, bis wieder die Sonne scheint.

Nach der Verletzung hatte der Krankenwagen Karim in das Unfallklinikum St. Georg gebracht. Das ist ein riesiger, hoher Siebzigerjahre-Kasten direkt an der Alster mit ewig langen Fluren und geriffelten Glastüren, die keine Klinke haben, sondern nur einen Schalter an der Wand, den man drücken muss. Hatten wir natürlich überhaupt nicht kapiert und waren deshalb wie Idioten davorgestanden. Nicht mal einen Griff gab es, an dem wir vielleicht hätten rütteln können. Aber dann kam eine Schwester und drückte mit einem süßlichen Lächeln den Schalter und wir schlüpften mit ihr auf die Station.

Auch so eine Siebzigerjahre-Scheußlichkeit mit knallgelben Wänden und blauen Türen, und überall waren Schrammen und Flecken, weil hier seit ewigen Zeiten keiner mehr gestrichen hatte. Karim lag ganz hinten links, am Ende des Flurs. Das Königszimmer, mit Blick über das Wasser und auf den Fernsehturm. Wie so ein afrikanischer Häuptling thronte er auf seinem Bett, frisch vom Friseur mit einem rasierten Blitz über dem Ohr. Um ihn herum standen Berge von Tupperschalen voll mit gebackenen Reisbällchen und gewickelten Blättern und so Zeug, das ich noch nie gesehen hatte. Sein Bein war auf eine Schiene geschnallt, die mit einem leisen Quietschen hin- und herfuhr. Halbe Minute von Anschlag zu Anschlag.

»Hauptsache, die Haare sind schön«, sagte Jana.

»Logisch«, antwortete Karim und lachte. »War das Erste, was ich mir hier gegönnt habe. Der Friseur ist in den Garten gekommen und die Schwestern haben mich dann runtergekarrt. Sieht geil aus, oder?«

Ich deutete auf das kaputte Knie. Auf der Wunde klebte ein Mullpflaster und die Haut drum herum war mit irgendeiner orangenen Farbe bepinselt. Das konnte man an dem Pflaster sehen. Auf Karims dunkler Haut sah sie eher aus wie rostiges Eisen. »Und was ist jetzt damit?«

»Alles kaputt, was kaputtgehen kann«, meinte Karim. »Kreuzband gerissen, Außenband gerissen. Meniskus im Eimer. Das

Außenband haben sie so gelassen, aber das Kreuzband wurde geflickt.«

»Und wann bist du wieder fit?«

»Minimum ein Jahr. Sagen die Ärzte. Aber ihr kennt mich. Ich bin schneller.«

»Hat der General dich schon mal besucht?«, fragte Jana.

»Wovon träumst du?«

»Bist du sauer auf ihn?«

»Ganz klar. Und auf mich und auf euch auch. Dass wir uns terrorisieren lassen von so einem Idioten, nur weil er herumbrüllt und meint, dass er der Boss ist. Ich versteh's nicht. Wenn ein Lehrer seine Schüler so behandeln würde, würden wir sofort den Aufstand proben, und einen Tag später wäre er suspendiert. Aber im Sport ist so 'n Verhalten okay. Kann mir keiner erklären. Ich mir ja auch nicht.«

»Was sollen wir machen?«, fragte ich.

»Findet die Sichel und jagt den General endlich zum Teufel. Und dann gewinnt ihr das Turnier in Berlin und nehmt mich mit zu den 76ers.«

»Deal«, sagte Jana, »so machen wir das.«

»Nix anderes hab ich erwartet«, antwortete Karim, und dann lachte er noch einmal sein unglaublich riesiges weißes Afro-Lachen. »Gebt Gas, jetzt zählt jede Minute.«

»Also nach St. Pauli«, sagte Jana, als wir die Klinik verließen. »Lass uns jetzt gleich fahren.«

»Was sollen wir denn da? Den Bäcker finden wir so bestimmt nicht.«

»Wieso denn nicht? Wenn er Türsteher ist, steht er doch draußen rum. Wir müssen nur durch die Straße laufen, dann sehen wir ihn.«

»Wenn du meinst«, sagte ich, obwohl ich daran nicht wirklich glaubte. Auf der anderen Seite wollte ich aber schon immer mal nach St. Pauli. Bisher kannte ich das Viertel nur aus den Nachrichten. Dabei sind es von uns mit der U-Bahn nur sieben Stationen und einmal Umsteigen bis zur Reeperbahn.

Dort soll es dann jede Menge Besoffene geben und Messerstechereien und halb nackte Prostituierte, die in irgendwelchen Schaufenstern sitzen. Und natürlich Drogen und Razzien und Piercing-Studios, die einem für fünfzig Euro einen Nagel durch die Lippe bohren. Das war mein Bild.

»Das musst du versprechen«, hatte meine Mutter erst vor ein paar Monaten zu mir gesagt, »du gehst da niemals alleine hin, ich krieg kein Auge zu, wenn ich wüsste, dass du dich dort herumtreibst.«

Ich selbst hatte noch nie Angst bei so was. Aber das lag nicht daran, dass ich besonders mutig wäre, sondern daran, dass sich mein Leben eher so anfühlte, als wäre ich nur ein Zuschauer, der hinter einer Glasscheibe sitzt, und das Leben wäre auf der anderen Seite der Straße.

Also, ich wollte unbedingt nach St. Pauli. Und zusammen mit Jana wäre ich nicht mal alleine und würde mein Versprechen auch gar nicht brechen, obwohl meine Mutter natürlich rotieren würde, wenn sie das wüsste. Wir stiegen in Hamm in die U-Bahn, und als wir zehn Minuten später auf St. Pauli ankamen, war es immer noch Nachmittag. Nichts war zu sehen von Polizisten und Prostituierten und so. Es gab nur ein paar mehr Geschäfte als bei uns und ein paar mehr Touristen und vor einer Sparkasse schlief ein Betrunkener mitten auf dem Asphalt. Die Leute, die in die Bank gingen, sahen ärmer aus als die in unserem Haus. Aber trotzdem kümmerte sich keiner um ihn, sondern alle machten nur einen großen Bogen.

Es gab auch keinen einzigen Türsteher weit und breit. Wahrscheinlich war es noch viel zu früh dafür.

Eine Weile liefen wir ziellos herum, dann hockten wir uns auf die Stufen einer Treppe, die runter zum Hafen führte. Gegenüber war eine Werft. Direkt neben uns grub ein Mädchen mit ziemlicher Wut einen Flecken mit Brennnesseln um. Ihre Haare sahen aus wie ein verfilzter Bettvorleger mit lila Fransen. Sie hatte ein gestreiftes Fischerhemd an und so einen spitzen Stachel im Gesicht, genau in der Mitte zwischen Kinn und Lippe.

»Schön«, sagte Jana und zeigte auf das Wasser, das in der Sonne aussah wie flüssiges Gold. Manchmal kam ein Schlepper vorüber und zog darin eine Furche, die dann bis rüber an das andere Ufer lief. Dahinter war der Schattenriss der riesigen Kräne.

»Ich hatte echt Angst um dich«, sagte ich, ohne sie anzuschauen. »Ich hab gedacht, du stirbst.«

»Von was redest du?«

»Ich meine, nach dem Night Move, als du zusammengeklappt bist. Was passiert da mit dir?«

»Ich weiß es nicht.«

»Erinnerst du dich denn nicht?«

»An gar nichts.«

»Wie dir schwarz vor Augen geworden ist?

»Nein.«

»Die Schlägerei?«

»Auch nicht.«

»Als du damals so sauer warst auf mich, weil ich mich geprügelt hatte. Hat es denselben Grund?«

»Wenn ich's doch nicht weiß …«

»Weißt du es nicht oder willst du es nicht wissen?«

»Ich hab dir doch gesagt, dass ich mich nicht erinnern kann«, antwortete Jana mit schärferem Ton, und dann rückte sie ein bisschen ab von mir, und man konnte richtig sehen, wie sie sich wieder versteifte.

»Du … du hast keine Ahnung … wie das ist«, murmelte ich. »Ich meine, wenn man um jemanden Angst hat. Das ist echt furchtbar.«

»Dann denk halt an etwas anderes.«

Eigentlich ist so ein Satz genauso bescheuert, wie wenn jemand sagt: »Jetzt lach doch mal.« Als hätte das Gehirn einen Knopf, den man bloß drücken müsste.

Eine Weile starrten wir schweigend aufs Wasser, jeder für sich, und der Hafen war plötzlich überhaupt nicht mehr schön, sondern eine Drecksbrühe, und die Kräne waren auch keine malerischen Silhouetten mehr, sondern riesige Monsterinsekten auf Stelzen. Irgendwann stemmte sich Jana dann mit einem Ruck nach oben und lief einfach los. Ohne noch etwas zu sagen. Mir blieb gar nichts anderes übrig, als hinter ihr herzulaufen, aber ich blieb trotzdem immer ein bis zwei Meter zurück. Sobald ich beschleunigte, lief auch sie etwas schneller, sodass ich nie die Chance hatte, auf gleiche Höhe zu kommen. Vielleicht wollte sie nicht, dass ich mich bei ihr entschuldigte. Hätte ich echt gemacht, obwohl ich gar nicht gewusst hätte, wofür.

Das ist schon ziemlich kompliziert. Ich meine, warum verhalten sich Mädchen so? Wenn ich sauer bin, will ich doch nur, dass sich der andere wieder bemüht. Aber Jana wollte das gar nicht. Ich schätze, sie fand es super, dass ich mich schlecht fühlte. Und das wollte sie dann noch ein bisschen auskosten. Wahrscheinlich.

So stapften wir durch St. Pauli. Jana mit finsterem Blick vorneweg. Und ich wie ein Dackel dahinter. Wir kamen an einem Tattoo-Laden vorbei, der lauter Heavy-Metal-Motive im Schaufenster hatte: blutende Körper und schreiende Fratzen und Grabsteine und so ein Zeug. Dann kam ein Geschäft mit Lederpeitschen und Lackhosen, und die nächste Straße war dann versperrt mit einer hölzernen Wand, die nur einen ganz schmalen Durchlass hatte. Ich schaute neugierig um die Ecke, aber da kam sofort jemand angelaufen und sagte, dass Kinder hier nichts zu suchen hätten. Aber ich konnte noch erkennen, dass da tatsächlich Frauen in weißer Unterwäsche hinter Schaufenstern saßen. Türsteher standen dort aber nicht herum.

Also drehte ich wieder um und dann gingen wir systematisch die anderen Straßen ab. Die eine hoch und die nächste wieder herunter. Jana voran. Ich hinterher. Es gab noch viel andere Tattoo-Studios und viele Menschen mit Bierflaschen in den Händen und eine Tankstelle, die aussah wie ein Supermarkt. In manchen Geschäften hingen auch Fotos von halb nackten Frauen in den Fenstern, und davor stand dann meistens ein Mann und versuchte, irgendwelche »Herrschaften« in den Laden zu quatschen. Zu uns sagten sie aber: »Weitergehen.« Oder: »Haut ab, das ist nichts für euch.« Oder so was.

Wahrscheinlich kannten diese Typen alle den Bäcker. Aber wir wussten ja nicht, wie er hieß. Und ein Foto konnten wir denen logischerweise auch nicht zeigen. An einer Straßenecke stand dann sogar ein Mädchen, das jetzt auch nicht anders aussah als die

Mädchen an meiner Schule. Dieselben Hotpants und dieselben bescheuerten Ugg Boots. Nur dass das Mädchen hier lächelte und »Na, mein Süßer« sagte und mich in der Schule noch nie jemand angelächelt hat.

»Hallo«, antwortete ich, weil ich keinen Plan hatte, was man in solchen Fällen am besten sagt. Es war noch nicht richtig dunkel geworden, und man konnte sehen, dass sie so viel Farbe im Gesicht hatte wie ein Rembrandt-Gemälde und dass darunter viele Pickel waren, aber sonst sah sie echt süß aus. Ein bisschen so wie das Mädchen aus »Zurück in die Zukunft«. Mit genau derselben Achtzigerjahre-Frisur.

»Was ist mit uns?«, fragte sie.

»Wieso, was soll sein, keine Ahnung«, antwortete ich.

»Findest du mich hübsch?«

»Sehr«, sagte ich, »glaub schon, ja.«

»Hast du denn überhaupt Geld?«, wollte sie wissen.

»Warum fragst du?«

»Du darfst mich auch küssen.«

Ich schätze, ich habe sie angestarrt wie das achte Weltwunder oder das neunte, also auf jeden Fall etwas, was es eigentlich gar nicht gibt. Ich sah mich nach Jana um. Sie war einfach weitergelaufen und bog jetzt rechts um die Ecke. Keine Ahnung, ob sie gar nichts bemerkt hatte. Oder ob ich einfach nur Luft für sie war.

»Jana«, rief ich, und das Mädchen sagte: »Ich heiße Jaqueline.« Dann griff sie nach meinem Arm.

Ihre Hände waren auch ziemlich niedlich. Klein und rund, und wo bei Jana Gelenke waren, hatte sie kleine Grübchen.

»Ich will dir was zeigen«, sagte sie, und ich antwortete: »Ich kann nicht … ehrlich jetzt … keine Zeit«, aber da kann man mal wieder sehen, was für ein Lappen ich bin, weil ich nämlich überhaupt keine Chance hatte.

»Klar hast du Zeit«, meinte Jaqueline, »das dauert nicht länger als fünf Minuten bei dir, verspreche ich.«

Sie zog mich ein paar Schritte die Straße rauf in einen Hauseingang, und dort saß eine Oma im Hauskittel auf einem Klappstuhl, wie so eine Toilettenfrau auf einer Raststätte an der Autobahn. Sie hatte rote Haare und am Mittelscheitel einen grauweißen Streifen, weil sie sich ewig nicht mehr gefärbt hatte. Der Streifen war so breit, dass ihr Haar aussah wie die Flagge von Österreich.

»Das Zimmer kostet dreißig Euro«, sagte sie.

»Was soll ich denn mit einem Zimmer?«, fragte ich, aber Jaqueline meinte: »Tu's für mich, Liebling«, und dann fischte sie mit spitzen Fingern die Scheine aus meinem Portemonnaie. Das Taschengeld von einem ganzen Monat.

Danach zog sie mich weiter eine schmale, knarrende Treppe rauf. Das Zimmer oben war nicht viel größer als das Bett, das in ihm stand. Mitten drauf lag ein zusammengefaltetes Handtuch. Jaqueline setzte sich auf den Rand und krempelte das enge, trägerlose neonpinke Schlauchshirt nach unten. Heilige Scheiße. Sie trug überhaupt nichts darunter.

Ich versuchte, nicht auf den Busen zu starren, aber an den Wänden und an der Decke hingen Spiegel, sodass man gar nicht woandershin schauen konnte. Ich schätze, dass ich mal wieder knallrot geworden bin, aber zum Glück kam das Licht hier aus einer roten Lampe, sodass man davon nichts mitbekam.

Der Busen war, also, auf jeden Fall kreisrund und irgendwie flach und nicht spitz und die Brustwarzen sahen aus wie Pfirsichkerne. Dunkel und ein klein bisschen runzelig. Wahrscheinlich wegen der Gänsehaut.

»Ich koste fünfzig«, sagte Jaqueline.

In meinem Portemonnaie waren aber nur noch das HVV-Kinderticket und zwei Euro siebzig. Jaqueline schnappte sich den Geldbeutel und blätterte durch die leeren Fächer.

»Schade, Kleiner, wir beide hätten zusammen viel Spaß haben können.« Sie kippte das Kleingeld auf die Matratze. »Dafür darfst du mich einmal anfassen«, sagte sie und griff nach meiner Hand und legte sie auf ihren Busen. Es fühlte sich, ich weiß auch nicht, auf jeden Fall besser an als alles, was ich jemals angefasst hatte. Gleichzeitig kühl und warm und auch gleichzeitig fest und weich, ich kann das gar nicht beschreiben. Irgendwie so, dass sich alles darin vereinigt. Unter meiner Handfläche konnte ich ganz leicht ihre Brustwarze spüren.

Jaqueline schaute währenddessen in einen der Spiegel und zog sich den neonpinken Lippenstift nach. Dann kämmte sie ihre Haare. Ich wagte nicht, meine Hand zu bewegen. Wahrscheinlich war das wie bei einer von diesen alten Parkuhren. Irgendwann war »Einmal anfassen« aufgebraucht und dann klappte das Schild hoch. Parken zu Ende. Aber ich hatte keine Ahnung, wie lange zwei Euro siebzig dauerten.

»Du kannst noch ein bisschen bleiben«, sagte Jaqueline schließlich, »das Zimmer ist ja bezahlt, aber ich muss jetzt wieder zur Arbeit.«

»Warte, ich komme mit«, antwortete ich.

Danach kletterten wir zusammen die Treppe runter und ich begleitete sie zurück an ihren Platz. Zum Abschied beugte sie sich noch rüber und gab mir einen echten Kuss auf die Backe.

»Wenn du das nächste Mal Taschengeld kriegst, denkst du an mich«, sagte sie.

»Klar«, antwortete ich, weil ich fand, dass mein Taschengeld auch jetzt schon echt gut angelegt war. Obwohl ich keine Ahnung mehr hatte, wo Jana herumlief und wie ich sie wiederfinden sollte, so ganz allein auf St. Pauli.

Aber dann dachte ich, dass sie bestimmt einfach weitergelaufen war. Eine Straße hoch und die nächste wieder runter, und wenn ich nur andersherum ging, kämen wir mit Sicherheit irgendwann aneinander vorbei.

Kamen wir auch. Das heißt, sie wartete vor einer schwarzen, verschlossenen Eisentür. Kein Mensch zu sehen. Es machte auch niemand auf, als sie klopfte. Trotzdem musste da irgendwas sein, weil über der Tür ein Strahler war, der fast so hell leuchtete wie das Flutlicht beim Fußball.

»Was hast du da an der Backe?«, fragte Jana.

»Nichts«, sagte ich.

»Die Schlampe hat dich geküsst.«

»Ich finde nicht, dass sie eine Schlampe ist.«

»Warum bist du stehen geblieben?«

»Warum bist du weitergegangen?«

»Halloo?!? Wenn du dich abschleppen lässt?«

»War aber gar nichts«, sagte ich, wobei ich zugeben muss, dass das gelogen war, weil Jaquelines nackter Busen nicht nichts war, sondern mehr als fast alles andere in meinem Leben. Zusammengenommen.

»Also, jetzt nicht wirklich«, sagte ich.

»Das seh ich«, meinte Jana, und dann sagte keiner mehr was, und wir starrten auf eine Eisentür, die sich keinen Millimeter bewegte. Dafür wurde der Platz davor langsam voller. Lauter grölende Leute mit Bierflaschen in den Händen.

»Was machen wir hier eigentlich?«, fragte ich Jana nach einer Ewigkeit.

»Hier arbeitet der Bäcker«, sagte sie, »hat mir jemand im Nachbarschuppen erzählt. Und, wie heißt deine kleine Schlampe?«

»Jaqueline«, antwortete ich, und dann schimpfte ich mich einen Idioten, weil ich die Klappe nicht hatte halten können, aber Jana fand das gar nicht seltsam, dass ich sogar ihren Namen kannte.

»Ich verzeihe dir«, sagte sie.

Ich fand aber, dass es da gar nichts zu verzeihen gab. Höchstens anders herum, weil sie ja mit mir nicht mehr geredet hatte. Und das ist dann immer der Grund, warum sich Männer und Frauen so wenig verstehen, weil nämlich der eine mit dem anderen nicht mehr redet. Hat ungelogen genau so in der Zeitung meiner Mutter auf der Emo-Seite gestanden. Tolle Erkenntnis.

Dann aber öffnete sich plötzlich die Eisentür und der Bäcker schleppte ein paar Eisengitter raus auf die Straße. Ich schätze mal, um die grölenden Leute in geordnete Bahnen zu lenken. Er trug einen schwarzen Anzug und eine schwarze Sonnenbrille, obwohl es dunkel war, und an der Hüfte klemmte ein Walkie-Talkie.

»Ach nee, die Kuh«, sagte er, als er Jana erkannte.

»Selber Ochse«, meinte Jana.

»Was wollt ihr?«, fragte er. »Doch nicht hier rein. Das könnt ihr vergessen.«

»Wir suchen unseren Coach«, erklärte Jana.

»Und? Muss ich den kennen?«

»Der Hausmeister vom Günni.«

»Nee, echt, die Sichel? Der soll ein Trainer sein?«

»Weißt du, wo er ist?«

»Wie kommt ihr denn dadrauf?«

»Weil ich dich mit ihm gesehen hab«, sagte ich. »In der Nacht. Vor meinem Fenster. Wie du ihn rumgeschubst hast. Deswegen.«

»Kleiner, du spinnst doch.«

»Ich spinne überhaupt nicht.«

»Jetzt hör mal zu«, sagte der Bäcker. »Ich hab keine Zeit für so einen Kinderkram. Du verschwindest jetzt mit deiner Glubschaugenfreundin, und zwar bevor ich ärgerlich werde.«

»Wir wollen zuerst eine Antwort.«

»Du willst wirklich Ärger, oder?«

»Dann holen wir eben die Polizei. Mal sehen, was die dann findet bei euch.«

Bei dem Wort »Polizei« fing es in seinem Kopf an zu rattern. Konnte man richtig sehen. »Polizei« klang gar nicht so gut in seinen Ohren.

»Ihr wartet hier«, schnauzte er, dann drehte er sich um und entfernte sich ein paar Meter und flüsterte irgendwas in sein Funkgerät. Manchmal nickte er. Manchmal machte er mit dem Körper auch ganz seltsame Bewegungen, als würde er sich durch ein enges Loch im Zaun winden müssen. Dann kam er wieder zurück und sagte »mitkommen« und schob uns durch die geöffnete Eisentür.

Drinnen war auch alles schwarz gestrichen: Wände, Theke, Pfeiler, Fußboden. Es war ein irrsinnig großer Raum. Ziemlich hoch, wie eine Turnhalle, mit Treppen und verschiedenen Bühnen. Noch waren keine Besucher da. Aber die Bedienungen turnten schon hinter der Bar herum und wuschen die Gläser. Über der Bar drehte sich eine verspiegelte Discokugel in Form eines Totenkopfs. Und überall in den Ecken und auf den Tischen lagen

Knochen und Schädel herum, die bläulich weiß strahlten. Auch meine weißen Schnürsenkel sahen in dem Licht aus wie leuchtende Tiefseequallen.

Der Bäcker packte Jana und mich am Oberarm und schob uns quer über die Tanzflächen auf die andere Seite des Raums. Dort war eine Tür ohne Klinke, die bestimmt zu einem Fahrstuhl gehörte. Es gab aber auch keinen Knopf zum Drücken. Der Bäcker holte eine weiße Plastikkarte aus seiner Hose und hielt sie gegen ein paar kreisförmige Löcher in der metallenen Zarge. Dann brüllte jemand aus einem versteckten Lautsprecher: »Was is'?«, und unser Begleiter sagte: »Ich hab hier die beiden Nervensägen.«

Es dauerte eine ganze Weile, bis sich die Tür öffnete und der Bäcker uns in den Aufzug schob. Er selbst blieb draußen. Mit einem »Pling« setzte sich das Gefährt in Bewegung. Von innen war es total verspiegelt, sodass man sich selbst eine Million Mal sah, egal, in welche Richtung man schaute. Oben machte es dann wieder »pling«, und wir standen in einer Art Turmzimmer oder so was, hoch über den Dächern von St. Pauli. Mit Fenstern nach allen Seiten. Der Raum war, würde ich mal behaupten, mindestens so groß wie ein Basketballplatz. Nicht so hoch natürlich und auch eher quadratisch. Aber eben riesig.

Neben dem Aufzug stand der größte Fernseher, den ich jemals gesehen hatte. Auf ihm liefen Börsennachrichten oder so was, und daneben war ein Kamin, in dem man einen ganzen Stier hätte grillen können. In der anderen Ecke saß Carl-Günter Malsch hinter einem noch größeren Schreibtisch. Unverkennbar. Genau wie auf dem Foto. Er winkte uns zu sich herüber.

Von Nahem sah er nicht ganz so schwabbelig aus, eher kräftig und massig. Wie ein Gewichtheber ungefähr. Er trug einen

Rollkragenpullover und darüber einen seidenen Bademantel und unter dem Schreibtisch schauten seine Füße heraus. In Frotteelatschen und ohne Strümpfe. Auf dem Schreibtisch lag eine silberne Pistole. Der Lauf zeigte auf seinen Bauch, als hätte er damit Flaschendrehen oder so was gespielt. Ich hatte noch nie eine Waffe in echt gesehen. Wenn man bedachte, dass dieser Typ damit jeden töten konnte, auch uns. Einfach so, wie er gerade lustig ist. Das war schon ziemlich gruselig. Ich konnte den Blick überhaupt nicht mehr von der Waffe nehmen.

»Ihr wollt mir also mit der Polizei drohen«, sagte Malsch und legte seine Hand auf die Pistole. »Das ist keine gute Idee.«

»Ja … äh … also, nein«, stammelte ich. »Wir wollten … also eigentlich … nur eine Minute … was fragen.«

»Eine Minute?«, sagte er. »Habt ihr eine Ahnung, was bei mir eine Minute kostet?« Dann machte er eine längere Pause. Er schaute uns an. Erst Jana, dann mich und dann wieder zurück. »Nein? Könnt ihr auch gar nicht wissen. Deshalb erzähl ich es euch.« Er stand auf und trat ans Fenster. »Das da«, sagte er und deutete mit seiner Hand nach draußen, einmal im Kreis, als würde ihm ganz St. Pauli gehören, »das alles macht mich jeden Tag um ziemlich exakt vierhundertfünfzigtausend Euro reicher. Das und natürlich mein angelegtes Vermögen. Vierhundertfünfzigtausend Euro pro Tag. Nach Adam Riese sind das dreihundertzwölf Euro fünfzig in der Minute. So viel kostet meine Zeit. Habt ihr dreihundertzwölf Euro fünfzig dabei? Könnt ihr euch das überhaupt leisten?«

»Wieso?«, fragte Jana. »Sie verdienen das Geld doch sowieso, egal, ob Sie mit uns reden. Wieso müssen wir Sie dann noch mal bezahlen?«

»Oh«, sagte Malsch, und dabei huschte ihm ein leichtes Lächeln über die Lippen. »Gute Antwort. Ihr sucht also den Hausmeister meiner Schule. Und jetzt glaubt ihr, ich hätte ihn tatsächlich verschleppt.«

»Genau«, sagte ich. »Wir haben Sie nämlich gesehen … zweimal. Zusammen mit ihm.«

»Wann soll das gewesen sein?«

»Also, einmal auf einem Foto. Und in der Nacht vor dem Night Move. Da haben Sie ihn auf der Straße herumgeschubst.«

»In dieser Nacht war ich unterwegs«, sagte Malsch, »das ist richtig. Wie sieht er denn aus, euer Coach?«

»Groß«, antwortete Jana, »also riesengroß. Und schmal und dünn und mit grauen Haaren. So ein richtiger Hungerhaken, falls Sie verstehen, was ich meine. Wenn Sie ihn gefangen genommen haben, gehen wir zur Polizei, das schwör ich.«

»Du drohst ja schon wieder«, sagte Malsch und kam plötzlich mit wenigen schnellen Schritten hinter dem Schreibtisch hervor und baute sich vor Jana auf. Er reichte ihr nicht einmal bis zur Nase. »Ich kann verzeihen, wenn man mal einen Fehler macht«, sagte er mit so einem ganz leisen, gefährlichen Ton. »Aber was ich gar nicht leiden kann, ist, wenn jemand daraus nichts lernt. Da werde ich wütend. Ich bin normalerweise ein friedliebender Mensch. Aber in solchen Momenten verliere ich die Beherrschung.«

»Moment mal –«, versuchte Jana zu sagen, aber Malsch brüllte nur: »Du hältst jetzt deine verdammte Klappe«, und dann schnappte er sich das Telefon und schnaubte: »Schick den Silvio hoch … und diesen Schwachkopf von Bennett.«

Danach drehte er uns den Rücken zu und sah aus dem Fenster. Die Waffe hielt er immer noch in der Hand. Mir schlotterten die

Knie. Und Jana sah wieder so aus, als würde sie keine Luft mehr kriegen und gleich in Ohnmacht fallen. Ein paarmal versuchte ich, was zu sagen, aber Malsch hob nur die Pistole, ohne sich umzudrehen, und machte »schscht«, und da hielt ich natürlich sofort meinen Mund.

Es dauerte eine halbe Ewigkeit, in der wir so dastanden und nichts passierte, bis es wieder »pling« machte und zwei Männer aus dem Aufzug stiegen. Der eine war unser Bäcker. Er schob einen anderen Mann vor sich her, der groß und schmal war und graue Haare und hängende Schultern hatte. Fast genauso wie unser Trainer.

»Bring den Schwachkopf her, Silvio«, befahl Malsch, und der Bäcker schubste den armen Mann bis zum Schreibtisch. »Sieht euer Hausmeister ungefähr so aus?«, donnerte Malsch in Janas Richtung. »Ja? Kommt dir der Typ bekannt vor?«

»Schon … vielleicht … kann sein«, antwortete ich.

»Dann erzähl doch mal meinen Gästen, Bennett, was letztens passiert ist. Du weißt schon, in dieser Nacht, du Armleuchter.«

»Ja, Chef«, sagte der Mann, »da waren wir unterwegs.«

»Und was ist dein Job?«

»Ich bin Chauffeur, Chef.«

»Bei wem?«

»Bei Ihnen, Chef, ich bin Chauffeur bei Ihnen.«

»Ganz genau, Bennett, du bist mein Chauffeur. Und was hast du in dieser Nacht gemacht?«

»Ich hatte vergessen, wo ich das Auto geparkt habe, Chef.«

»Richtig, und was mussten wir deshalb tun?«

»Wir mussten durch die Straßen laufen und das Auto suchen, Chef.«

»Und wie spät war es da?«

»Ich weiß nicht, vielleicht um drei Uhr. Oder um vier. Oder so.«

»Wie lange, Bennett? Wie lange haben wir gesucht?«

»Es waren viele Straßen, Chef.«

»Und fand ich das lustig? Hab ich mich amüsiert?«

»Ich glaube nicht, Chef.«

»Ganz genau, ich habe mich nicht amüsiert. Und deshalb kannst du verdammt noch mal froh sein, dass du heute noch aufrecht hier stehen kannst und wir dich nur ein bisschen herumgeschubst haben.«

»Bin ich, Chef … verdammt froh.«

»Dann könnt ihr beiden Schlauberger jetzt wieder verschwinden. Und nehmt die Kleinkinder mit. Die haben mich schon genug Zeit gekostet.«

Der Bäcker, der offenbar Silvio hieß, packte uns wieder an den Armen, wie so ein Schraubstock, und sagte: »Abmarsch«, dann fuhren wir mit dem Aufzug nach unten, und dort waren mittlerweile die ersten Gäste da. Sie standen an der Bar herum, und der DJ spielte irgendwelchen Elektroschrott, und auf den kleinen Podesten tanzten Mädchen, die eindeutig noch weniger anhatten als Jaqueline oder die Frauen hinter den Fenstern in der komischen Straße.

Als wir draußen ankamen, klopfte sich Silvio erst einmal irgendwelchen eingebildeten Staub vom Anzug und setzte dann das wichtigste Gesicht auf, zu dem er fähig war.

»Verpisst euch«, sagte er.

Danach schickte er noch zwei Pärchen weg, die gerade in den Club gehen wollten.

»Tut mir leid, nur für Mitglieder«, erklärte er.

»Wieso das denn?«, fragte einer der Typen.

»Weil ich das sage«, antwortete Silvio.

Jana und ich beeilten uns wegzukommen. Wir liefen die Straße hinunter, immer weiter, bis die Leuchtreklamen weniger wurden und die Wohnbezirke begannen.

»Und jetzt?«, fragte ich. »Ist jetzt wieder alles auf null?«

»Wieso?«, antwortete sie. »Glaubst du dem Malsch die Show, die er da abgezogen hat?«

»Na ja, der Chauffeur sah schon genauso aus wie der Typ, den ich vor meinem Fenster gesehen habe.«

»Ich glaub ihm nicht.«

»Aber du warst doch gar nicht dabei.«

»Ich glaub ihm trotzdem nicht. Der Malsch ist ein verlogenes Arschloch.«

»Vielleicht hast du recht«, sagte ich, »aber wir sollten auch in andere Richtungen denken.«

»Zum Beispiel?«

»Hast du dich denn in der Wohnung der Sichel umgesehen, als du dort alleine warst? Ich meine, so richtig gründlich? Vielleicht finden wir ja einen Hinweis, was mit ihm passiert ist. Irgendwas Ungewöhnliches. Das sollten wir jetzt unbedingt machen.«

Ich war's nicht

Kapitel 20

Ich hatte in meinem Leben noch nie einen Einbruch gemacht. Aber es war überhaupt nicht kompliziert. Viel einfacher als Abschreiben zum Beispiel. Oder als eine Deutscharbeit. Hausmeisterwohnungen liegen nämlich immer im Erdgeschoss. In jeder Schule. Und dort ist abends ja immer kein Mensch mehr und Passanten kommen auch nie vorbei. Wir mussten nur das Klofenster neben der Tür mit einem Stein einwerfen und dann durch die Fensteröffnung klettern und schon waren wir in der Wohnung.

Sie war ganz anders, als ich erwartet hatte. Gar nicht aufgeräumt und ordentlich, obwohl der Coach bei uns schon den Aufstand machte, wenn jemand nur das Hemd nicht in der Hose trug. Hier aber waren überall seine Klamotten verstreut, in der Küche lag ein zerbrochener Teller auf dem Boden und im Bad waren die Türen des Spiegelschranks aufgerissen und jemand hatte die Medikamente runter ins Becken gekippt. Es war nicht das Hustensaft-Globoli-Zeug wie bei uns zu Hause. Die Packungen hier hatten gefährliche Namen wie Ritalin oder Rohypnol, und die Verpackungen waren total vergilbt, als hätten sie hier schon zehn Jahre gelagert.

Hatte hier jemand hektisch nach etwas gesucht? Waren das Einbrecher gewesen? Oder eine Entführung? Oder hatte es unser Coach einfach nur furchtbar eilig gehabt?

Und das waren noch längt nicht alle seltsamen Dinge.

In der Küche zum Beispiel stand das Handy immer noch auf der Ladestation. So was macht doch kein Mensch mehr. Weggehen und das Handy zu Hause lassen. Würde selbst mir nicht passieren. Der Laptop aber, mit dem er uns immer seine Spielzüge erklärt hatte, war nirgends zu sehen. Es gab auch keinen Koffer in seiner Wohnung. Und keinen einzigen Schlüssel.

Jana riss ohne Gnade und ohne Zögern jede Schranktür und jede Schublade auf. Aber nirgendwo lag etwas, was uns von ihm erzählte. Ganz ehrlich, das waren die langweiligsten Schubladen, die ich jemals gesehen habe. Unser Coach besaß quasi nichts. Er hatte keine Dokumente, keine Briefe, keine Bankauszüge, kein Geld, nicht mal ein Hobby. Nur ein gerahmter Kunstdruck hing im Flur. So ein düsterer, schreiender Kopf auf einer Brücke.

Es gab auch keinen Karton mit alten Fotos. Als hätte unser Coach keine Vergangenheit. Und eigentlich auch keine Gegenwart. Wie käme man sonst auf die Idee, alte Plastiktüten auf Kante zu falten? Und sie in einer Schublade aufzubewahren? Eine andere Schublade war voll mit ausgewaschenen Joghurtbechern. Und in einer dritten hatte er diese Draht-Plastik-Streifen gehortet, mit denen man Toastbrottüten verschließt. Warum sammelt jemand so einen Blödsinn? Aber hebt überhaupt nichts Persönliches auf? Das machte gar keinen Sinn. Fand ich.

»Jeder besitzt doch was«, sagte ich, »also, was einem etwas bedeutet … für das man lebt und sich anstrengt und so. Man kann doch gar nicht leben, ohne dass es was gibt, was einem etwas bedeutet.«

»Bestimmt haben wir was übersehen«, meinte Jana.

»Wir haben aber doch alles abgesucht.«

»Vielleicht hat er irgendwo was versteckt. In einem Geheimfach oder so.«

Also rückten wir auch noch die Waschmaschine von der Wand und sahen im Gefrierschrank und im Backofen nach. Wir drehten im Schlafzimmer die Matratze um und klopften im Bad an die Kacheln, um vielleicht einen Hohlraum zu finden. Nirgendwo irgendwas.

Das Einzige, was wir entdeckten, war ein vergilbtes und abgegriffenes Foto aus einer Zeitung. Schwarz-weiß, grob gerastert. Bestimmt fünfzehn Jahre alt. Es steckte hinter dem Kunstdruck, zwischen Rückwand und Rahmen, und zeigte irgendwelche Basketballspieler bei einer Siegesfeier: Zwei Männer tanzten zusammen. Einer reckte einen Pokal in den Himmel. Ein anderer hatte ein kleines Kind auf dem Arm. Überall war Konfetti. Der Text darunter war abgeschnitten, sogar die Bildunterschrift existierte nicht mehr. Nur noch das Foto.

»Ich weiß nicht«, sagte ich, »ist doch seltsam, das alles, findest du nicht?«

Jana reagierte nicht einmal. Als hätte das Foto irgendetwas in ihr berührt. Sie schaute einfach durch mich hindurch und gab keine Antwort. Lehnte nur am Kühlschrank und verknotete ihre langen Finger zu abenteuerlichen Figuren. Auch ihre Beine waren gekreuzt. So, dass ihr rechter Fuß jetzt auf der linken Seite stand und der linke rechts. Viele Mädchen stehen so da, keine Ahnung, warum, bequem ist es jedenfalls nicht.

Ich schaute in Janas Gesicht. Irgendein Gedanke musste sie weggetragen haben. Oder eine Erinnerung. Jedenfalls war sie weiter weg als ein Sieg beim Berliner Night Move. Ganz still war es jetzt in der Wohnung. Keiner sagte noch was, keiner bewegte sich.

Fast drei lange Minuten. Das konnte ich an der alten babyblauen Küchenuhr sehen, die über dem Kühlschrank hing. Es war so ein Teil aus Porzellan mit eingebauter Eieruhr, das ziemlich laut tickte. Drei Minuten nichts sagen ist richtig zäh, wenn man sich so gegenübersteht. Fast nicht zum Aushalten.

»Kann ich heute Nacht bei dir bleiben?«, fragte Jana plötzlich.

Zuerst dachte ich, ich hätte mich voll verhört.

»Wie jetzt«, stotterte ich, »du … bei mir … ich meine, die ganze Nacht?«

»Bitte«, sagte Jana. »Ich kann heute nicht alleine sein.«

»Klar«, meinte ich, weil es ja irgendwie das Tollste war, was passieren konnte, auch wenn man nicht sagen kann, dass ich irgendetwas verstanden hätte. »Dann gehn wir jetzt«, sagte ich und griff nach ihrer Hand und zog sie aus der Hausmeisterwohnung. Noch bevor wir draußen waren, hatte sie meine Hand aber wieder abgeschüttelt und ihre hinter dem Rücken versteckt. Wir liefen die wenigen Blocks runter zu unserem Haus.

Als ich klingelte, riss meine Mutter sofort die Tür auf, als hätte sie die ganze Zeit dahinter gewartet.

»Das ist Jana, sie übernachtet heute bei mir«, erklärte ich.

Meiner Mutter kippte die Kinnlade in den Ausschnitt. Sie schaute mich an, als hätte ich angekündigt, vom Hochhaus zu springen.

»Aber, Luci, du bist doch erst dreizehn«, stammelte sie.

»Ich heiße nicht Luci«, antwortete ich.

»Was wollt ihr denn machen? Die ganze Nacht? Allein in deinem Zimmer?«

Darauf hatte ich natürlich auch keine Antwort.

»Na ja, kommt erst mal rein«, meinte sie schließlich und gab

Jana die Hand, und Jana machte einen Knicks, als wäre meine Mutter die Queen höchstpersönlich.

Danach kam meine Mutter ungefähr alle fünf Minuten ins Zimmer. Sie brachte uns Suppe. Später eine Wärmflasche. Sie fragte nach unserem Durst. Sie reichte das Telefon rein, damit Jana ihren Eltern Bescheid geben konnte. Später schob sie auch noch eine frische Zahnbürste durch die Tür, »weil Jana ja gar nichts dabeihat«.

»Ich hab auch schon mal das Sofa im Wohnzimmer ausgeklappt und das Bett bezogen«, sagte sie noch.

»Bitte, darf ich bei Luca im Zimmer schlafen?«, antwortete Jana.

»Dann hole ich mal schnell das Gästebett her«, meinte meine Mutter und schleifte eine Matratze in die gegenüberliegende Ecke. Maximale Entfernung zu meinem Bett. Das Federbett steckte in meinem alten, peinlichen »Bob der Baumeister«-Bettbezug. »Da könnt ihr jetzt ungestört quatschen. Aber macht nicht mehr allzu lange, morgen ist wieder ganz normal Schule.«

Jana wollte aber nicht quatschen. Ich lag auf meinem Bett, ganz hinten an der Wand, und Jana kauerte ganz vorn auf der Kante, weiter weg von mir auf dem Bett ging praktisch nicht. Eigentlich sah ich von ihr nur den gebeugten, mageren Rücken. Die Wirbelsäule hatte Ähnlichkeiten mit den Rückenplatten eines Sauriers, so spitz standen die Wirbel heraus. Auch ihre Rippen zeichneten sich unter dem engen T-Shirt ab. Wie bei einem unterernährten Windhund.

»Ich versteh's einfach nicht«, sagte ich. »Kannst du mir nicht einfach sagen, was mit dir los ist? Bitte.«

Jana schüttelte wieder ihren Kopf. »Weiß ich auch nicht«, sagte sie flach ohne jede Betonung.

»Aber irgendwas hat dich doch in der Wohnung der Sichel erschreckt?«

»Hm.«

»Hat es vielleicht was mit dem Foto hinter dem Bild zu tun?«

Sie gab immer noch keine Antwort.

»Oder hast du irgendwas Schlimmes erlebt? Wie beim Night Move? Das ist doch nicht normal, dass man so auf eine Schlägerei reagiert.«

»Kannst du nicht einfach aufhören zu fragen?«

»Normal ist es aber trotzdem nicht.«

Eine Weile saß Jana noch stumm auf der Kante. Irgendwann lehnte sie sich zurück, steif auf den Rücken wie eine Mumie. Aus ihrem Augenwinkel rann ein kleines Rinnsal über die Wangenknochen und tropfte aufs Kissen. Sonst passierte nichts. Sie redete nicht, sie bewegte sich nicht, und eigentlich weinte sie auch nicht, jedenfalls nicht so mit dem ganzen Gesicht. Eher wie eine undichte Vase. Später klammerte sie sich an meine Hand und bettete ihren Kopf auf meinen Arm. So, dass ich ihren Rücken an meiner Seite spürte. Eine ganze Weile lagen wir still zusammen. Einmal legte ich meine Hand auf ihre Hüfte, aber die wischte sie sofort wieder weg. Danach wagte ich nicht mehr, mich zu bewegen.

Mit Sicherheit

Kapitel 21

»Ich habe eine Idee«, sagte Jana am nächsten Morgen, als wir zusammen am Frühstückstisch saßen.

Meine Mutter hatte alles aufgefahren, was der Kühlschrank und die Speisekammer zu bieten hatten. So, wie sie es immer macht, wenn wir Gäste haben. »Nur Spießer sparen« war eine ihrer Lieblingsweisheiten im Leben.

Jetzt hatte sie Waffeln gebacken, Weißbrot getoastet und Rührei gebraten, es gab Früchtequark und Pudding und Obstsalat. Sah alles lecker und freundlich aus. Nur der Blick meiner Mutter war schwarz wie der Kaffee in ihrer Tasse. Wahrscheinlich war sie nach dem Aufstehen kurz in meinem Zimmer gewesen und hatte gesehen, dass Bob der Baumeister mit seiner Gästematratze immer noch unberührt in der Ecke lag. Sagen wollte sie aber nichts in diesem Moment.

»Die Idee ist, dass wir jemanden fragen, der sich im Internet supergut auskennt«, sagte Jana. »Wenn du einen Menschen erst mal im Netz gefunden hast, findest du ihn auch in wirklich. Und weißt du, wer da richtig Experte ist? Unser Heinrich. Hat er mir mal erzählt. Dass er die totale Ahnung von Computern hat. Wenn einer die Sichel findet, dann er.«

»Weißt du denn, wo Heinrich wohnt oder wo er sich herumtreibt? Zum Training ist er ja seit seinem Rauswurf nicht mehr gekommen.«

»Er hat ein Stipendium am Wilhelminum in Blankenese. Mehr weiß ich auch nicht.«

Meine Mutter war dann so nett, mir eine Entschuldigung zu schreiben für die Schule. Trotz Finsterblick und unberührter Matratze. Wir setzten uns in die S-Bahn und fuhren nach Blankenese. Der Unterschied zu Hamm war wie zwischen Skateboard und Elektrobike. Jedenfalls auf der Straße. Keine jungen Leute, keine Dönerläden und selbst die Grünstreifen waren sauber und nicht voller Altpapier. Auch die Hausfrauen sahen irgendwie kariert aus: Hosen mit Bügelfalte, Burlington-Socken, Slipper mit goldenen Schnallen und so.

Das Wilhelminum war dann ein alter, verzierter Backsteinbau, und dahinter war noch ein hypermoderner Gebäudekomplex, den bestimmt ein berühmter Architekt gestaltet hatte. Grauschwarzer Schiefer, heller Sandstein, Fenster, die man nicht öffnen konnte. Es gab auch keinen Fußballplatz, sondern ein Hockeyfeld. Und keine Sprunggrube, in der schon das Gras wucherte, wie bei uns. Sondern eine grüne Tartan-Laufbahn mit Hochsprunganlage.

»Wir suchen den Heinrich«, sagte ich zur Schulsekretärin. Sie trug eine gestreifte Bluse mit hochgestelltem Kragen und darüber noch eine Kette aus Perlen.

»Heinrich wer?«, fragte sie und lächelte freundlich. »Wir haben bestimmt zehn Heinrichs an unserer Schule.«

»Achte Klasse«, sagte Jana. »Wahrscheinlich.«

»Da haben wir einen … Moment, ich muss nachschauen … also einen in der 8c und einen in der 9a. Wie dringend ist es denn jetzt?«

»Dringender als dringend«, meinte Jana, und wahrscheinlich sah sie dabei richtig besorgt aus, weil die Sekretärin sofort aufstand und sagte: »Na, dann hole ich die beiden mal aus dem Unterricht.«

Sie schloss ihr Büro ab und meinte, dass wir vor der Tür warten sollten, und nach fünf Minuten kam sie mit zwei fremden Jungs zurück.

»Unserer spielt Basketball«, erklärte Jana.

»Warum sagt ihr das nicht gleich? Den kenne ich«, antwortete die Sekretärin, »aber der ist schon in der zehnten, weil er zwei Klassen übersprungen hat.«

Dann läutete der Schulgong zur Pause, und einer von den kleinen Heinrichs zeigte uns den Weg zum Labor, wo unser Heinrich gerade den Chemieunterricht beendet hatte. Der Raum lag genau zwei Treppen höher. Seine Mitschüler quetschten sich schon durch die Tür, er selbst saß noch alleine in der hintersten Reihe. Sein Scheitel sah aus wie mit dem Geodreieck gezogen, und er trug ein gestreiftes Sweatshirt, das bei KiK wahrscheinlich vier Euro gekostet hatte, und die hellblau verwaschene Jeans war seit zwanzig Jahren nicht mehr modern. Völlig klar, dass ihn hier keiner ernst nahm.

Er strahlte von einem Ohr bis zum anderen. »Hey, was für eine Überraschung! Was macht ihr denn hier?«

»Wir müssen dich sprechen«, sagte ich.

»Um was geht's?«

»Das dauert jetzt aber länger.«

»Macht nichts, ich hab immer Zeit.«

»Musst du denn nicht in den Unterricht?«

»Ist schon okay«, antwortete Heinrich, »da geh ich nur aus Höflichkeit hin, den Stoff kenn ich eh schon auswendig.«

»Wie geht denn so was?«

»Eigentlich sollte ich dieses Jahr noch eine Klasse überspringen. Das haben jedenfalls die Lehrer gemeint. Aber meine Eltern wollten das nicht, weil sie denken, dass ich dann endgültig zu klein bin für meine Mitschüler und dass mich jeder auslacht. Aber für die bin ich sowieso schon der Freak. Na ja, deshalb sitze ich halt im Unterricht herum und lese die Bücher vom nächsten Schuljahr. Ich muss nur sagen, dass ich in die Bibliothek gehen will, dann ist das für die Lehrer okay. Von denen interessiert es niemanden, wenn ich mal fehle.«

»Also ab in die Bibliothek«, sagte ich.

»Ich geh doch nicht in die Bibliothek, Mann«, meinte Heinrich. »Das ist doch nur die offizielle Lesart, in Wirklichkeit sitz ich zu Hause.«

»Und deine Eltern sagen nichts, wenn du schwänzt?«

»Die wundern sich nur, warum an einer Privatschule immer so viele Stunden ausfallen. Ich darf's halt nicht überdrehen.«

Heinrichs Zuhause lag in einer Ladenstraße in Ottensen, mitten im Türkenviertel. Rechts war ein Dönergrill, links ein Internetshop, dazwischen befand sich ein Obst- und Gemüsestand mit einem Berg kunstvoll gestapelter Kisten, die weit in den Bürgersteig ragten. Wie so eine Mole ins Meer. Kein deutscher Obsthändler kriegt solche Bollwerke hin, das ist mal sicher. Darüber leuchtete »Fruchtbasar Yildirim«. Das Schild war größer als der komplette Laden.

»Here we are«, sagte Heinrich und deutete auf den Eingang.

»Wie jetzt? Ich denke, du heißt Heinrich«, sagte ich.

»Und?«

»Türken heißen doch niemals Heinrich.«

»Ich schon. Als mein Vater 1992 mit meiner Mutter nach

Deutschland kam, wollte er der deutscheste Türke werden, den es in Deutschland gibt. Glaube ich. Er hat also hammerhart jeden Tag die Sprache gebüffelt und sich in so einer sauberen Reihenhausvorstadt ein Häuschen gemietet und dort eine Änderungsschneiderei aufgemacht. Und uns Kinder hat er Wilhelmina, August und eben Heinrich genannt. Aber mit den Vorstädtern waren trotzdem keine Geschäfte zu machen. Die haben ihn nicht mit dem Arsch angeschaut in ihrer beschissenen Siedlung. Irgendwann musste er sein Geschäft dichtmachen und hat den Laden hier übernommen. Der gehörte früher seinem Onkel. Sonst wären wir echt verhungert. Seitdem weigert sich mein Vater, noch ein einziges Wort Deutsch zu reden. Bei der Polizei, auf den Behörden, egal, wo. Sagt keinen Ton. Aber er versteht jedes Wort. Ganz ehrlich, ich find das cool. Genau so, wie ich es cool finde, Heinrich Yildirim zu heißen. Ich schätze mal, da gibt's auf der ganzen Welt keinen zweiten Jungen.«

Zusammen liefen wir in den Laden. Hinter der Kühltheke standen zwei Frauen, die tonnenweise Schmuck trugen und Farbe im Gesicht und falsche Wimpern und so 'n Zeug. Der Mann daneben war ein kleiner Dicker mit Glatze und ohne Schnauzer. Heinrich sagte irgendwas auf Türkisch, und dann zog er uns weiter durch den Laden ganz nach hinten, wo eine Treppe hinaufführte in den zweiten Stock.

Dort war eine Art Zimmer mit einer Gittertür und einem Vorhängeschloss. Wie ein Hundezwinger. Sonst war es aber ein ganz normales Jugendzimmer, mit Schrank und Regal und einem Poster von Shakira über dem Bett. Aber die Hälfte des Raums war abgetrennt mit einem Vorhang. Dahinter befand sich so was wie eine Kommandozentrale. Oder Werkstatt oder Rumpelkammer oder Müllhalde. Ganz, wie man will. Die komplette Ecke war vollgestopft mit aufgeklappten Rechnergehäusen und ausgeschlachteten Monitoren und Kabeln, Platinen, Lötkolben und Kameras. Auf dem Schreibtisch gab es quasi keinen einzigen freien Quadratzentimeter mehr. Darüber hing das Schlammmonster unseres Teams. Wasserfarbe auf Karton, Durchmesser mindestens eineinhalb Meter.

Heinrich setzte sich in den alten Chefsessel vor dem Schreibtisch. Es war ein schwarzes Kunstledermonster, das überall Löcher hatte, aus denen Heinrich offenbar gerne den Schaumstoff pulte. Jana erzählte ihm alles, was wir wussten. Was praktisch nichts war. Alles, was wir erlebt hatten, erzählte sie auch.

»Und jetzt wollt ihr wissen, wo sich der Coach herumtreibt«, antwortete Heinrich.

Jana nickte. »Und ob Stanislaus Lob wirklich sein richtiger Name ist, weil es im ganzen Netz keinen einzigen Eintrag zu diesem Namen gibt. Und wie's ihm jetzt geht und ob er sich versteckt hat und wer seine Feinde sind.«

»Okay«, meinte Heinrich, »aber irgendeinen Nagel brauche ich schon in der Wand, an dem ich meine Suche aufhängen kann.«

»Kannst du damit was anfangen?«, fragte Jana und legte ihm das alte Zeitungsfoto aus der Wohnung auf die verklebte Tastatur. Hatte ich gar nicht bemerkt, dass sie das Bild geklaut hatte.

Heinrich betrachtete es von allen Seiten. »Wird schwierig«, sagte er und legte es auf einen Scanner. »Und ihr meint also, dass die Spieler auf dem Foto etwas zu tun haben mit unserem Coach?«

»Es ist das Einzige, was wir haben.«

Als der Scan auf dem Bildschirm erschien, ließ Heinrich irgendein seltsames Programm darüberlaufen, das die verpixelten

Gesichter und Formen automatisch auffüllte und nachschärfte, bis sie genau zu erkennen waren. Manchmal bastelte das Programm auch groteske Formen daraus. Errechnete Auswüchse in den Haaren, wo garantiert keine waren. Bei dem Spieler, der den Pokal nach oben reckte, schnitt es den Arm vom Körper ab und verwandelte ihn in eine fliegende Zigarette. Manche Gesichter wurden aber auch richtig plastisch. Unser Coach war aber nicht darunter.

»Da haben wir doch schon mal was«, sagte Heinrich und vergrößerte zwei Flecken, rechts und links auf der Brust eines Spielers. Es waren zwei Logos. Auf einem stand »Legadue«. Das andere musste irgendein Wappen sein.

Eine schnelle Google-Recherche ergab: Legadue war die zweite italienische Liga im Basketball. Und das Wappen gehörte wahrscheinlich zu einem Verein, der »Serapide Napoli« hieß. Sechsundsiebzigtausend Einträge hatte Google dazu. Die ersten zwanzig Treffer waren alle in italienischer Sprache.

»Sag nicht, dass du auch noch Italienisch kannst«, meinte ich.

»Na ja, ein bisschen«, antwortete Heinrich. »Wenn ich nichts zu tun hab, schau ich mir manchmal andere Sprachen an. Ich hab mal gedacht, dass es echt cool wäre, wenn man rund ums Mittelmeer reisen könnte und jede Sprache versteht. Türkisch kann ich ja eh. Und dann eben noch Griechisch, Albanisch, Serbokroatisch, Italienisch, Französisch, Spanisch, Hebräisch und die arabischen Dialekte. Sehr weit bin ich aber noch nicht gekommen. Italienisch versteh ich aber schon ziemlich gut, weil ich ja auch Latein habe an unserer Schule.«

Serapide Napoli hatte zwischen 1998 und 2001 in der zweiten italienischen Basketballliga gespielt. Dann hatte es ein paar Skandale gegeben, bei denen es um Geldwäsche und Wettbetrug und die Mafia gegangen war, und danach hatte ein Gericht den Verein 2001 dichtgemacht.

»Falls unser Coach den Zeitungsausschnitt aufgehoben hat, weil er für Neapel gespielt hat, muss es ja wohl in dieser kurzen Zeit gewesen sein«, sagte Heinrich.

Also durchforstete er die Statistiken aus den betreffenden Jahren. Das ist das Praktische am Basketball. Ich glaube, in keinem Sport werden mehr Statistiken gesammelt. Von jedem Spieler. In den abseitigsten Kategorien: verworfene Freiwürfe, geblockte Würfe, begangene Fouls, Pässe, die zu einem direkten Korberfolg führten.

»Okay«, erklärte Heinrich, »unser Coach hat ja nun einen leichten Akzent, der irgendwo aus dem Osten kommt. Und in den Statistiken von Serapide tauchen drei Männer mit einem osteuropäischen Namen auf: zwei von ihnen sind Guards, einer ist Center. Der Center war der Star der Mannschaft, würde ich sagen: die meisten Punkte, die meisten Rebounds, die meisten Blocks in diesen drei Jahren. Sein Name ist … warte, hier steht's … also, er heißt … Marko Mesutic. Für einen Guard ist unser Coach zu groß. Wenn das Bild wirklich etwas zu tun hat mit der Sichel, muss er doch dieser Mesutic sein, oder?«

Die Google-Bildersuche mit dem Namen Mesutic spülte dann einige Fotos auf den Monitor von einem hageren Typen, der zu kurze Hosen trug und einen rasierten Schädel hatte. Ganz klar unser Coach. Nur eben ohne Haare und ohne Falten.

Auch das Zeitungsbild aus seiner Wohnung tauchte bei der Google-Suche auf. »Neapel-Star Marko Mesutic feiert mit seiner Mannschaft den Aufstieg«, übersetzte Heinrich die Bildunterschrift. Das letzte Dokument von ihm stammte aus dem Jahr 2001. Mitten in der Saison. Danach hörte Marko Mesutic auf, im Google-Universum zu existieren. Kein absolviertes Spiel mehr. Keine Statistik. Kein einziger Eintrag. Wie war das möglich?

»Wenn ein Basketballprofi mitten in der Saison aufhört, dann steht das auf jeden Fall in der Zeitung«, sagte Heinrich. »Egal, ob Verletzung oder Rauswurf oder sonst irgendwas. Und wenn er komplett verschwunden ist, müsste sogar die Polizei ermittelt haben.«

»Und das bedeutet?«, fragte Jana.

»Keine Ahnung.«

»Dann ist das jetzt eine Sackgasse, oder was?«

»Jetzt hab doch mal ein bisschen Geduld, wir haben da noch ein paar Asse im Ärmel.«

Eines davon war die Beta-Version eines Programms, von dem Heinrich nicht erzählen wollte, wie es in seine Hände gekommen war. Mit diesem Programm ließen sich Gesichter auf Fotos abscannen und dann im Internet nach identischen Mustern suchen.

Das Programm fand eine ganze Menge Entsprechungen, aber besonders gut arbeitete es nicht. Neunzig Prozent der angezeigten Treffer hatten überhaupt keine Ähnlichkeit mit unserem Trainer. Aber es gab auch Bilder, auf denen unser Coach im Hintergrund zu sehen war. Meistens zusammen mit anderen Basketballspielern: Italienern, Kroaten, Serben, auf einem stand er sogar neben Vlade Divac, der mal ein Star bei den Los Angeles Lakers gewesen war.

Jedes neue Bild, das Heinrich fand, lud er wieder in sein Programm hoch und verfeinerte so die Suche. Das war eine extrem langweilige Prozedur. Stundenlang saßen wir auf dem unbequemen Fußboden herum. Das heißt, Heinrich saß natürlich gemütlich in seinem löchrigen Sessel. Aber Jana und mir schliefen die Beine ein. Und auch alles andere. Ich hatte schon nach einer Stunde definitiv keine Lust mehr. Und Hoffnung auch nicht. Jedes neue Bild, das Heinrich fand, war mindestens zehn bis zwölf Jahre alt. Trotzdem marschierte er unbeirrt weiter. Wahrscheinlich hatte er deshalb auch ein Stipendium am Wilhelminum und ich schleppte mich auf der Stadtteilschule jedes Jahr wieder gerade so eben ins Klassenziel.

Aber dann schrie Heinrich doch irgendwann: »Yes, ich hab's gewusst … ich bin so gut … unfassbar.«

Das Bild, das er gefunden hatte, zeigte einen grinsenden Mann auf einer breiten Treppe. Hinter ihm waren Säulen und irgendwelche Statuen und eine riesige dunkle, verzierte Holztür. Der Typ selbst sah aus wie ein Gorilla, mächtige Augenbrauen, silbergraue, nach hinten gekämmte Matte, und sein Hemd war so weit aufgeknöpft, dass das dichte Brusthaar nach draußen quoll. Um den Hals lag eine feiste Goldkette und im Haar steckte eine verspiegelte Sonnenbrille. Zwei Finger hatte er zu einem V gespreizt. Sein Arm lag auf der Schulter eines anderen Mannes. Ganz klar unser Coach. Die beiden waren umringt von Reportern.

»Freispruch für den Berliner Wettpaten«, stand unter dem Foto. Es stammte aus der Berliner Morgenpost und war gerade einmal zwei Tage alt.

Im Artikel darunter ging es um den Prozess eines Menschen namens Zoltan Jusic, der beschuldigt worden war, Basketballspiele verschoben zu haben. Am Ende hatten die Beweise gegen ihn aber nicht ausgereicht.

»Was macht denn die Sichel da?«, fragte ich.

»Sieht aus, als wäre er der beste Kumpel des Gangsters«, sagte Jana.

»Kann ich mir aber gar nicht vorstellen«, entgegnete ich.

»Glaub, was du willst. War doch klar, dass er auch nur Arschloch ist.«

»Also, auf jeden Fall finden wir unseren Coach über diesen Zoltan Jusic«, meinte Heinrich.

Kapitel 22

Dicke Hose

Die Taktik des Generals für den Berliner Night Move sah komplett anders aus als alles, was sich die Sichel oder Heinrich früher ausgedacht hatten. Kein Fast-Break-Spiel. Keine schnellen Pässe. Kaum Würfe von draußen. Stattdessen setzte der General auf einen langsamen Ballvortrag, freigeblockte Laufwege und das Eins-gegen-eins-Spiel. Jana spielte bei ihm jetzt auch nicht mehr als Center unter dem Korb, sondern stand auf dem Flügel. Das hatte für sie den Vorteil, dass sie sich nicht mehr gegen irgendwelche Hundertkilokolosse durchsetzen musste. Aber für das Team hatte es den Nachteil, dass in der Ecke nun eine Spielerin stand, die jetzt nicht unbedingt einen begnadeten Wurf von draußen hatte.

Als Center hatte der General noch einen Spieler in die Mannschaft geholt, der Gregoric hieß und russischer Aussiedler war. Oder so ähnlich. Kam wahrscheinlich aus dem Verein des Trainers. Reden gehörte nicht zu seinen Talenten, und beim Laufen hatte er Mühe, nicht über die eigenen Füße zu fallen. Dafür passte er weder von der Höhe noch von der Breite durch eine normale Tür. Auf dem Platz war sein Job, dem Gegner im Weg rumzustehen. Unser Spiel lief eigentlich nur über Jana und Robin. So hatte es sich der General ausgedacht.

Jana war bestimmt eine tolle Spielerin. Ganz besonders als Frau. Trotzdem war es natürlich so, dass ich sie immer besiegen würde im Basketball. Vielleicht hatte Jana eine Chance, Karriere zu machen. Garantiert sogar. Und ich garantiert nicht. Aber unser Team spielte trotzdem besser mit mir.

Es spielte sogar besser, wenn ich anstelle von Robin den Aufbau machte. Behaupte ich mal. Trotzdem war Robin natürlich der bessere Spieler. Aber bei mir waren eben die anderen Spieler besser. Wenn ich auf dem Platz stand, kannten sie ihre Laufwege und wussten, dass sie den Pass auch bekamen, sobald irgendwo eine kleine Lücke war. Und weil sie sich im Angriff nicht komplett überflüssig fühlten, warfen sie sich dann auch in der Verteidigung in die Schlacht. Bei Robin joggten sie nur das Spielfeld hoch und wieder herunter.

Dem General war es egal. Hatte er ja auch gleich am Anfang gesagt: Ihn interessierte nicht, ob wir gewannen. Ihn interessierte der ganze Berliner Night Move nicht. Ich glaube, er wollte nur ein paar Spieler betreuen, deren Erfolge er sich dann in sein eigenes Album kleben konnte: dass er es war, der sie entdeckt und gefördert hatte.

Dafür tat er alles, was möglich war. Jeden Tag stand er mit seiner Trillerpfeife drei Stunden auf dem Platz und trainierte Jana und Robin. Und Leute wie ich wurden abkommandiert, die verworfenen Bälle einzusammeln oder Pässe in ihren Lauf zu spielen oder Robin im Eins-gegen-eins zu verteidigen, damit er sein Ballhandling in Drucksituationen verbesserte.

Auch Robins Wurf war ein Thema. Dazu filmte der General wieder mit seiner Hochgeschwindigkeitskamera und zerlegte die Bewegung des Wurfes am Bildschirm in einzelne Phasen, die Robin dann gesondert einüben musste: den Ball vor der Brust fangen und gleich seitlich vor den Kopf ziehen.

»Nutz die Energie des Balles, es muss eine fließende Bewegung sein«, sagte er. »Wie Wasser, das über einen Felsen spült.«

Ich hatte keine Ahnung, was der General mit dem Vergleich meinte. Aber ich passte den Ball danach tausendmal zu Robin. Vielleicht auch fünftausendmal. Und Robin führte ihn dann fünftausendmal nach oben.

Der General kannte keine Gnade. »Beim Wurf geht es nicht nur um die Präzision der Bewegung«, erklärte er. »Es geht um Rhythmus. Es geht darum, schnell, aber nicht eilig zu sein. Es geht um die Balance zwischen Präzision und Schnelligkeit. Je größer ihr werdet und je hochklassiger ihr spielt, desto mehr entscheidet die Schnelligkeit des Wurfes über seinen Erfolg.«

Später musste Robin den Ball dann auf seine Handfläche legen und mit geschlossenen Augen senkrecht nach oben stoßen. So, dass der Ball exakt wieder auf seiner Handfläche landete. Immer noch mit geschlossenen Augen. Und danach war das präzise Abklappen seines Handgelenks dran, sodass die Hand erst am Ende der Bewegung ihre höchste Geschwindigkeit hatte.

Unermüdlich ging das so. Stundenlang. Jeder Fremde hätte wahrscheinlich gedacht, dass der General ein edler und selbstloser Ritter wäre, weil er sich mit uns solche Mühe gab. Dabei war er in Wirklichkeit überhaupt nicht selbstlos und edel, sondern hatte Karims Leben und Träume mit einem Fingerschnippen zerstört. Und jetzt zerstörte er meine Träume, und außerdem benutzte er Menschen, und da war es auch keine Entschuldigung, wenn dieser Mensch ein niemand war. Wie ich zum Beispiel. Oder wie Gregoric, unser neuer Center.

In mir sah der General nicht mehr als einen »Ergänzungsspieler«. Das ist jemand, der meistens auf der Ersatzbank sitzt und vielleicht zum Schluss ein paar Minuten lang spielen darf, wenn es eh nichts mehr zu gewinnen gibt. Garbage-Time sagen die Basketballer dazu. Passte immerhin zu unserem Namen.

Das mit dem »Ergänzungsspieler« erzählte der General aber erst, als wir schon im ICE saßen auf dem Weg nach Berlin. Mit uns zusammen hatten noch zehntausend Wichtigtuer im Anzug in Hamburg den Zug gestürmt und sich auf den Sitzen breitgemacht.

Bevor der Zug den Bahnhof verließ, holten sie schon ihre Laptops heraus und schauten dann während der ganzen Fahrt keine Sekunde nach draußen. Dabei war es echt schön so früh am Morgen, weil an manchen Stellen der Nebel nur einen Meter über dem Boden lag und wir im Zug quasi über ein Meer aus Watte rasten, aus dem einzelne Büsche und Bäume ragten.

Wir hatten keinen Platz mehr gefunden und hockten deshalb auf dem Boden neben der Glastür, die immer mit einem Zischen auf- und zuging, sobald sich einer von uns bewegte.

Der General stand breitbeinig zwischen uns und redete. »Die Scouts aller großen Vereine werden auf diesem Turnier sein«, meinte er. »Bamberg, Alba Berlin, Bayern München. Also zeigt euch von eurer besten Seite.«

Zu mir sagte er: »Ich möchte nicht, dass du auf den Korb wirfst, wenn du mit Jana oder Robin zusammen spielst. Deine Aufgabe ist es, die beiden in Szene zu setzen.«

»Und was ist, wenn ein Wurf die beste Option wäre in dieser Situation?«, fragte ich.

»Dann wirfst du trotzdem nicht«, antwortete er.

»Aber wenn es für das Team doch das Beste wäre?«

»Du hörst nicht zu! Robin und Jana sind die Einzigen, die für die Scouts interessant sind aus eurer Mannschaft. Also spielen wir auch entsprechend.«

Er sagte wirklich »eure Mannschaft« und nicht »unsere Mannschaft«, und daran konnte man schon sehen, wie gründlich ihm Schlamm Hamm am Arsch vorbeiging.

»Sie können mir aber gar nichts befehlen, wenn ich auf dem Platz stehe«, sagte ich.

Jana stieß mir ihren spitzen Ellenbogen leicht in die Seite. »Lass es gut sein«, flüsterte sie, »sonst stellt er dich überhaupt nicht mehr auf.«

»Exakt«, sagte der General, der offenbar Ohren wie eine Fledermaus hatte. »Also überleg dir genau, was du tust und sagst.«

Ich starrte aus dem Fenster und schwieg, bis der Zug endlich mit quietschenden Bremsen im Berliner Hauptbahnhof hielt. Das Gebäude sah von innen aus wie eine riesige Shoppingmall. Allen möglichen Scheiß gab es hier. Wir brauchten mindestens eine halbe Stunde, bis wir die Schließfächer gefunden hatten. Für unsere Tickets und Wertsachen und Handys und so, weil auf solchen Turnieren immer geklaut wird. Hatte der General verlangt. Danach organisierte er einen Kleinbus, in dem wir alle Platz hatten und der uns zum Flughafengelände Tempelhof fuhr.

Schon auf dem Bahnhofsvorplatz hingen die ersten Plakate des Night Move an den Laternen. Sie klebten an Bauzäunen und Litfaßsäulen, und wir sahen sogar einen ganz offiziellen Linienbus, der damit durch die Berliner Straßen fuhr. Offenbar war der Night Move hier eine riesige Nummer. Sogar im Radio des Fahrers brachten sie einen Vorbericht. Schlamm Hamm wurde aber nicht erwähnt.

Das Gelände war dann wirklich übertrieben geil. Wie so ein

Lager bei einem mittelalterlichen Ritterturnier. Die Veranstalter hatten mitten auf der alten Landebahn Felder auf den Asphalt gemalt und Körbe und Lichtanlagen installiert und auf der Wiese am Rand hatten die Mannschaften ihre Zelte aufgestellt. Die meisten hatten sogar Grill oder Lagerfeuer und Tische und Stühle und Gettoblaster dabei. Aus jeder Ecke kam andere Musik, dazwischen gab es Buden mit Currywurst oder Döner. Der Stand des Veranstalters war ein gelb-blau gestreiftes Kuppelzelt, fast wie beim Zirkus, und der Limonadenhersteller hatte eine Korbanlage und ein Trampolin dabei, mit dem selbst Leute wie Heinrich mal einen Dunk schaffen konnten. Daneben war der Wagen eines Mobilfunkanbieters, der hier einen Hotspot eingerichtet hatte, sodass jeder die Möglichkeit hatte, online zu gehen.

Seltsamerweise war unser Team auch schon da. Irgendjemand hatte einen riesig langen Stock eingegraben und an der Spitze eines von unseren unfassbaren Trikots befestigt. Höher als alles andere hier. Immer wenn eine Böe kam, blähte sich der Lappen im Wind. Wie einer von diesen weiß-roten Windsäcken, die auf jedem Flughafen und auf manchen Autobahnbrücken stehen. Damit hatten wir das Thema »Peinlichkeiten« auf jeden Fall schon mal erledigt.

Darunter stand Heinrich und winkte, als er uns sah. Der General sah einfach durch ihn hindurch.

Jana lief auf ihn zu und boxte ihn leicht gegen die Brust. »Geht's?«, fragte sie.

»Auf jeden Fall«, antwortete Heinrich und lächelte. »Wie sieht's aus bei Schlamm Hamm, existiert schon ein Masterplan für die Spiele?«

»Mach dich mal locker«, antwortete Robin. »Erst müssen wir wissen, gegen wen wir spielen, dann haben wir auch einen Plan.«

»Gegen wen ihr spielt, steht seit einer Woche im Netz«, antwortete Heinrich, und dann nahm er mich und Jana beiseite. »Ich weiß, wo der Coach ist«, sagte er. »Gar nicht mal so weit weg von hier.«

Gefunden hatte er ihn über diesen freigesprochenen Zoltan Jusic, wie er vermutet hatte. Jusic besaß ein Lokal in Berlin, das »Balkangrill Leskovac« hieß und in einem Hinterhof in der Oranienburger Straße lag. Also hatte er einen von seinen vielen Computerkumpels angefunkt, der dort in der Nähe wohnte, und der hatte dann im Nachbarhaus eine Webcam angeschraubt. So, dass Heinrich von seinem löchrigen Chefsessel aus jeden sehen konnte, der in den Balkangrill ging.

Die ersten zwei Tage waren nur fremde Gesichter herumgeturnt, aber vor einem Tag war plötzlich unser Coach aufgetaucht. Insgesamt vier Mal hatte er den Laden betreten und war jedes Mal nach einer halben Stunde wieder herausgekommen. Heinrich hatte die Zeiten exakt notiert.

»Keine Ahnung, was er dort gemacht hat«, sagte er. »Aber nach allem, was ich im Netz gefunden habe, ist der Laden eine üble Höhle.«

»Wieso denn übel?«, fragte Jana. »Was ist mit dem Laden? Weißt du irgendwas?«

»Es gab ein paar Schlägereien«, meinte Heinrich. »Und einmal einen Überfall der Hells Angels mit einer Schießerei. Ich hab aber nicht gefunden, um was es da ging, keine Ahnung.«

»Und was machen wir jetzt?«, fragte ich.

»Jetzt fahren wir dorthin und legen uns auf die Lauer«, antwortete Heinrich. »Ihr habt sowieso erst morgen das erste Spiel.«

Mit Bus und S-Bahn fuhren wir zur Oranienburger Straße.

Heinrich hatte noch eine zusammenklappbare Sackkarre dabei, mit der er eine große Alubox vor sich herrollerte.

»Computerzeug«, murmelte er. Wahrscheinlich hatte er sich wieder CIA-mäßig vorbereitet.

Das Ziel war ein Altbau mit einer Toreinfahrt, und dahinter kam ein ungepflasterter Hinterhof, den die halbe Nachbarschaft als Hundeklo nutzte. In einer Ecke lagen zwei verrostete Fahrräder, in einer anderen ein paar Rollen Stacheldraht, überall wucherten mannshohe Brennnesseln. Und dazwischen braune und graue und schwarze und olivgrüne Hundescheiße. An der rechten Seite stand noch ein Stapel Paletten. Viel Platz war nicht zwischen dem Holz und der Mauer, wir hatten echt Mühe, uns dazwischenzuquetschen. Bewegen ließ sich das Ungetüm aber auch nicht. Mindestens vier Meter hoch, abgezählte sechsunddreißig Paletten. Es war nicht gerade das Mörderversteck, weil man uns durch die Zwischenräume bestimmt noch erkennen konnte. Wenn denn mal jemand genau hinschauen wollte. Dafür hatten wir aber einen Eins-a-Blick auf das Gebäude, einen Flachbau mit Glastür und großen Fenstern. Früher musste es mal eine Werkstatt gewesen sein. »_alk___ill« stand über der Tür. Noch war der Laden geschlossen.

»Und jetzt?«, fragte Jana.

»Wir warten«, antwortete Heinrich.

Es war kurz nach drei Uhr am Nachmittag. Nach einer Viertelstunde rollte ein goldener, verrosteter 450er-Mercedes auf den Hof. Der Typ, der ausstieg, hatte das schwarze Hemd ziemlich weit aufgeknöpft und schwarze, ungewaschene, längere Haare. Er rüttelte ein paarmal an der verschlossenen Eingangstür, dann fluchte er laut in einer fremden Sprache und brauste wieder davon. So, dass sich die Reifen in den Boden gruben und eine Mischung aus Erde und Hundescheiße nach hinten spritzte.

Kurze Zeit später tauchte eine Putzkolonne von der Fensterputzfirma »Scheibenfrei« auf. Stand auf ihrem Lieferwagen. Ihr Zeichen war eine Leiter mit einer lachenden Sonne. Die Truppe hatte einen Schlüssel für das Lokal und schleppte Putzzeug und einen riesigen Staubsauger in den Laden. Sie rissen die Fenster auf und manchmal kam einer raus und kippte einen Eimer Schmutzwasser in die Brennnesseln. Als sie längst wieder verschwunden waren, bollerte ein exotischer Sportwagen auf den Hof. Hinten vier fette Auspuffrohre, die Reifen waren breit wie Fahrradwege, und mit der Ölwanne hätte er auf der Straße eine Zigarettenschachtel über den Asphalt schieben können, so tief lag das Fahrwerk. Hier auf dem Hof musste er ganz, ganz langsam fahren, um sich nicht den Frontspoiler abzureißen.

Der Typ am Steuer sah aus wie Zoltan Jusic. Er parkte den Wagen höchstens einen Meter vor unserem Stapel, warf aber keinen Blick in unsere Richtung. Stattdessen brüllte er irgendwas in sein Mobiltelefon. Mit der anderen Hand schloss er das Auto ab, dann schlurfte er in sein Lokal.

Keine zwei Minuten später erschien unser Coach auf der Bildfläche. Er hastete mit langen Schritten über den Hof.

»Halt«, entfuhr es Jana, und sie machte auch schon einen Schritt aus unserem Versteck, aber Heinrich umklammerte blitzschnell ihren Arm und hielt ihr mit der anderen Hand den Mund zu. Trotzdem hatte der Coach irgendetwas gehört. Er erstarrte kurz und schaute sich um, seine Augen wanderten über die Brennnesselfelder und streiften kurz die Paletten, dann ging er weiter und verschwand im Inneren des Lokals.

»Spinnst du, was soll das denn?«, zischte Jana, als Heinrich ihren Mund wieder freigab.

»Jetzt überleg doch mal«, sagte er freundlich. »Der Coach läuft hier frei herum, er ist nicht entführt worden, folglich ist er selbst abgehauen, und zwar ohne uns oder jemand anders etwas zu sagen. Das heißt, dass er im Prinzip nicht will, dass wir ihn finden. Sonst hätte er ja etwas gesagt. Bis wir irgendwas Näheres wissen, sollten wir also davon ausgehen, dass es Gründe für sein Verhalten gibt.«

»Ach ja, sollten wir? Du kannst ja davon ausgehen. Ich nicht. Ich geh da jetzt rein und stell ihn zur Rede.«

»Was würden wir dadurch gewinnen, Jana? Vielleicht ist er weggegangen, um uns zu beschützen. Vielleicht will er verhindern, dass dieser Jusic eine Verbindung herstellen kann zwischen ihm und uns. Vielleicht würdest du uns in ernste Gefahr bringen. Oder ihn. Vielleicht machst du alles kaputt dadurch.«

»Glaubst du doch selber nicht«, sagte Jana, aber so richtige Argumente hatte sie auch nicht, weil sie sich dann doch Heinrichs Logik fügte.

Also warteten wir weiter in unserem Versteck. Heinrich notierte sich jeden einzelnen Menschen, der das Lokal betrat. Wie er aussah, wann er gekommen war und wann er den Laden wieder verließ. »Mann, Glatze, Hertha-Shirt, kommt 1315, geht 1356.« So in der Art. Bei jedem, der gegangen war, machte er noch einen Haken dahinter.

»Für was soll das gut sein?«, fragte ich.

»Wer weiß«, meinte Heinrich und schrieb sich weiter die Finger wund.

Im Balkangrill ging es zu wie in der Fußgängerzone. Meistens waren es Männer, die wenigsten blieben länger als zwanzig Minuten. Nur unser Coach tauchte nicht wieder auf.

Jana wurde mit der Zeit immer nervöser. »Vielleicht gibt es da noch einen Hinterausgang«, sagte sie.

»Nein«, antwortete Heinrich.

»Woher willst du das wissen?«

»Sagt mein Kumpel mit der Webcam.«

Dann herrschte wieder Schweigen hinter unserem Stapel. Viertelstunde um Viertelstunde.

»Ich hab definitiv genug von der Warterei«, sagte Jana nach einer halben Ewigkeit. »Ich geh da jetzt rein. Auf jeden Fall mach ich das. Ist mir egal.«

»Wir können doch drinnen was essen gehen«, schlug ich vor. »Ganz normal, und dann schaun wir, was da so los ist.«

»Genau«, sagte Jana und war schon in der Eingangstür, als wir noch überlegten, ob die Idee überhaupt so vernünftig war.

»Hast du Geld dabei?«, flüsterte ich.

»Jedenfalls nicht für das Essen in so einem Lokal«, antwortete Heinrich.

Der Gastraum sah ungefähr aus wie das griechische Restaurant, in das mich meine Mutter manchmal schleift. Braune Holzstühle mit Herz in der Lehne. Tapete mit Backsteinmuster. Und Weinpflanzen aus Plastik, die um die Pfeiler rankten. Seltsamerweise war dieser Raum fast leer. Wo waren die ganzen Menschen hin? Laut Heinrichs Aufzeichnungen hätten mehr als zwanzig Leute im Lokal sein müssen.

»Habt ihr euch hier verlaufen?«, fragte ein fetter Typ hinter dem Tresen. Er hatte Arme wie Hafenpoller und eine Speckrolle im Nacken und aus dem Kragen wuchsen ihm die Tattoos.

»Eine Cola und zweimal Apfelschorle, bitte«, antwortete Heinrich.

»Wir sind ein Speiselokal«, meinte der Wirt.

»Danke, heute nicht«, sagte Heinrich.

Wir setzten uns neben die Eingangstür. Der Wirt knallte das Tablett auf den Tisch, dass die Getränke aus ihren Gläsern schwappten. Wir schauten uns so unauffällig wie möglich um.

Die hintere Wand war zugepflastert mit rotierenden Geldspielautomaten. Davor saß ein einsamer Mann, der gleichzeitig alle Maschinen bediente. Immer wieder hielt er seine Hand über die Sichtfenster. Vielleicht, um das Ergebnis nicht sehen zu müssen. Aber warum spielte er dann? Sah ziemlich sinnlos aus, fand ich.

Über der Bar hing ein Fernseher, auf dem irgendein Billardspiel lief. Direkt daneben führte eine Treppe runter zu den Toiletten. Der Fettkloß bewachte sie, als wäre hier der Eingang zu einer Goldmine. Auch der nächste Gast nach uns steuerte direkt auf diese Treppe zu. Bei ihm nickte der Dicke nur mürrisch. Als dann noch einer kam, sagte er aber: »Mein Freund, das ist keine öffentliche Toilette hier, ich muss Sie bitten, wieder zu gehen.«

Der fing dann an zu betteln und behauptete, dass er den oder jenen kenne, aber der Wirt baute sich vor der Treppe auf, dass keine Maus mehr hindurchgepasst hätte.

»Wollen wir hier diskutieren, oder was?«, fragte er und knetete seine Hände, dass die Gelenke knackten. Da zog der andere wieder ab.

»Wir müssen dort runter«, sagte Jana.

»Aber nicht du«, meinte ich, und dann sagte ich noch: »Bitte, nur dieses eine Mal nicht«, weil Jana sowieso jeden Rat von mir ignorierte. Diesmal aber blieb sie glücklicherweise sitzen.

Ich schlenderte möglichst selbstverständlich rüber zur Treppe. »Sind da die Toiletten?«, fragte ich den Fettkloß und drückte mich an ihm vorbei, bevor er noch irgendwas antworten konnte.

Der Gang war ausgeleuchtet wie eine U-Bahn-Station. Es ging ungefähr zehn Stufen runter, dann fünf Meter geradeaus, danach nach links und von da noch mal mindestens zehn Meter bis zum Ende. Dort gab es drei Türen. Auf einer war das Foto eines Bodybuilders mit verzerrtem Gesicht zu sehen, wie er seine Muskeln aufpumpte. Die Tür daneben zeigte eine muskelbepackte Frau in derselben Pose. Und auf der dritten Tür stand »Privat«. Sie lag gegenüber den Toiletten und hatte keine Klinke, aber so eine Tastatur, auf der man vermutlich einen Code eingeben musste. Sonst kam man nicht in den Raum dahinter. Außerdem hing an der Decke über der Tür eine kleine Kamera in einer halbrunden Schüssel. Wahrscheinlich gehörte sie zu dem Monitor, den der Fettkloß auf seinem Tresen hatte. Vom Klo hatte man einen prima Blick auf die Tür gegenüber, wenn man vor dem Waschbecken stand und die Tür einen Spalt geöffnet hielt.

Kurz nach mir kamen plötzlich Schritte den Gang entlang. Mir schlug das Herz sofort bis zum Hals. Ich schaute mich nach einem Fluchtweg um. Es gab ein kleines Fenster hier, direkt unter der Decke, vielleicht so groß wie meine DIN-A3-Zeichenmappe. Um es zu erreichen, musste man auf den Wasserkasten der Spülung klettern.

Oben versperrten Brennnesseln den Blick auf den Hinterhof. Ich öffnete schon mal den Griff. Falls ich ganz schnell abhauen musste. Aber nichts passierte. Die Menschen, die den Gang herunterkamen, liefen zur Tastatur, ohne nach rechts oder links zu schauen, tippten einen Code ein, und danach öffnete sich die

Tür. Aus dem Raum dahinter kam ein Schwall Stimmen und der Qualm von einer Million Zigaretten. Überall an den Wänden leuchteten Fernseher. Mindestens fünfzehn Stück. Unseren Coach konnte ich nicht entdecken.

Aber die Tür fiel auch immer wieder ziemlich schnell ins Schloss. Länger als drei Sekunden hatte ich bestimmt nicht Zeit gehabt. Irgendwie funktionierte das nicht, wir mussten richtig in diesen Raum kommen. Dort waren alle Antworten, die wir suchten. Das war so was von sicher.

»Heute Nacht brechen wir dort ein«, sagte Heinrich, als ich draußen vor dem Balkangrill von der Tastatur und dem Code erzählte.

»Warum nicht jetzt gleich?«, fragte Jana.

»So einfach ist das nicht, eine gesicherte Tür zu knacken«, antwortete Heinrich. »Ich brauche da noch Equipment. Ihr wartet hier und kontrolliert, wer das Lokal betritt und wieder verlässt. Ich bin in ein paar Stunden zurück.«

Ich kann das

Kapitel 23

Als Heinrich wieder auftauchte, war es schon Nacht geworden.

»Was ist mit dem Coach?«, fragte er und griff sich das Notizbuch mit all den Aufzeichnungen.

»Nichts«, antwortete Jana, »ist nicht wieder rausgekommen.«

»Seht ihr, wie praktisch so eine Liste ist?«, meinte Heinrich, während er unsere Aufzeichnungen kontrollierte. »Wir wissen jetzt, dass es genau fünf Typen gibt, die den ganzen Tag hier verbracht haben: Jusic, der Wirt, unser Coach und noch zwei andere Männer. Und was sagt uns das? Es sagt uns, dass hier wahrscheinlich fünf Menschen arbeiten. Und der Coach gehört dazu.«

»Oder es sind vier Typen und sie haben den Coach gefangen genommen«, antwortete Jana. »Oder sogar ermordet.«

»Stimmt«, sagte Heinrich trocken. »Wäre auch möglich. Ist jetzt zwar nicht sehr wahrscheinlich, aber unmöglich ist es auch nicht. Mathematisch gesprochen. Wir werden das alles herausfinden, jetzt macht's euch erst mal gemütlich. Wir müssen eh warten, bis der Letzte gegangen ist.«

Heinrich hatte nicht nur weiteres Computerzeug mitgebracht, sondern auch tütenweise Haribos, grässliche isotonische Powerdrinks, einen Laib Brot und einen Klotz geräucherten Schinken, mit dem wir auch nichts anfangen konnten, weil keiner von uns ein Messer besaß. Irgendwie war Heinrich zwar monsterschlau, aber die Intelligenz schien nicht so den direkten Zugang zu haben zu seinem Alltag. Sah man ja auch an der Kleidung zum Beispiel.

»Isst du immer so furchtbares Zeug?«, wollte Jana wissen.

»Nur wenn ich selbst zahlen muss«, antwortete Heinrich. »Ich gebe doch kein Geld für Vitamine aus. Die krieg ich zu Hause gratis.«

Und so warteten wir. Die Zeit war zäh und klebrig wie das Zeug, das wir futterten. Um zwei Uhr nachts brannte immer noch Licht. Kurz vor drei kam endlich Jusic heraus, mit ihm der Wirt und die Sichel und die beiden anderen Typen. Sie verriegelten die Tür, unser Coach setzte sich neben Jusic in den Sportwagen, dann tasteten sich die Scheinwerfer langsam vom Hof, auf der Oranienburger Straße heulte noch mal der Motor auf, danach wurde es still. Und richtig dunkel. Auch in den umliegenden Mietshäusern war kaum noch ein Zimmer erleuchtet. Nur ein paar wenige schwache Strahlen fanden den Weg von den Straßenlaternen draußen hierher.

Wir schauten uns etwas unschlüssig an.

»Wie kommen wir da jetzt rein?«, fragte Jana. »Heinrich, jetzt sag schon was. Du hast doch gemeint, du kannst das.«

»Das Fenster zum Klo«, antwortete ich. »Ich hab es offen gelassen, vielleicht ist es noch nicht wieder verriegelt.«

Wir kämpften uns durch die Brennnesseln, ich drückte das Fenster ohne Probleme auf und glitt durch die Öffnung, dann reichte mir Heinrich seinen Rucksack herunter, zum Schluss kamen Jana und er selbst hinterher. Ich tastete zur Tür und machte das Licht an. Heinrich nahm seinen Laptop aus dem Rucksack und leerte den Rest auf dem Fußboden aus: zwei Taschenlampen, einen Stab-Akkuschrauber mit den unterschiedlichsten Aufsätzen, Handschuhe und irgendeine Box mit lauter Elektromaterial. Kein Brecheisen oder so was. Dafür noch eine gelbe Spraydose mit einem Skorpion darauf.

»Pfefferspray«, sagte er, als er Janas Blick bemerkte. »Falls wir uns verteidigen müssen, man weiß ja nie.«

Dann bewegten wir uns leise aus der Toilette. Heinrich mit der Taschenlampe voraus und Jana und ich hinterher. Die Tür mit der Tastatur war verschlossen, und es war auch absolut nichts zu hören, als wir unsere Ohren ans Metall legten und angestrengt lauschten. Kein Ton. Kein Bollern, kein lautes Atmen, kein gar nichts.

Jana klopfte ein paarmal gegen das Türblatt. »Ist da jemand?«, rief sie, halb flüsternd, halb schreiend, aber auch da regte sich nichts.

Heinrich hatte ein kleines Kästchen dabei mit zwei Kabeln an der Seite und zwei Klemmen, die er irgendwo hinter der Verkleidung der Tastatur befestigte. Funktionierte aber nicht. Das heißt, auf dem Display der Tastatur flackerte schon pausenlos etwas auf, wenn er auf das Kästchen drückte. Aber die Tür öffnete sich dadurch nicht.

Also schlichen wir weiter den Gang entlang, hoch zum Gastraum. Die Automaten blinkten geräuschlos vor sich hin. Wir gingen rüber zur Theke. Außer einem Baseballschläger unter dem Tresen und einem Schlagring neben der Kasse fanden wir nichts Verdächtiges. Die Schublade für das Kleingeld stand offen, aber es war kein einziger Cent mehr darin. Auch die Küche war leer, als hätte hier noch nie jemand gekocht. Dafür lagerten in der Speisekammer jede Menge Lebensmittel. Und im begehbaren Kühlschrank hingen Würste und Schinken und ein gewaltiges Rinderbein.

»Wir müssen in den Raum hinter der Tür«, sagte Jana.

»Heute geht das nicht, wir müssen morgen wiederkommen«, antwortete Heinrich. Er stellte sich auf einen Barhocker, den er vom Tresen mitgebracht hatte, und schraubte die Kamera an der Decke ab. Er untersuchte das Typenschild und die Seriennummer und schob dann einen Surfstick in seinen Laptop und lud sich irgendwelche Software herunter. Danach schraubte er die Kamera wieder fest. Auf seinem Monitor erschien das Bild, das die Kamera produzierte. Wie ich vermutet hatte, war die Klotür gerade eben nicht mehr zu sehen. Dafür war die Tastatur perfekt im Bild.

»Ist das geil, oder was?«, meinte Heinrich. »So kriegen wir den Code. Kannst du ganz genau sehen, wenn jemand die Zahlen eintippt. Und morgen Nacht sind wir wieder hier und schauen hinter die Tür.«

»Ich hab aber kein gutes Gefühl, so lange zu warten«, sagte Jana. »Das ist nicht gut, glaub mir, ich kann das spüren.«

»Du spürst aber ziemlich viel«, sagte Heinrich. Dann packte er die Sachen in seinen Rucksack und stieß die Tür zur Toilette auf.

Er kletterte auf den Wasserkasten und wollte den Rucksack gerade durchs Fenster stopfen, als draußen das Licht eines Scheinwerfers über das Mauerwerk tanzte. Dann hörte man auch schon das dazugehörende Auto. Es rollte auf den Hinterhof, kam immer näher und blieb dann direkt vor dem Fenster stehen. So nah, dass der Reifen unseren Fluchtweg blockierte. Jetzt hatten wir überhaupt keine Chance mehr abzuhauen.

»Scheiße«, murmelte Heinrich und stieg schnell wieder herunter.

Wie konnte so was passieren? Waren wir aufgeflogen? Hatte uns tatsächlich jemand gesehen? Vielleicht unsere Taschenlampen, als wir durch den Gastraum geschlichen waren? Oder beim Einsteigen durch das Fenster? Oder war das Ganze nur ein saublöder Zufall?

»Die Kamera«, sagte ich. »Vielleicht haben uns die Typen die ganze Zeit zugeschaut. Ganz gemütlich von zu Hause, und die Kamera hat alles übermittelt, was wir so treiben.«

»Nicht bei dem Modell hier«, meinte Heinrich. »Es gibt solche Dinger, die das Bild auf dein Handy übertragen. Aber diese Kamera ist echt ein altertümliches Teil. Der Sender reicht maximal zwanzig Meter. Dann ist auch schon Ende.«

»Vielleicht geht das Signal zu einem Computer und der sendet es dann über das Internet weiter.«

»Wäre möglich, aber nicht bei der alten Kiste, die da unter dem Tresen steht.«

»Vielleicht gibt's ja auch Computer hinter der verschlossenen Tür«, antwortete ich, und Heinrich haute sich die flache Hand gegen die Stirn und sagte: »Verdammte Scheiße, wie kann ich nur so bescheuert sein.«

»Ist doch egal«, zischte Jana, »wir müssen uns verstecken, jetzt sofort, ganz schnell.«

»Zur Küche«, rief Heinrich, und dann rannten wir, so schnell wir konnten, den Gang entlang und die Treppe hoch, aber oben öffnete schon jemand die Eingangstür. Keine Chance mehr, durch den Gastraum zu kommen. Also hasteten wir wieder zurück. Das Frauenklo war die letzte Zuflucht.

Dort sah es genauso aus wie auf der Männerseite, dasselbe Waschbecken, dieselben Kabinen, aber keine Pissoire. Und kein Fenster. Stattdessen gab es einen Ventilator, der die Luft durch ein kleines Loch ins Freie schaufelte. Wir saßen in der Falle.

Oben lärmte jetzt irgendein Mensch durch den Gastraum. Man hörte, wie ein Stuhl umfiel. Dann stieß jemand gegen den Tresen oder gegen eine Wand oder so. Jedenfalls fluchte er ziemlich laut und ein anderer lachte. Offenbar waren dort oben mehrere Leute.

Heinrich klappte seinen Laptop auf. Der Monitor zeigte nur einen leeren Flur. Das bläuliche Licht des Bildschirms wirkte richtig gespenstig.

»Wenn jetzt jemand reinkommt, sieht er das Licht doch sofort«, flüsterte Jana.

»Aber wir sehn ihn vorher«, antwortete Heinrich. »Ich klapp schnell die Kiste zu, das dauert nicht mal 'ne Zehntelsekunde.«

Wir warteten und starrten gebannt auf den Monitor. Nichts passierte. Was machten die Typen dort oben? Suchten sie uns? Planten sie irgendwas? Es dauerte mindestens zehn Minuten, bis zwei Männer im Flur um die Ecke bogen und in das Blickfeld der Kamera kamen. Der eine war Jusic, und der andere war ein Typ, bei dem man schon vom Hinschauen Angst bekam. Bestimmt zwei Meter groß, mit Glatze und so einem rasiermesserscharfen Backenbart. Auf dem Rücken war ein monströser Adler tätowiert, von einer Schulter zur anderen. Das konnte man sehen, weil er nur ein weißes Unterhemd trug. Er und Jusic schleiften zwei Kisten Mineralwasser den Gang entlang. Obendrauf lag ein Aktenkoffer. Oder Geldkoffer oder so etwas.

Vor der Tür verschnauften die beiden einen Moment, dann tippte Jusic eine Nummer in die Tastatur und die Tür sprang nach außen auf. 3-1-6-1-9-9-8. Konnte man auf dem Monitor ganz genau sehen. Innen hatte die Tür eine Klinke. Die beiden Männer wuchteten die Kisten in den Raum, dann fiel die Tür hinter ihnen ins Schloss.

»Schnell, lass uns abhauen«, sagte ich. »Jetzt ist die Gelegenheit.«

»Überleg doch mal«, sagte Heinrich. »Die beiden sind nicht wegen uns hier. Sonst hätten sie nach uns gesucht. Und zwar bevor sie das Zeug reingeschleppt hätten. Wir können ganz gemütlich warten, bis sie wieder weg sind, und dann den Raum hinter der Tür heute noch untersuchen.«

Ganz ehrlich, ich hätte so eine Coolness nie besessen, aber Heinrich war da irgendwie anders. Wenn es logisch war, keine Angst zu haben, hatte er auch keine. Ich dagegen machte mir echt ins Hemd.

Nach ungefähr zwei Minuten öffnete sich die Tür wieder. Die beiden Typen lachten irgendwie gehässig und verschwanden dann um die Ecke. Ohne Wasserflaschen, aber mit der Aktentasche. Kurz danach wurde draußen der Motor gestartet.

»Vorwärts«, sagte Jana und verließ als Erste das Damenklo. Sie tippte die Nummer in die Tastatur und dann schwang die Tür mit einem Summen auf. Automatisch gingen die Lampen an.

Das Zimmer sah genauso aus wie der Gastraum ein Stockwerk höher. Derselbe Tresen, dieselben Stühle, dieselben Tische. Nur die Wände waren voll mit Bildschirmen. Eigentlich jeder Quadratzentimeter. Es gab kein Fenster und auch keine Geldspielautomaten, stattdessen ein paar Tische mit grünem Filz. Und neben der Bar war eine Art Metallschrank, aus dessen Rückseite eine Million Kabel kam.

Er war das Erste, auf das sich Heinrich stürzte. Im Schrank selbst war ein Server oder so was Ähnliches, riesige Festplatten und darüber war ein Bildschirm und weiter unten gab es eine Tastatur zum Rausziehen. Heinrich drückte sofort irgendwelche

Knöpfe und dann plingte und blinkte es an mehreren Stellen und am Bildschirm fuhr das Betriebssystem hoch. Das dauerte eine ganze Weile. Dann fragte der Computer nach einem Passwort. Heinrich probierte die Nummer der Tür, aber damit ließ sich der Computer nicht in Betrieb nehmen.

»Gib mir mal meine Tasche«, sagte Heinrich zu mir. Dort kramte er ein Papier heraus. Es war dicht beschrieben mit irgendwelchen Namen und Nummern, keine Ahnung, bestimmt zweihundertfünfzig.

»Hier«, sagte er und deutete auf eine Zahlenkombination auf dem Papier: Da stand tatsächlich der Öffnungscode: 31.6.1998. »Ist der Geburtstag seiner Tochter«, meinte er. »Alles, was ich im Netz über Jusic gefunden habe, steht hier. Namen, Daten, Fakten. Ich wette, das Passwort für den Computer ist auch darunter.«

Er holte sich einen Stuhl und hackte die Begriffe in die Tastatur. Einen nach dem anderen: Jusics Heimatstadt. Sein Autokennzeichen, die Telefonnummer, sein Geburtstag in deutscher oder amerikanischer Schreibweise, mit Punkten dazwischen und dann wieder ohne … Nichts brachte den Computer zum Laufen.

»Beeil dich«, flüsterte ich, »die können jederzeit wiederkommen.«

»Schneller geht nicht«, sagte Heinrich. »Du kannst ja meinen Laptop beobachten, dann siehst du, ob jemand kommt.«

Zu sehen war darauf nichts. Nur dieser leere Flur. Aber das alte Haus machte immer wieder Geräusche. Mal knackte eine Diele. Mal nagte sich eine Ratte oder so was durchs Holz. Mal klapperte oben ein Fenster. Wieso klapperte dort eigentlich was? Die Fenster waren doch alle geschlossen. Kam da vielleicht jemand? Da kam ganz sicher jemand … Die Sekunden dehnten sich zu

Minuten. Wie Seifenblasen, die lange durch den Raum segelten und erst nach einer halben Ewigkeit lautlos zerplatzen. Und war da nicht über uns ein Rumpeln zu hören?

»Hallo«, rief Jana. »Ist da jemand … irgendwo?«

»Schhhht«, zischte ich.

»Selber schhht«, sagte Jana.

Aber es gab keine Antwort. Außer von Heinrich.

»Ich bin drin«, meinte er ruhig. »Das Gründungsdatum seines Heimatvereins. Wie bescheuert ist das denn?«

Auf dem Monitor bauten sich jetzt jede Menge Ordner auf. Der ganze Desktop war übersät damit. Sie trugen die Namen einzelner Personen. Es waren Hunderte.

»Ich lade nur noch kurz ein Programm auf den Rechner«, sagte Heinrich, »geht ganz schnell. Dann können wir hier verschwinden.«

Er fischte einen USB-Stick aus seinem Rucksack und dann lief auf dem Bildschirm der Download-Balken in rasender Geschwindigkeit voll. Der Computer hier musste echt einen Wahnsinnsarbeitsspeicher besitzen.

»Wenn jetzt jemand den Rechner startet und online geht, haben wir Zugriff«, sagte Heinrich. »Wir sehen alles, was hier passiert. Ich wette, das bringt uns weiter.«

Zwei Minuten später waren wir durch das Fenster im Klo geklettert. Draußen brannten die Straßenlaternen noch, aber der Himmel änderte seine Farbe im Osten schon wieder. Der nächste warme Hochsommertag. Heute Nachmittag würden die Finals beim Night Move beginnen. Nach einer Nacht ohne Schlaf.

Nicht die besten Aussichten, dachte ich. Aber war das Schicksal der Sichel nicht tausendmal wichtiger?

Ist das geil

Kapitel 24

Als wir wieder auf dem Tempelhof-Gelände erschienen, hatte uns noch keiner vermisst.

Das heißt: Mich hatte keiner vermisst. Um Jana hatte sich der General bereits Sorgen gemacht.

»Wo warst du die ganze Nacht?«, fragte er.

»Hab Verwandte hier«, behauptete Jana und verkrümelte sich dann mit uns hinter den Stand des Mobilfunkbetreibers. Noch waren es acht Stunden bis zum Beginn des Turniers.

»Mal schaun, was sich auf dem Balkangrill-Server so alles findet«, sagte Heinrich. »Die müssten jetzt langsam online sein.«

Der Balkangrill erschien auch sofort auf Heinrichs Laptop. Wie eine zweite Festplatte, die er anklicken konnte. Heinrich begann, die Ordner zu öffnen, einen nach dem anderen. Sie waren alle mehr oder weniger identisch. Da waren irgendwelche Informationen zu den jeweiligen Namen gesammelt, wie Adresse, Alter, Kinder und Beruf und so was. Und dann gab es lange Tabellen mit irgendwelchen Wettkämpfen und roten und schwarzen Zahlen, für jeden Monat extra zusammengezählt. Vermutlich ging es um Wetten und Quoten und wie viel jemand gesetzt und gewonnen oder verloren hatte. Wenn ich das richtig verstand, gab es Leute, die hatten innerhalb von ein paar Monaten mehr als eine Million Euro verbrannt. Mit echt abseitigen Wetten. Zweite chinesische Liga im Tischtennis oder Sumo-Ringen oder die dritte

Basketballliga Litauens oder so was. Und ganz viele Pferde- und Hunderennen natürlich.

Heinrich blätterte mit rasender Geschwindigkeit durch die Ordner. Wie so ein Klavierspielerchampion hämmerte er mit seinen Fingern über die Tastatur. Irgendwann konnte ich nicht mehr folgen, so schnell ploppten irgendwelche Listen auf und wieder zu, und dann schob er andere wieder nebeneinander und scrollte runter und wieder hoch und kopierte irgendwelche Zahlen und legte sie in einem neuen Dokument ab. Keine Ahnung, was er da machte.

»Scheißunaufgeräumt, das System«, nuschelte er, »da soll jemand durchblicken … boah … is' ja 'ne Gelddruckmaschine … der Typ muss Millionen haben … ist ja unglaublich.«

»Was ist unglaublich?«, fragte Jana. »Heinrich? Nun antworte doch mal.«

Jana und ich sahen uns an. Heinrich war wie der Jagdhund meines Onkels. Das ist so ein Vorsteher-irgendwas-Hund, und wenn der mal einen Hasen gerochen hat, kann man auch rufen und schreien, wie man will. Dann hört er einfach überhaupt gar nichts mehr.

Also warteten wir. Jana stand auf und lief auf und ab wie eine Löwin im Käfig. Fünf Schritte, Drehung, fünf Schritte, Drehung. Immer wieder.

Nach einer gefühlten Stunde tauchte Heinrich dann so langsam wieder aus seinem Computer auf.

»Also«, sagte er, »das ist echt ein ausgeklügeltes System. Technisch richtig gut. Also, ich meine, richtig weit vorne. Respekt. Nicht mal sonderlich kriminell, schätze ich, und richtig gut.«

»Was ist gut?«, fragte ich.

»Also, die Sache funktioniert so: Jusic hat ein Programm, das überall auf der Welt die Wetten vergleicht und die beste Quote für jede einzelne Wette ermittelt. Das macht sein Programm quasi in Echtzeit. Jede Sekunde. Jusic ist deshalb immer auf dem aktuellen Stand, obwohl sich Quoten ja pausenlos ändern, je nachdem, wie viel auf was gewettet wird. Das ist aber nicht das Einzige, was sein Programm kann. Es errechnet außerdem eine etwas schlechtere Quote, die Jusic dann seinen Wettern im Balkangrill anbietet. Und wenn jetzt jemand eine Wette bei ihm abschließt, platziert das Programm automatisch und zeitgleich irgendwo auf der Welt dieselbe Wette zu einem besseren Kurs. Also, ein Beispiel: Ich setze im Balkangrill, sagen wir, hundert Euro auf einen Sieg der New York Knicks. Bei einem Sieg bekäme ich von Jusic dafür hundertfünfzig Euro ausgezahlt. Das Programm aber setzt im selben Moment in China oder Rumänien oder sonst wo automatisch neunzig Euro und bekommt dafür bei einem Sieg hundertsechzig Euro ausgezahlt. Jusic verdient an der Wette also zehn Euro, falls die Knicks verlieren, und zehn Euro, falls sie gewinnen. Er kann überhaupt nicht verlieren, egal, was passiert. Ein absolut wasserdichtes System. So weit verstanden?«

»Wir sind doch nicht blöd«, antwortete Jana.

»Aber dann gibt's auch noch andere Wetten. Bei denen setzt er viele kleinere Summe bei unterschiedlichen Wettanbietern, ohne dass einer bei ihm gewettet hat. Zusammen ergibt das immer eine heftige Summe. Fünfzigtausend Euro und mehr. Und das Verrückte ist: Diese Wetten gewinnen immer. Was schließt ihr daraus?«

»Keine Ahnung«, sagte Jana. »Was sollen wir daraus schließen?«

»Man könnte daraus schließen, dass er bei diesen Wetten vorher schon weiß, dass er sie gewinnt. Und das wiederum kann er nur, wenn er den Ausgang dieser Partien manipuliert. Er besticht Spieler oder Schiedsrichter, das denke ich.«

»Und was bringt uns das jetzt für die Sichel?«, fragte Jana. »Ich meine, dass wir das wissen.«

»Wart's ab, es wird noch besser. Also, es gibt auch einen Ordner zu Carl-Günter Malsch. Aber der hat irgendwie nicht gewettet, sondern immer nur fleißig gezahlt. Jeden Monat zehntausend Euro. Keine Ahnung, warum. Vielleicht wird er erpresst, vielleicht hängt er mit drin bei Jusic. Und dann hab ich natürlich auch nach unserem Coach gesucht auf diesem Server. Zu Lob gibt es natürlich keinen Ordner. Aber es gibt einen Ordner mit dem Namen Mesutic. Und das ist wirklich der Hammer. Das glaubt ihr nicht, was ich euch jetzt erzähle.«

Dann machte Heinrich eine demonstrative Pause und schaute sich triumphierend um.

»Was soll 'n jetzt diese beschissene Pseudo-Spannungsnummer«, schimpfte Jana. »Nun mach schon den Mund auf.«

»Ist ... ist ja gut«, stotterte Heinrich, »ich war doch gerade beim Reden. Also, unser Coach hat vor ungefähr acht Wochen auch angefangen, bei Jusic zu wetten. Kleine Summen, nix Aufregendes. Mal zwanzig Euro auf ein Basketballspiel der Euroleague. Mal fünfzig Euro auf die NBA. Meistens hat er verloren. Aber dann kommt unser Night Move. Ich hätte echt nicht gedacht, dass so ein Turnier groß genug zum Wetten ist. War es aber. Es gibt da einen Wettanbieter auf Gibraltar, der nur in Basketballwetten macht. Deutsche Jugend-Basketball-Bundesliga, irgendwelche Charity-Turniere in den USA, dritte belgische Liga, kannst du alles wetten bei ihm. Und eben auch auf den Night Move. Und was macht unser Coach? Setzt fünfhundert Euro darauf, dass wir in das Hamburger Finale kommen.«

»Na und?«

»Pass auf. Und dann setzen er und dieser Jusic jeweils zweitausend Euro, dass wir uns nicht für Berlin qualifizieren.«

»Und nun sind sie futsch, die zweitausend«, sagte ich.

»Heißt das, dass der Coach uns im Finale absichtlich verlieren lassen wollte?«, fragte Jana.

»So sieht's aus.«

»Dieses Schwein«, sagte Jana nach einer Pause. »Ich hab's gewusst … so ein beschissener … Arschloch-Lügner.«

»Aber als es dir richtig schlecht ging, damals vor dem Finale, da hat er sich nicht um seine Wette gekümmert. Sondern um dich«, entgegnete ich. Wahnsinnig überzeugend klang das aber nicht, muss ich zugeben, weil ich ja selbst auch nicht so richtig an meine Worte glaubte. Logisch gesehen sprach wirklich alles gegen die Sichel.

Ich schaute in Janas Gesicht. Sie sah aus wie – weiß nicht –, vielleicht wie so 'ne Raubkatze kurz vor dem Sprung. Total angespannt, regungslos, gefährlich.

»Ich fahr dahin …«, murmelte Jana, mehr zu sich selbst, »jetzt sofort … Genau das mach ich. Der muss ja noch irgendwo sein … und dann kann er was hören.«

»Das ist jetzt vielleicht nicht die ganz kluge Idee«, entgegnete Heinrich. »Du kannst da nicht einfach hingehen. Könnte doch sein, dass du unseren Coach dadurch gefährdest. Dieser Jusic ist wahrscheinlich von der ganz harten Sorte.«

»Seh ich so aus, als ob mich das interessiert?«, zischte Jana mit dieser kalten, schneidenden, emotionslosen Stimme, die ich mittlerweile schon kannte bei ihr. Und bei der man überhaupt keine Chance mehr hat, vernünftig zu diskutieren.

»Warum gehen wir nicht zur Polizei?«, fragte ich.

»Und was sollen wir denen erzählen?«, antwortete Heinrich. »Dass wir eingebrochen sind und ich den Computer gehackt habe? Wir haben noch nicht mal richtige Beweise, dass Jusic Spiele verschoben hat. Der Einzige, den die verhaften werden, bin ich.«

»Aber irgendwas müssen wir doch tun«, sagte ich. »Könnte doch sein, dass der Coach unsere Hilfe braucht … ich meine … weil … vielleicht hat ihn Jusic in der Hand oder so was. Ich glaub einfach nicht, dass die Sichel uns freiwillig so verschaukelt.«

»Okay«, meinte Heinrich, »dann gehen wir beide da noch mal hin. Es sind noch sechs Stunden Zeit bis zum ersten Spiel. Vielleicht gibt's ja 'ne Möglichkeit, mit dem Coach zu reden. Aber Jana bleibt definitiv hier.«

Pech gehabt

Kapitel 25

Jana kam natürlich trotzdem mit. Das heißt, sie war sofort losgestapft und hatte an der Hauptstraße ein Taxi angehalten, und Heinrich und ich waren hinter ihr hergerannt und hatten es gerade noch geschafft, ins Auto zu springen.

»Hast du einen Plan?«, fragte ich sie, als wir im Taxi saßen.

»Ich brauche keinen Plan, um einem Arschloch die Meinung zu sagen.«

»Und wenn er gar nicht da ist?«

»Dann fragen wir den behaarten Jusic-Affen, wo er ist.«

»Und wie willst du ihn dazu bringen, dass er uns das erzählt?«

»Ich kann ihm ja drohen.«

»Mit was willst du denn drohen?«

»Na ja, halt mit dem, was wir wissen. Wir halten den Mund, und dafür erzählt er uns, wo wir den Coach finden. Als Austausch quasi.«

»Wenn Jusic weiß, dass wir in seinem Computer waren, bringt er uns um«, sagte Heinrich.

»Wir können ja behaupten, dass alle Informationen automatisch an die Polizei gehen, wenn uns etwas passiert.«

»Du liest einfach zu viele Krimis, Jana, so was klappt im richtigen Leben nicht.«

»Ist mir auch egal«, antwortete Jana. Die restliche Zeit im Taxi starrte sie still aus dem Fenster.

Als wir den Balkangrill erreichten, war es kurz nach elf Uhr.

»Fünfzehn Euro glatt«, sagte der Taxifahrer.

Jana sprang aus dem Wagen, ohne sich ums Bezahlen zu kümmern. Mit schnellen Schritten marschierte sie über den Hinterhof. Heinrich warf einen Geldschein auf den Beifahrersitz, dann rannten wir hinterher. Die Eingangstür stand offen, aber im Gastraum war niemand zu sehen. Nur der Fettkloß stand hinter der Bar und polierte die Gläser.

»Ist noch geschlossen«, sagte er, ohne aufzusehen, aber Jana stampfte an ihm vorbei, mit gesenktem Kopf, als wäre sie nicht mehr ganz klar im Hirn. War sie wahrscheinlich auch nicht in dem Moment, schätze ich mal.

»He!«, rief der Fettkloß. »Halt … zurückkommen, das ist privat.« Dann watschelte er hinterher.

Heinrich und ich folgten den beiden die Treppe hinunter. Als wir unten im Flur um die Ecke bogen, hatte Jana den Code schon in die Tastatur getippt. Wieder schwang die Tür mit einem Summen auf. Niemand hatte die Zahlen geändert.

»Ich will eine Erklärung«, hörten wir Jana schimpfen, »sofort … auf der Stelle.« Es klang ziemlich hysterisch.

Als wir den Raum betraten, stand Jana direkt vor dem Tresen und die Sichel direkt dahinter. Neben ihm hockte Jusic vor einem Safe, den wir beim letzten Mal übersehen hatten, weil er hinter einem schwenkbaren Regal mit Gläsern versteckt lag. Jetzt war das Regal weggeklappt und der Tresor stand offen. Die Geldscheine stapelten sich darin hoch bis an die Kante. Wahrscheinlich brauchte es Bargeld in diesem Business.

»Sorry, Boss«, schnaufte der Wirt hinter Jana, »die Braut ist einfach durchgerutscht, ich schmeiß sie raus, sofort …«

Jusic hob seine Hand und der Fettkloß verstummte noch in derselben Sekunde. Dann kam Jusic hinter der Bar hervor und ging auf Jana zu, die instinktiv immer weiter zurückwich. Bis sie mit dem Rücken an der Wand stand. Ein paar Schritte neben der Tür.

»Wer bist du?«, fragte er leise, aber das klang echt viel gefährlicher, als wenn er rumgebrüllt hätte. »Woher kennst du den Code für meine Tür?«

»Mit Ihnen red ich nicht«, sagte Jana, »ich rede mit unserem Coach hier.«

»Ganz ruhig«, sagte Jusic, »also: Woher hast du den verfluchten Code?«

»Ist doch egal …«, antwortete Heinrich.

»Klappe halten«, brüllte Jusic, so laut und unvermittelt, dass wir alle zusammenzuckten.

»Was denn für einen Code?«, wartete Jana. »Die Tür war angelehnt.«

Jusic schaute den dicken Wirt an und der zuckte mit den Schultern. »Hab ich nicht gesehen, Boss, keine Ahnung.«

»Also?«, fragte Jana unseren Coach. »Warum bist du einfach verschwunden? Ich will das wissen.«

»Ich bin nicht einfach verschwunden«, antwortete die Sichel und schaute fast flehend in Janas Augen. Oder hatte er sogar beinahe unmerklich seinen Kopf geschüttelt? »Ich habe euch für den Hamburger Night Move trainiert. Mehr war niemals geplant.«

»Scheiße war geplant«, sagte Jana. »Dass ihr uns verschaukelt, das war geplant. Von dir und deinem sauberen Freund. Ihr wolltet uns im Finale verlieren lassen.«

»Mädchen, du spinnst«, sagte die Sichel.

»Moment, Moment«, meinte Jusic, »was hast du da gerade gesagt? Wo hast du diesen ganzen Quatsch her?«

»Weiß doch jeder«, antwortete Jana.

»Das weiß überhaupt niemand«, sagte Jusic. »Das kann überhaupt niemand wissen, weil es nicht stimmt. Also, wer hat dir diesen Mist erzählt?«

»Und trotzdem stimmt es.«

»Wer?«, fragte Jusic gefährlich leise und hob seine Hand. Also, nicht die Faust, sondern die flache Hand, wie bei einer Ohrfeige halt, aber er hatte mächtige, behaarte Pranken.

»Sie können uns überhaupt nicht drohen«, sagte Heinrich. »Wir haben Beweise.«

»Ach ja«, sagte Jusic. »Für was denn zum Beispiel?«

»Für alles«, sagte Heinrich. »Wir wissen alles ... was Sie hier treiben ... und wenn uns was passiert ... dann bekommt die Polizei alle Beweise ... ganz automatisch.«

»Tatsächlich«, sagte Jusic. Er griff nach Heinrichs Rucksack und leerte ihn auf dem Boden aus. »Sind das da deine Beweise?«, fragte er und hielt Heinrichs Laptop hoch. Dann schmetterte er ihn mit voller Wucht gegen den Tresen. Wie so ein Diskuswerfer.

Der Monitor riss aus den Scharnieren und splitterte über den Boden, und auch das Gehäuse zerbrach in der Mitte, sodass die Eingeweide nach außen quollen.

Jusic rupfte die Platine heraus und fragte: »Und? Wo sind jetzt deine Beweise?«

Heinrich zuckte mit keiner Miene, so cool war er. Auch ich hätte nicht sagen können, was er gerade dachte. Und dabei kannte ich ihn nun schon eine ganze Weile. Als ob ihn die Szene hier überhaupt nicht berührte.

»Man kann Wissen nicht einfach zerstören«, sagte er. »Schon gar nicht mit so einer Schwachsinnsaktion.«

»Dann vielleicht damit, du kleiner Scheißer«, erwiderte Jusic und schlug ihm den Handrücken quer übers Gesicht. Heinrich taumelte zur Seite, stolperte gegen einen Stuhl und rutschte zu Boden. Es dauerte eine ganze Weile, bis er sich wieder hochgestemmt hatte. Aus der Nase tropfte Blut. Und die Wange schwoll an, sodass sein rechtes Auge nur noch ein schmaler Schlitz war, durch den er wahrscheinlich kaum etwas sehen konnte. Mit der Zunge schmeckte er nach dem Blut auf den Lippen.

»Nein«, sagte er schließlich, »funktioniert auch nicht, die Beweise sind immer noch da.«

Er strich sich das T-Shirt glatt und versuchte zu grinsen, aber mehr als eine schiefe Grimasse kam nicht heraus.

»Nun passt mal auf, ihr Klugscheißer«, sagte Jusic. »Ihr wisst doch gar nicht, von was ihr da redet. Weil, wenn ihr es wüsstest, würdet ihr euch vor Angst in die Hosen machen und wärt gar nicht hier.«

»Aha«, sagte Heinrich. »Sind Sie sich da so sicher?«

Man konnte richtig sehen, wie es in Jusic arbeitete. Was wussten wir? Hatten wir etwas gegen ihn in der Hand? Konnte er es sich leisten, uns wieder laufen zu lassen? Oder war es im Gegenteil noch gefährlicher, wenn er uns nicht wieder laufen ließ?

»Wenn wir zu unserem ersten Spiel nicht pünktlich erscheinen, steht eine halbe Stunde später die Polizei vor ihrer Tür«, sagte Heinrich.

»Die Polizei nützt euch gar nichts«, antwortete Jusic. »Wir sind überall. Ich bin doch nicht der Einzige hier. Da gibt es noch ganz andere Männer, die hinter mir stehen. Und hinter denen stehen wieder andere Männer. Wir sind ein Krake mit vielen, vielen Armen. Solltest du irgendwelche Informationen haben, die du der Polizei verraten willst, nur zu. Du wirst keine zwei Wochen überleben. Das garantiere ich dir. Dich kann niemand beschützen. Keine Polizei, keine Armee, kein Garnichts. Und weil das so ist und weil du das weißt, hältst du auch schön die Klappe, und wir sind nicht gezwungen, uns die Finger schmutzig zu machen. Haben wir uns verstanden? … Schön … Ich wusste, dass ihr vernünftig seid. Also haltet die Klappe, dann lasse ich euch jetzt wieder gehen.«

»Könnt ihr vergessen, ich halte nicht meine Klappe«, sagte Jana.

»Glaub mir, das wirst du«, antwortete Jusic. »Zur Sicherheit behalte ich euren Coach hier bei mir.«

»Ja, und? Sehe ich so aus, als würde mich das interessieren? Kümmert mich überhaupt nicht.«

Jusic winkte den Muskelmenschen zu sich, den wir letzte Nacht schon gesehen hatten.

»Und unser Dimitri sorgt dafür, dass ihr während des Turniers nicht auf dumme Gedanken kommt.«

Dann befahl er dem Muskelprotz, uns nicht aus den Augen zu lassen. »Keine Sekunde, verstehst du, Dimitri, du bist beim Spiel dabei, du sitzt mit den Pennern auf der Bank, und wenn die aufs Klo gehen, machst du denen die Hose auf. Hast du das kapiert?«

»Klar, Chef«, sagte Dimitri. »Un' machisch was, wenn die abhaun? Sollisch Beine schießen?«

»Jetzt denk mal nach, Dimitri, das können wir nicht gebrauchen, oder? Vor allen Leuten?«

»Logisch«, antwortete das Muskelpaket, »machisch platt mit die Hände, verstanden.«

»Gar nichts machst du, Dimitri. Du rufst einfach an, wir haben ja hier auch noch ihren Coach. Und weil die Kinder schlau sind und das wissen, werden sie auch nicht zur Polizei gehen. So einfach ist das. Ihr wollt sicher nicht, dass eurem Coach irgendetwas passiert.«

»Der ist ’ne Ratte und kein Coach«, antwortete Jana.

»Klappe halten«, sagte Jusic. Er drehte sich langsam wieder rüber zu Jana und dann schlug er plötzlich ohne Vorwarnung zu. Mit der Faust mitten auf die Brust. Konnte man sofort sehen, dass er früher mal Boxer gewesen war. So schnell und ansatzlos aus der Schulter.

Jana sackte zu Boden und schnappte nach Luft.

»Hier wird gemacht, was ich sage«, brüllte Jusic. »Geht das in deinen Schädel?«

Ich glaube, Jana kriegte die Schreierei gar nicht mehr richtig mit. Sie hatte die Augen geöffnet, aber die Pupillen waren ihr hinter die Lider gekippt. So, dass man fast nur noch das Weiße sah. Auch das Gesicht war wieder bleich wie ein Eimer Gips. Ungefähr so wie bei der Prügelei in Hamburg. Sie röchelte. Jusic rollte sie wie einen alten Teppich mit den Füßen zur Seite.

Die Sichel rannte um den Tresen herum und beugte sich zu ihr hinunter. Er horchte nach ihrem Atem. Dann klopfte er ihr leicht auf die Backen.

»Was soll das?«, sagte er zu Jusic. »Tat das jetzt wirklich not?«

Jusic stieß ihn einfach zur Seite. »Was ist mit dir, du Arschloch?«, schimpfte er. »Soll ich dir auch noch eine scheuern? Niemand sagt mir, was ich tun oder lassen soll.«

Dann wandte er sich wieder an Heinrich. »Habt ihr das jetzt kapiert? Ihr haltet den Ball flach. … Schön. Dimitri, dann stellst du die Dame jetzt wieder auf ihre Füße.«

Das war der Moment, als der Coach irgendetwas aus seinem Ärmel gleiten ließ und mir von hinten unter das T-Shirt stopfte.

»Für Jana«, flüsterte er. »Nicht verlieren … ist wichtig.«

»Abmarsch«, befahl das Muskelpaket und schob Jana vor sich her wie eine Puppe. Auf dem ganzen Weg sagte sie kein einziges Wort. Ich ging mit Heinrich vorneweg, aber das war Dimitri auch wieder nicht recht.

»Mach langsam, Digga«, sagte er, »mussisch hören, was du laberst.«

Den ganzen Weg nach Tempelhof klebte er in unserem Rücken, und manchmal schubste er auch oder schlug uns mit der flachen Hand gegen den Hinterkopf, wenn wir zu schnell oder zu langsam waren für seinen Geschmack.

»Un' nix zu die andere Penner, kein Wort, is' klar«, sagte er, als wir endlich wieder das Gelände erreichten.

»Logisch«, antwortete ich. Was sollten wir den anderen auch erzählen? Wir hatten sowieso keine Idee, was mit der Sichel passiert war und welche Rolle genau dieser Jusic spielte.

»Wir sollten uns auf das Turnier konzentrieren«, sagte ich zu Jana. »Und die Gegner anschauen. Alles andere ist erst mal nicht wichtig.«

»Seh ich so aus, als ob mich das Arschloch von Coach noch interessiert?«, antwortete sie. »Den hab ich schon aus meinem Gedächtnis gestrichen.«

»Ich nicht«, sagte Heinrich. »Spielt ihr mal euer Turnier. Und ich denke nach, was wir mit Jusic machen.«

»Denkstu gar nix«, sagte Dimitri, »oder kriegstu Fresse.«

Na super

Kapitel 26

Die Spieler, die in Berlin herumliefen, waren von einem anderen Kaliber als beim Turnier in Hamburg. Konnte man schon auf den ersten Blick sehen. Die besten Basketballer, die es in Deutschland in unserem Alter gab: baumlange Kerls und Raketen auf Beinen und Typen, die ein extremes Ballhandling hatten oder von der Dreierlinie bei zehn Würfen acht Mal trafen.

»Lass uns mal schauen, wann wir unser erstes Spiel haben«, sagte Heinrich und schob mich und Jana zum Zelt des Veranstalters. Dimitri schob hinterher.

Dort war es eng und stickig wie in der U-Bahn, und von allen Seiten drängelten die Menschen nach vorne, um sich die wichtigsten Informationen zu holen: wer gegen wen spielte, welche Regeln es gab und wer die anderen Mannschaften eigentlich waren. Jedes Team hatte in dem Zelt eine eigene Stellwand bekommen und mit irgendwelchen Infos bestückt. Nur unsere Wand war leer. Hatte uns auch niemand gesagt, dass wir da etwas über uns erzählen sollten. Wahrscheinlich war die Nachricht beim General versackt.

In dem Zelt war ein Begleiter wie Dimitri ziemlich praktisch.

»Machma Platz, Penna, wir ham hier nich' ewig Zeit«, brüllte er in die Menge, und jeder, der sich umschaute, ging sofort freiwillig auf die Seite. Wie die Autos auf der Straße, wenn die Feuerwehr kommt. Nicht so wie sonst bei mir, wo die Menschen in mir immer die persönliche Einladung sehen, sich vordrängeln zu dürfen. Nur manchmal reagierte in dem Zelt einer nicht auf Dimitris Worte. Dann schob er ihn einfach zur Seite: »Alder, machisch Witz oder was, verpiss dich.« Das funktionierte immer.

Es dauerte keine halbe Minute, bis wir ganz vorne standen, wo die Paarungen der ersten Runde an eine Wand gepinnt waren. Wie beim letzten Mal. Auch der idiotische Staatssekretär war wieder da. Diesmal trug er ein T-Shirt unter dem Jackett mit dem Schriftzug »Night Move – Die Nacht gehört mir«. Vorne, fett auf der Brust, mit einem brennenden Basketball als Fackel darunter.

Unser Gegner war der Gewinner des Night Move Saarbrücken. Die Mannschaft hieß »Fünf Freunde auf großer Fahrt«. Das klang erst mal nicht so gefährlich. Außerdem war das Saarland jetzt nicht unbedingt die Hochburg des deutschen Basketballs. Vielleicht hatten wir gegen sie sogar eine Chance. Auf ihrer Infowand stand: »Wir wünschen allen Mannschaften viel Glück.« Handgemalt. In großen bunten Buchstaben mit einem Blümchenrahmen.

Direkt daneben befand sich die Infotafel der Springstein-Schule. Das Internat hatte in den letzten Jahren alles gewonnen, was es im Basketball zu gewinnen gab: Jugend trainiert für Olympia, Jugend-Basketball-Bundesliga, deutsche Meisterschaften in den verschiedensten Altersklassen. Die Stellwand hing voll mit Gesichtern von Nationalspielern, die früher auf dieser Schule gewesen waren. Wenn wir gegen die Fünf Freunde gewinnen würden, wäre das Internat unser nächster Gegner.

»Die sind der haushohe Favorit für das ganze Turnier«, sagte Heinrich. »Wie wollt ihr denn gegen die Truppe gewinnen?«

»Sag du's mir«, antwortete ich. »Du bist das Genie.«

»Ich bin raus, wie du weißt«, meinte Heinrich. »Jetzt ist jemand anderes zuständig für die Taktik.«

Allerdings schien es der General mit einer Taktikbesprechung nicht sonderlich eilig zu haben. Er stand da und redete auf Robin ein, und dann gingen die beiden zu irgendwelchen Typen, um sich vorzustellen. Von einem zum anderen. Wahrscheinlich waren das diese Scouts.

Ich hockte mich mit Jana und Heinrich ins Gras neben unserer Fahne. Dimitri pflanzte sich daneben und langweilte sich. Konnte man nicht übersehen. Basketball interessierte ihn überhaupt nicht. Wir interessierten ihn auch nicht. Eigentlich schleimte er mit seinen Blicken nur irgendwelchen Mädchen hinterher. Besonders solchen mit engen T-Shirts und großen Brüsten. So ein notgeiler alter Sack. Die meisten Mädchen waren nicht älter als wir, und Dimitri war mindestens dreißig und hatte außerdem diese fetten Muskelberge, wie so ein aufgespoilerter Golf GTI auf zwei Beinen. Keine Ahnung, warum Männer glauben, dass Frauen auf so was stehen. Ich meine, da sieht man doch schon an den Muskeln, dass der Typ freiwillig tausendmal am Tag dieselbe Bewegung macht. Und da würde sich mir sofort die Frage stellen: Wie soll das gehen, dass man dabei nicht gründlich verblödet? Trotzdem hielt er sich natürlich für unwiderstehlich. Meistens pfiff er, wenn ein Mädchen vorüberlief. Oder er spannte die Muskeln und rief: »Kommstu fühln, Süße.« Uns beachtete er immer weniger.

»Irgendeine Idee, was wir jetzt machen sollen?«, flüsterte Heinrich.

»Zur Polizei gehen … wenn dieser Dimitri mal nicht aufpasst«, antwortete ich.

»Würdest du uns die Geschichte glauben, wenn du ein Polizist wärst?«, fragte Heinrich. »Ich nicht.«

Ich zog vorsichtig das Päckchen aus dem Gürtel, das mir die Sichel zugesteckt hatte. Es war ein ockerfarbener Luftpolsterumschlag, der schon ganz verknickt aussah. Als hätte die Sichel ihn monatelang mit sich herumgetragen. Verschlossen war er mit zwei T-förmigen Messingclips. »Für meine geliebte Jana« stand darauf. In dünnen Buchstaben, links oben in der Ecke.

»Von unserm Coach«, sagte ich leise zu Jana, »soll ich dir geben, ist angeblich wichtig.«

Jana betrachtete den Umschlag skeptisch von allen Seiten. »Was soll das?«, fragte sie schließlich. »Geliebte Jana? Hat der 'n Knall?«

»Vielleicht steckt irgendwas ganz anderes dahinter«, meinte ich.

»Was denn, bitte schön? Der hat mich null verteidigt vorhin. Aber dann so einen Blödsinn auf den Umschlag schreiben. Der tickt nicht ganz richtig.«

»Willst du nicht wenigstens in den Umschlag schauen?«

»Bestimmt nicht«, sagte Jana und stopfte ihn in ihre Sporttasche. »Außerdem beginnt jetzt die Mannschaftsbesprechung, ist nicht mehr lange hin bis zu unserem ersten Spiel.«

Über die Fünf Freunde aus Saarbrücken wussten wir nichts. Der General wusste auch nichts. Heinrich wusste wenigstens, dass wir das Spiel nicht verlieren konnten.

»Das ist wie Kreisklasse gegen Bundesliga«, meinte er. »Die haben keinen einzigen überragenden Mann. Außerdem ist ihr Name Programm. Die sind wirklich nur zu fünft. Sobald sich einer rausfoult, ist es vorbei mit ihnen.«

»Dich hat hier niemand gefragt«, sagte der General. Seine Taktik hatte auf einer Briefmarke Platz: »Ball zu Robin«, erklärte er. Und der nickte gnädig. Dachte wahrscheinlich, dass er das sowieso von Natur aus verdiente, so im Fokus zu stehen.

Ich gehörte auch zur Startformation. Überraschenderweise. Jana stand auf dem Flügel. Der Russe parkte unter den Körben. Und Francis spielte auf der Drei. Aber eigentlich waren wir alle nur Robins Statisten. Er brachte den Ball, er ließ sich von uns die Blöcke stellen, er zog zum Korb. Oder er warf von draußen.

Das begriffen natürlich auch die Fünf Freunde. Sie doppelten Robin schon beim Aufbau. Wenn er in Korbnähe kam, warfen sie sich ihm zu dritt in den Weg. Konnte jeder sehen, nur Robin kapierte das nicht. Für einen sicheren Korb hätte er eigentlich nur den Pass spielen müssen zu einem von uns. Aber er brummte lieber über den Platz wie die Fliege an einer Fensterscheibe. Er machte das nicht einmal schlecht. Wenn ich ehrlich bin, sogar ziemlich brillant. Auch zu zweit oder zu dritt hatten die Fünf Freunde keine Chance, den Ball zu erobern. Aber freie Würfe gab es für Robin auch nicht.

Das ganze Spiel wurde zu einem üblen Gewürge. Kaum mal erzielte eine Mannschaft einen Korb und der Sieg stand die ganze Zeit auf der Kippe.

»Jetzt gib doch endlich mal ab«, schimpfte Jana in einer Auszeit.

Es stand 10 : 8. Nach gespielten siebzehn Minuten. Das ist ungefähr so, als würde man eine halbe Stunde brauchen, um einen Big Mac zu essen.

»Wir müssten mindestens zwanzig Punkte vorne sein«, erklärte Jana. »Kannst du mal bitte schön deine Mitspieler sehen?«

»Läuft doch«, antwortete Robin.

»Der Einzige, der läuft, bist du.«

»Ruhe«, befahl der General. »Wir machen genau so weiter. Es gibt keine Änderung in der Taktik.«

Dreißig Sekunden vor Schluss führten wir dann nur noch mit einem Punkt. Aber wir hatten den Ball in der Hand. Eigentlich mussten wir nur noch die Zeit herunterspielen und dann am Ende einen erfolgreichen Abschluss kreieren. Robin machte, was er das ganze Spiel schon getan hatte: Er brachte den Ball nach vorne, orderte den Russen zum Block nach draußen, dribbelte die Baseline entlang, unter dem Korb hindurch, der Gegner machte das Brett zu mit seinen großen Leuten. Keine Lücke für einen Layup. Dann stand Robin in der gegenüberliegenden Ecke, Ball in der Hand, von der Angriffszeit waren noch sieben Sekunden übrig. Er passte den Ball die Dreierlinie hoch zu Francis, curlte dann selbst nach oben und holte sich die Kugel gleich wieder ab. Er benutzte Jana als Block, ihr Gegenspieler switchte, um den Wurf zu verteidigen, Robin machte ein Dribbling, zwei Schritte, eine halbe Drehung, dann warf er aus der Bewegung.

So was ist nie ein einfacher Wurf. Der Körper überträgt seine Bewegung auf den Ball, und der Arm muss das wieder ausgleichen, und wer da nicht ein ganz weiches Handgelenk hat, wirft immer daneben. Oft sind die Bälle zu lang. Auch Robins Ball prallte an den hinteren Teil des Rings, stieg von dort steil nach oben und berührte die Leinen, an denen die Lichtanlage hing. Damit hatten die Fünf Freunde den Ball, es blieben ihnen noch acht Sekunden, um uns aus dem Turnier zu schmeißen. Ein einziger Korb würde reichen dafür. Der General nahm seine letzte Auszeit.

»Kein Foul«, sagte er fast flehentlich, »bitte, nehmt eure Hände weg, greift nicht rein, verteidigt nur mit den Beinen.« Hätte nur noch gefehlt, dass er auf die Knie gefallen wäre. Das ganze Gesicht war rot wie die Nase eines Clowns. Auch die Stimme hatte deutlich an Kraft verloren.

»Du bist so ein arrogantes Arschloch«, sagte ich zu Robin. »Wenn wir verlieren, hast du's vermasselt.«

»Von was träumst du?«, antwortete der. »Die machen doch sowieso keinen Korb mehr.«

»Und wenn doch?«

»Ach, halt deine Klappe.«

»Nun seid doch mal friedlich, das bringt euch jetzt auch nicht weiter«, meinte Heinrich.

Er war die ganze Zeit ein wenig abseits gestanden. Wahrscheinlich weil der General ihn aussortiert hatte aus der Mannschaft. Auch jetzt musterte er ihn abschätzig und von oben herab, aber wegschicken ging irgendwie auch nicht. Bei der taktischen Meisterleistung, die sich der General bisher geleistet hatte.

»Was denkst du?«, fragte ich Heinrich. »Was werden die anderen tun?«

»Das Problem ist, dass sie keinen herausragenden Spieler haben. Keine Ahnung, über wen der letzte Angriff läuft. Wenn ich deren Trainer wäre, würde ich wahrscheinlich versuchen, Gregoric mit einem Pick 'n' Roll nach oben zu holen, sodass ihr switchen müsst und der Pointguard dann gegen unseren Center steht. Das ist das beste Mismatch, das sie bekommen können.«

»Also?«, fragte ich.

»Nicht switchen. Verteidigt den Block lieber untenherum. Die schießen nicht gut von draußen. Und sie werden es auch nicht tun, weil ihnen schon zwei Punkte genügen für einen Sieg.«

»Wir switchen«, entgegnete der General. Dann setzte er mich auf die Bank und brachte Murat an meiner Stelle.

Jana schaute ihn an, als hätte er nicht alle Tassen im Schrank. »Nicht Ihr Ernst«, sagte sie. »In dieser Situation? Für acht Sekunden? Ein neuer Spieler?«

»Klappe halten, ich entscheide das«, meinte der General.

»Ist trotzdem eine Scheißidee«, antwortete Jana.

Damit verdiente sie sich dann auch einen Platz auf der Bank neben mir. Ohne sie anzufassen, konnte man fühlen, wie sehr sie kochte.

Die Fünf Freunde hatten ein ganz merkwürdiges Einwurfsystem, bei dem alle auf einem Haufen standen und dann auf Kommando zur Seite spritzten. Keine Chance, den Ball irgendwie zu verteidigen. Nach zwei schnellen Pässen hatte ihn der Pointguard in seinen Händen. Der Center kam hoch an die Freiwurflinie, Gregoric walzte hinter ihm her. Francis, der den Pointguard verteidigte, blieb am Block hängen, Gregoric machten einen Schritt heraus, um den Wurf zu blocken, aber da war der Pointguard schon längst an ihm vorbei.

»Helpside, Murat, Helpside«, schrie der General und tobte die Seitenlinie hinunter wie ein Pitbull am Zaun. Sein Kopf leuchtete noch röter als in der Auszeit.

Murat verteidigte draußen auf der ballabgewandten Seite den Flügelspieler und rührte sich nicht.

»Helpside«, brüllte der General noch einmal. So laut, dass man es bestimmt noch auf der anderen Seite des Flugfeldes hörte. Und das Feld war riesig. Mindestens zwei oder drei Kilometer lang.

Murat fühlte sich trotzdem nicht zuständig für den Pointguard des Gegners. Der hatte noch einen Schritt, dann stieg er hoch für einen freien Korbleger. »Eins-gegen-null-Layup«, sagen die Basketballer dazu.

Das war's, dachte ich, Turnier verloren, so einen Ball würde selbst meine Mutter nicht mehr versemmeln.

Dann aber flog plötzlich von hinten ein Schatten heran. Ich konnte gar nicht sagen, woher er genau gekommen war. Wie ein angreifender Habicht segelte Robin durch die Zone und blockte den Ball krachend ans Brett. Die ganze Korbanlage schwankte noch, als der Ball schon auf den Boden tropfte. Ich glaube, es gab keinen Zuschauer, der auf seinem Sitz blieb. Manche rannten ein paar Schritte aufs Feld. Aber das ist normal im Basketball, wenn jemand mit so einem Monsterblock den Gegner zerstört.

Robin stand breitbeinig da, wo er gelandet war, und ließ sich feiern. Die Hände in die Hüften gestemmt. Den Kopf erhoben. Er nickte einmal im Kreis. Wie so ein König, der sich die Huldigungen abholt. Ich muss allerdings auch zugeben, dass es die geilste Aktion des gesamten Night Move war. Unfassbare Mischung aus Athletik und Timing.

»Und? Wer hat recht gehabt?«, sagte Robin, als wir zur Nachbesprechung zusammensaßen. »Ich wusste, dass der Gegner keinen Punkt mehr macht. Ist doch super gelaufen, das Spiel.«

»Gar nicht«, murmelte ich.

Aber es war natürlich klar, dass so was jetzt niemand hören wollte. Nach diesem genialen Move. Dabei konnte nur ein Idiot glauben, dass wir mit derselben Taktik eine Chance haben würden gegen den Favoriten des ganzen Turniers.

Großer Sport

Kapitel 27

Es war genau so, wie ich befürchtet hatte. Die Springstein-Schule war uns so brutal überlegen, dass wir eigentlich nur danebenstehen konnten, um höflich zu applaudieren. Die beiden Großen in ihrem Team waren nicht einfach nur groß, sie wohnten quasi in einem anderen Stockwerk. Und dazu waren sie noch schnell und athletisch. Da konnten wir uns abzappeln, wie wir wollten. Selbst wenn es für sie mal keine einfachen Würfe gab, hatten sie noch eine hammermäßige Spielübersicht und fanden blind den freien Kollegen.

Ihre Guards waren auch nicht viel schlechter. Ich hatte jedenfalls keine Chance, meinen Gegenspieler zu stoppen. Robin schon eher. Aber das merkte die Springstein-Schule natürlich auch. Also lief ein Angriff nach dem anderen über mich. Das heißt, über meinen direkten Gegner.

Ich hatte überraschenderweise wieder einen Platz in der Startformation gewonnen. Jana auch. Der Nutzen war überschaubar. Robin spielte so, wie er immer spielte. Und in der Verteidigung waren Jana und ich sowieso keine Monster. Nach zwei Minuten nahm mich der General wieder vom Platz. Nach drei Minuten lag die Springstein-Schule mit acht Punkten vorn. Und wir hatten immer noch keinen einzigen Korb aus dem Feld erzielt. Ohne Umleitung auf kürzestem Weg in die Niederlage.

Es war Jana, die unsere erste Auszeit nahm. Dabei hätte das eigentlich nur unser Trainer gedurft. Aber der tat nichts anderes, als pausenlos seine englischen Schwachsinnsbefehle über den Platz zu brüllen. Deny … come on … Hüfte tief … spacing …«

»Wir müssen was ändern«, keuchte Jana, als wir alle zusammenstanden.

»Are you crazy«, redete der General dazwischen, »was bildest du dir ein? Niemand außer mir nimmt eine Auszeit.«

»Coach, Sie haben jetzt Pause«, antwortete Jana. So klar und fest, dass selbst der General erst einmal schluckte. Auch Robin schaute ganz irritiert. Jana winkte Heinrich zu uns herüber. »Was schlägst du vor?«, fragte sie. »Irgendeine Idee? So auf die Schnelle?«

Heinrich sagte: »Die sind mindestens doppelt so gut wie wir. Also müssen wir auch doppelt so viel aus uns rausholen. Und noch mal zehn Prozent mehr. Anders geht's nicht. Sonst verlieren wir die Partie.«

»Aber ein bisschen mehr als Schlaumeiersprüche bräuchten wir schon«, meinte Francis. »Haste nicht noch irgendwas Taktisches auf der Uhr?«

»Kommt ja schon«, antwortete Heinrich. »Das Ganze ist vor allem ein mathematisches Problem.«

Andere Probleme kannte er wahrscheinlich auch gar nicht.

»Also«, sagte er, »die Springstein-Schule hat die ganze Zeit ihre beiden großen Kerle im Low post, die können wir nicht ausschalten. Und die beiden Guards sind auch viel schneller als Luca und Robin. Wir können ihr Pick 'n' Roll nicht verteidigen, wir können den Pass ans Brett nicht verteidigen, wir können noch nicht mal einen Backdoor-Pass auf die großen Kerle verhindern. Das bedeutet: Wir können sie nicht mit unserer Defense schlagen. Unsere einzige Chance ist, dass wir sie über unsere Offense kriegen.«

»Und wie?«, fragte Jana.

»Mit mir«, antwortete Heinrich.

»Du bist doch erst recht zu langsam«, entgegnete Robin.

»Richtig«, meinte Heinrich. »Ich werde keinen von denen verteidigen können. Ob ich zurücklaufe oder nicht, spielt deshalb keine Rolle. Deshalb bleibe ich einfach eisenhart auf meinem Spot vorne stehen. Wenn die zwei Punkte machen, kommt sofort der Pass nach vorne, und ich mache drei Punkte. Das muss so schnell gehen, so schnell dürfen die gar nicht gucken können.«

»So einfach?«, fragte Jana.

»Irgendwann werden sie das kapieren und den Pass nach vorne verteidigen. In diesem Moment beginnt Phase zwei. Wir spielen jetzt nicht mehr den langen Pass auf mich, sondern einen kurzen auf Robin oder Luca. Wir laufen konsequent unsere Fast Breaks und ziehen eins gegen eins in die Zone. Und ich stehe ja eh schon vorne und stelle die Blocks. Verstanden? Fast Break mit Block. Erste und zweite Welle. Und du, Luca, du holst dir den Einwurf und wirfst sofort den ersten schnellen Pass.«

»Ist nicht so schwer«, meinte ich.

»Die Springstein-Schule wird auch da wieder ziemlich schnell reagieren und dich sofort anpressen. Die werden versuchen, schon den Einwurf zu verteidigen. Darauf müssen wir vorbereitet sein. Vor allem Robin und Jana. Ihr beide müsst sofort anspielbar sein und Luca muss den Pass ohne Dribbling über die Verteidigung spielen können. Dann habt ihr vorne eine Überzahlsituation und macht leichte Punkte. Und wenn sie es dann trotzdem schaffen, die Zone mit ihren großen Kerlen zuzustellen, werfen wir wieder von außen. Also, vor allem ich. Und als nächste Optionen Luca. Wir sind ihnen einfach immer einen Schritt voraus.«

»Und das soll funktionieren?«, fragte Robin mit skeptischem Blick. »Nur mit vier Mann verteidigen? Ist schon etwas unorthodox, oder?«

»Deshalb funktioniert es auch«, antwortete Heinrich. »Vorausgesetzt, wir treffen unsere Schüsse von draußen. Das ist das Thema. Wenn wir deren Quoten während des Night Move zugrunde legen, brauchen wir selbst eine Quote von siebzig Prozent, um zu gewinnen.«

»Siebzig Prozent schafft kein Team in der NBA«, sagte Robin.

»Ich weiß. Aber die spielen natürlich immer auch gegen eine bessere Defense als wir. Für uns ist es wichtig, locker zu bleiben. Hundertzwanzig Prozent geben und locker bleiben. Hört sich an wie ein Widerspruch. Deswegen ist es auch so schwer. Aber ihr schafft das.«

Wer nicht locker blieb, war der General. Wie das so ist bei kleinen Männern.

Er reckte sein Kinn nach oben und stellte sich auf die Zehenspitzen. Mit kerzengeradem Rücken.

»Seid ihr jetzt total übergeschnappt?«, brüllte er. »Das ist ja lächerlich, hier entscheide ich über die Taktik. Und niemand sonst.«

»Sah aber nicht so aus, als hätten Sie eine Taktik«, entgegnete Jana kühl.

»Das liegt nur daran, dass ihr sie nicht sehen könnt. Deshalb bin ich ja auch euer Trainer. Und ihr seid nur ein paar freche Gören, die ihre Klappe aufreißen. Entweder dieser Hampelmann verschwindet hier, jetzt auf der Stelle, oder ich gehe.«

»Sie gehen«, sagte Jana. Keiner von uns widersprach. Nicht einmal Robin.

Der General schnappte nach Luft. Trainer schmissen Spieler

raus, aber Spieler doch nicht ihre Trainer. Das kam nicht vor in seiner Welt. Wahrscheinlich versemmelte er deshalb auch noch einen lässigen Abgang.

»Pah«, sagte er. »Undankbares Pack, ohne mich seid ihr gar nichts. Ihr werdet schon sehen, was ihr davon habt.«

»Auf jeden Fall Spaß«, meinte Francis.

»Und noch eines«, sagte Heinrich zu uns. »Es ist jetzt total wichtig, dass ihr zusammenhaltet. Besonders ihr beide, Luca und Robin. Ihr müsst harmonieren. Ihr seid unsere Schaltzentrale. Ihr müsst ahnen, was der andere tut, bevor er es tut. Wenn ihr keinen Frieden schließt und nicht richtig zusammen kämpft, haben wir keine Chance. Versteht ihr das? Wenn einer von euch sauer auf den anderen ist, haben wir schon verloren.«

»Jetzt mach mal kein Drama«, sagte Robin. »Wir spielen Basketball und müssen keine Bombe entschärfen.«

»Falsch«, antwortete Heinrich. »Das hier ist schwieriger als Bomben entschärfen. Also reißt euch zusammen.«

Ich lief rüber zu Robin. »Er hat recht«, sagte ich.

»Kein Thema«, antwortete Robin. »Wir blasen sie weg, lass mich nur machen.«

»Willstu wegblasen, oder was?«, fragte plötzlich Dimitri, der die ganze Auszeit um uns herumgestapft war und den niemand mehr auf dem Zettel hatte. Ihm kam das Durcheinander offenbar ziemlich verdächtig vor. »Alta, machisch disch fertisch.«

Robin schaute ihn zweifelnd an. »Is' irgendwas? Kennen wir uns?«

»Bleib locker«, sagte Heinrich freundlich zu Dimitri. »Geht nur um Basketball.«

»Willstumisch arschen, Basketball? Denkstu, bin ich blöd?«

»Keiner denkt das«, antwortete Heinrich, und Robin sagte: »Los jetzt, wir müssen aufs Feld.«

Also schlängelte sich Heinrich an dem Muskelberg vorbei, und ich brachte den Ball nach vorne und versuchte, ihn irgendwie zu Heinrich zu passen. War aber nicht so einfach, weil Heinrich bretthart verteidigt wurde und eine Hand immer im Passweg war.

»Hey, was soll 'n der Mist, ich steh hier die ganze Zeit frei«, rief Robin hinter mir, und ich sagte: »Tut mir leid, hast recht, du warst in meinem Rücken«, und dann schaffte er es, mit einer schnellen Finte in die Zone zu kommen, und ich passte ihm den Ball als Alley Oop in die Hand. Es war unser erster Korb aus dem Feld.

Schon verblüffend, was man in sich so an Energie freischaufeln kann. Ich zog das verbotene Trikot glatt und warf mich in unsere Schlacht. Wie so eine gestörte Wildsau. Würden andere vielleicht sagen. Mein Gegenspieler schaute richtig erschrocken. Und ich fühlte mich – keine Ahnung – vielleicht wie ein Hund, dem jemand den Schwanz angezündet hat und der jetzt durchs Zimmer jagt und sich überhaupt nicht mehr bremsen lässt. Ich meine, ist jetzt vielleicht ein blöder Vergleich, aber ich rannte mir die Lunge aus dem Leib, und wenn ich einen freien Schuss hatte, nahm ich ihn sofort, ohne eine Millisekunde zu zweifeln. Ich dachte an gar nichts anderes. Nicht mal an Jana. Alles war wie weggeblasen aus meinem Kopf. Ziemlich unheimlich, so im Tunnel zu sein. Aber auch richtig cool. Meine Pässe fanden eigentlich immer ihr Ziel, auch die komplizierten hinter dem Rücken oder die Durchstecker in der Zone. Selbst die Würfe fielen bis auf einen oder zwei Dreier.

Stück um Stück knabberten wir etwas weg vom Vorsprung der Springstein-Schule. Acht Minuten vor Schluss führten wir zum ersten Mal mit zwei Punkten. Drei Minuten später war der Vorsprung sogar auf sechs Punkte gewachsen.

Lag da eine Sensation in der Luft? Die Menschentraube am Spielfeldrand wurde immer größer, alle Mannschaften, die gerade nicht spielten, schauten zu, sogar das Regionalfernsehen verfolgte das Spiel jetzt mit seiner Kamera.

Dimitri kam richtig ins Schwitzen. Vor allem weil die Kamera ein paarmal direkt vor ihm parkte und sein Gesicht abfilmte. Wahrscheinlich hielten die Fernsehfritzen ihn für unseren Trainer. Saß jetzt ja auch sonst kein Erwachsener auf unserer Bank. Dimitri fand das cool, glaube ich, weil er sich richtig in Positur setzte, aber dann dämmerte ihm, dass es vielleicht doch nicht so günstig war, im Fernsehen zu sein. Man konnte richtig sehen, wie er sein bisschen Verstand anstrengte und überlegte, was er jetzt machen sollte. Grimmig gucken? War vielleicht nicht so die tolle Idee. Aber in die Kamera lachen ging auch irgendwie nicht. Vielleicht schaute sein Chef ja im Balkangrill zu. Da musste er schon ein bisschen gefährlich wirken.

»Leute, ich bin echt stolz auf euch«, meinte Heinrich dann in einer Auszeit des Gegners. »Nur noch vier Minuten, das schaffen wir.«

»Keine Minute mehr«, japste ich, »ich kann mich echt nicht mehr auf den Beinen halten.«

»Du musst«, sagte Heinrich. »Streng dich an, du warst fantastisch.«

»Was glaubst du, was ich die ganze Zeit tue?«

»Egal, irgendwas geht immer.«

Ich goss mir eine Flasche Mineralwasser über den Kopf und ließ mich neben der Bank ins Gras fallen. Meine Beine fühlten sich an wie Gummi. In der Ferse pochte bei jedem Schritt ein stechender Schmerz. Kannte ich aber schon, das passierte eigentlich immer gegen Ende eines Basketballspiels.

Der Schiedsrichter pfiff auf seiner Schiedsrichterpfeife. Ich humpelte zurück zum Mittelkreis.

Es kam genau so, wie ich befürchtet hatte. Je länger das Spiel dauerte, desto größer wurden meine Schwierigkeiten. Immer seltener hatte ich einen offenen Wurf. Die Springstein-Schule verteidigte jetzt Mann gegen Mann. Und je leichter es wurde, mich zu stoppen, desto gründlicher konnten sie sich mit Heinrich und Robin beschäftigen. Nur Jana ließen sie außer Acht.

Unser Vorsprung schmolz dahin wie Butter in einer heißen Pfanne. Zwei Minuten vor Schluss stand es zum ersten Mal wieder unentschieden. Dann verlegte ich einen einfachen Korbleger und für die Springstein-Schule traf der Center mit einem Wurf aus der Zone. Robin versenkte noch einmal einen Dreier. Dann lief sich Francis in der Verteidigung fest. Heinrich traf nicht mal den Ring bei seinem nächsten Versuch. Auch mein Jumpshot aus dem Halbfeld sprang zurück in die Arme des Gegners. Acht Sekunden vor Schluss lagen wir schließlich mit drei Punkten hinten.

Ich weiß nicht, aber ich schätze, so fühlt sich ertrinken an. Wenn man strampelt und strampelt und trotzdem immer tiefer sinkt und keine Kraft mehr hat und irgendwann nur noch hofft, dass es endlich vorbei ist. Endlich aufhören dürfen zu kämpfen.

»Robin, du bringst den Ball«, sagte Heinrich in unserer letzten Auszeit, »aber du musst aufpassen, ich wette, die werden dich sofort foulen. Also, vielleicht nicht in den ersten drei Sekunden. Aber dann. Wenn sie das schaffen, haben sie praktisch gewonnen. Wir können an der Linie nur zwei Punkte holen und danach haben sie den Ball. Also nicht foulen lassen. Ganz wichtig. Du musst passen, bevor jemand in der Lage ist, dir in den Arm zu greifen. Verstanden?«

»Klar, aber was dann?«

»Wenn ich frei stehe, bekomme ich den letzten Pass. Wenn nicht, spielst du ein Give-and-go mit Jana oder Luca und nimmst dann selbst den Wurf.«

Die Springstein-Schule hielt mit einer Art Ganzfeld-Presse dagegen. Wir hatten schon Schwierigkeiten beim Einwurf und dann fand Robin keine freie Anspielstation für unser Give and Go. Auch Heinrich wurde hautnah vom gegnerischen Center gedeckt. Nur ich stand relativ frei auf der anderen Seite des Platzes. An der Seitenlinie, direkt vor der Bank unseres Gegners. Es war ein Pass in höchster Not, der so ungenau kam, dass ich springen musste, um ihn gerade noch zu erwischen. Kein halber Zentimeter blieb von meiner Fußspitze bis zum Aus. Ich machte ein Dribbling im Runterkommen, dann zwei Schritte, die Dreierlinie war vielleicht noch einen Meter weg, der Zeitnehmer hatte die Uhr bereits auf zwei Sekunden heruntergezählt. Mit Sicherheit war es zu spät für einen Pass in die Zone. Außerdem hätten uns zwei Punkte auch nicht gereicht.

»Rainbow Shot« sagen die Fachleute zu so einem Wurf. Extrem hohe Flugkurve, dann senkt sich der Wurf ziemlich abrupt, eigentlich hat man so überhaupt keine Kontrolle über die Kugel. Mein Ball prallte auf den vorderen Teil des Rings, sprang von dort senkrecht nach oben, noch über die Oberkante des Bretts, vorbei an den Seilen, danach fiel er gerade runter ins Netz. Ohne noch einmal den Ring zu berühren.

Wow. Für einen Moment war es totenstill auf dem Platz. »Eine Sekunde noch«, sagte der Typ an der Uhr. Sonst sagte keiner was.

Es war voll der Glückswurf. Eine Sekunde, dann hatten wir schon mal das Unentschieden geschafft. Auch wenn das drei Minuten Verlängerung hieß. Plötzlich rannten mich ein paar Leute um, der Jubel kam von überallher, ich stand mittendrin in der Welle. Dabei hatten wir noch gar nichts gewonnen. Und würden auch nichts gewinnen. Wie sollten wir eine Verlängerung überstehen?

»Hammer«, sagte Heinrich, als sich die Wogen ein bisschen geglättet hatten. »Das wird Legende.«

Der Pointguard der Springstein-Schule wollte das allerdings nicht so sehen. »Schiri«, brüllte er, »verdammte Scheiße, der stand doch im Aus, hat das denn keiner gesehen?« Dabei turnte er an der Seitenlinie herum, und sein Center hing ihm am Arm, damit er sich nicht auf den Schiedsrichter stürzte. Sah aus wie ein wild gewordenes Huhn im Gehege. »Hey, Schiri«, bellte er, »verdammt noch mal, der Typ stand klar auf der Linie. Hast du Melonen auf den Augen, oder was? So blind kann man doch gar nicht sein.«

»Bitte beruhige dich«, sagte der Schiedsrichter, »ich habe das deutlich anders gesehen.«

»Ach, du hast was gesehen. Ich schätze, du wolltest nicht mal was sehen. Du Wurst! Wie viel kriegst du dafür, dass du hier wegschaust? Zweitausend Euro? Zweihundert? Wahrscheinlich machst du es sogar schon für zwanzig.«

Dafür kassierte er dann ein technisches Foul, und wir bekamen zwei Freiwürfe zusätzlich und hatten sogar die Chance, das Spiel zu gewinnen.

»Luca, du wirfst«, brüllte Heinrich, und Robin klopfte mir auf die Schulter und meinte: »Du hast heute die Hand dafür. Mensch, das war brillant … was du getroffen hast … Respekt.«

»Ich kann nicht«, antwortete ich. »Diesmal nicht. Ehrlich.«

»Biste echt so kaputt?«

»Frag nicht, ist halt jetzt so.«

Robin schaute mich an, als wäre ich nicht ganz bei Trost. »Muss ich nicht verstehen, oder?«

»Mach du's, bitte, ich kann dir das nicht erklären.«

»Was ist mit Heinrich?«

»Heinrich kann nur Dreier, was anderes geht bei dem nicht.«

»Wenn du meinst. Ich hab damit keine Probleme.«

Er stellte sich an die Freiwurflinie. Der Pointguard der Springstein-Schule tobte immer noch auf dem Spielfeld herum und war wieder kurz davor, die Zone zu stürmen. Robin tippte den Ball zwei-, dreimal auf und warf ihn noch mal mit Backspin vor die eigenen Füße. So, dass der Ball wieder zurück in seine Hände sprang. Dann ging er leicht in die Knie. Ich konnte überhaupt nicht mehr hinschauen. Aber wegschauen ging auch nicht. Zum Glück war Robin kalt wie ein Gletscher. Sag ich jetzt mal. Meterdickes Eis. Nicht zu erschüttern. Seine Bewegungen waren wie aus dem Lehrbuch. Die Schulter, der Winkel zum Körper, der Ellenbogen, das abklappende Handgelenk.

»Swwschh«, machte es, als der Ball durch die Maschen flutschte.

»Yes«, sagte ich, aber nur ganz leise, und ballte die Faust, dann klatschte ich Robin kurz ab und flüsterte: »Den nächsten musst du verhauen, die anderen dürfen keine Gelegenheit mehr haben für einen weiten Wurf.«

»Ist eh klar«, antwortete Robin und setzte den Ball gekonnt auf die Außenkante des Rings. Von dort sprang er seitlich ins Feld, direkt in die Hände von Jana, der Zeitnehmer sagte: »Null«, und dann brachen die Dämme. Jedenfalls bei mir. Ich sprang Robin auf den Rücken, sodass er heftig ins Taumeln geriet, trommelte auf seinen Schultern herum und schrie: »Du bist der Größte, Scheiße, wie cool, überragend, mies …«

»Jetzt ist aber mal gut«, meinte Robin nach einer Weile. »Ich hab nur ’n Freiwurf verwandelt.«

Auch Heinrich und Jana rannten zu uns. Wir hielten uns in den Armen und hüpften herum, und vielleicht sah das so aus, als würden wir etwas aushecken wollen, weil Dimitri auch noch angestürzt kam.

Wer’s glaubt

Kapitel 28

Der Jubel über unseren Sieg hatte sich schon nach wenigen Minuten in so ein warmes Gefühl von Stärke verwandelt. Als wären wir jetzt irgendwie unverwundbar. Unser nächster Gegner stand noch nicht fest, aber wir mussten ihn auf keinen Fall fürchten. Wir hatten das Turnier noch nicht gewonnen, ganz klar. Aber wir hatten die Chance dazu.

Ich stand mit Jana und Francis und all den anderen am Spielfeldrand und schaute unserem zukünftigen Gegner zu. Das war entweder ein Team aus Köln, das wohl ein Verein oder so was war, weil sie auch in Vereinstrikots spielten. Und die anderen waren irgendwelche Berliner Türken, die praktisch alle Zuschauer auf ihrer Seite hatten. Nicht nur wegen Berlin, sondern auch, weil sie die Kölner so richtig alt aussehen ließen. Vielleicht war das schon nicht mehr sportlich, aber wenn man so viele gute Moves und Tricks beherrscht, kann man sie auch mal raushängen lassen. Dachten alle Zuschauer hier.

»Gegen die Berliner Truppe gewinnen wir leicht«, meinte Heinrich.

»Schon eine Idee, wie das gehen soll?«, fragte ich.

»Erklär ich dir, wenn feststeht, dass wir wirklich gegen sie spielen.«

»Ist doch eindeutig.«

»Abwarten. Bisher ist das hier nur ’ne Angeber-Show.«

»Aber die Berliner führen mit fünfzehn Punkten.«

»Fünfzehn Punkte sind noch lange kein Sieg, das weißt du.«

Klar wusste ich das, aber genauso klar wusste ich, dass dieses Mal die Überraschung ausbleiben würde. Alle wussten das. Auch Jana.

»Komm mit«, sagte sie zu mir und zog mich ein paar Schritte rüber zu einem Imbissanhänger, der mit beiden Rädern auf einem Rasenstück parkte.

Jana hockte sich ins Gras und lehnte sich mit dem Rücken gegen den Reifen und schaute in die untergehende Sonne. Gerade berührte sie die Dächer der Häuser. Keine fünf Minuten, dann würde sie komplett untergegangen sein. Ich setzte mich neben Jana. Viel Platz war nicht an dem Rad. Wenn ich mich auch noch anlehnen wollte, mussten wir schon ganz eng zusammenrücken. So, dass sich unsere Schultern und die Arme berührten.

Keiner von uns sagte ein Wort. Aber ich hätte stundenlang so dasitzen können. Wie Jana das heute mit dem General geregelt hatte. Wenn sie nicht sowieso das tollste Mädchen des Universums gewesen wäre, spätestens jetzt hätte ich mich für alle Ewigkeiten in sie verliebt. So klar und souverän und überhaupt nicht keifend. Jana machte eisenhart, was sie dachte, und nahm auf niemanden Rücksicht und klappte erst bei körperlicher Gewalt irgendwie weg. So, dass sie dann gar nicht mehr Herr ihrer Sinne war. Das war genau umgekehrt wie bei mir. Ich war eigentlich immer ein Lappen, der alles schluckte und nie wirklich kämpfte, bis in mir eine Sicherung durchbrannte und ich nicht mehr wusste, was ich tat. Dann walzte ich alles platt, ohne Rücksicht auf mich und irgendwelche Verluste. Ich meine, das Einzige, was ich gemacht hatte, war ein kleiner, weinerlicher Protest gegen den

General. Aber Jana hatte ihn so was von lässig in die Wüste geschickt.

»Das war groß«, sagte ich, »ich meine, ich hab zwar vorher gewusst, was der Trainer für ein Idiot ist, und du hast es nicht geglaubt, aber jetzt hast du Schlamm Hamm und mich und alles gerettet … wollte ich nur mal sagen … dass du das weißt.«

»Deswegen sitze ich aber nicht hier mit dir.«

»Warum sitzen wir dann hier?«

Jana fingerte den braunen Luftpolsterumschlag aus ihrer Tasche. »Wollen wir nicht zusammen reinschauen? Wir beide. Bitte.«

»Aber der Umschlag ist doch nur an dich adressiert.«

»Ich will trotzdem nicht alleine sein damit. Wer weiß, was dadrin ist.«

Sie löste die Klammern. Heraus fiel ein Bündel Papiere, eng beschrieben auf beiden Seiten. Dieselbe winzige Handschrift wie auf dem Umschlag. Es waren linierte Blätter, die jemand aus einem Schulheft gerissen hatte. Konnte man daran sehen, dass sie einen drei Zentimeter breiten Streifen auf der einen Seite hatten. Auf der anderen Seite reichten die Linien bis zum zerfaserten Rand.

Jana fasste mit ihrer Hand unter meinen Arm und rückte noch ein bisschen näher heran. So, dass wir beide den Brief gleichzeitig lesen konnten.

»Meine geliebte Jana« stand auch dort auf der ersten Seite.

Meine geliebte Jana,
Du bist jetzt ein großes Mädchen geworden und ein schönes dazu. Wahrscheinlich ahnst Du nicht einmal, wie stolz ich auf Dich bin, wenn ich Dich sehe. Ich war immer schon stolz auf Dich. Von der ersten Sekunde

an, als Du auf die Welt kamst. Bis zum heutigen Tag. Obwohl Du gar nicht wusstest, wer ich bin und dass es mich gibt. Ich aber habe immer gewusst, wo Du warst. Ich war immer in deiner Nähe. Manchmal so nahe, dass ich Dich hätte berühren können. Mich hast Du jedenfalls immer berührt.

Liebe Jana, all die Jahre hatte ich Angst vor dem Tag, an dem ich Dir erzählen muss, was passiert ist mit Dir und mir. Ich hatte Angst, dass Du mich verurteilst für das, was ich getan habe, und dass Du Dich abwendest und uns beiden keine Chance gibst. Aber ich weiß auch, dass Du ein Recht auf die Wahrheit hast. Und ein Recht auf Dein eigenes Urteil.

Hier also ist nun Deine Geschichte. Sie erzählt von Deiner Mutter und von mir und von Deiner Geburt bis zum heutigen Tag. Ich werde hier nichts beschönigen, nichts hinzufügen und nichts verschweigen. Alles, was Du hier lesen wirst, ist die Wahrheit und nichts als die Wahrheit. Das Einzige, was ich Dir nicht erzählen kann, ist mein richtiger Name. Ich heiße nicht Stanislaus Lob. Meinen richtigen Namen habe ich für alle Zeiten begraben. Ich habe das nicht getan, um zu täuschen, sondern zu Deinem Schutz. Dies gilt bis heute. Auch jetzt noch wäre es zu gefährlich, wenn jemand meinen richtigen Namen mit Dir in Zusammenhang bringt.

Ich bin, wie Du vielleicht an meiner Aussprache erkennst, nicht in Deutschland geboren. Aber ich habe die deutsche Sprache jeden Tag mit Deiner Mutter geübt. Auch in der Schule war Deutsch immer mein Lieblingsfach. Ich bin in Jugoslawien aufgewachsen, als es noch Jugoslawien hieß. In einem kleinen Ort an der Adria ein paar Kilometer entfernt von Dubrovnik. Heute liegt der Ort in Kroatien. Basketball war damals der wichtigste Sport in meiner Heimat. Noch wichtiger als Fußball sogar. Jeder Junge in meinem Dorf spielte Basketball. Wir hat-

ten Basketballunterricht an der Schule und nachmittags im Verein und die Besten wurden dann systematisch weitergefördert. Ich gehörte immer dazu. Anfangs in meiner Heimatstadt, später dann in der Nationalmannschaft. Das war, als ich siebzehn und achtzehn Jahre alt war. In dieser Zeit traf ich auch zum ersten Mal Deine Mutter.

Sie kam aus Deutschland und machte mit ihren Eltern Urlaub im Wohnmobil. Auf dem einzigen geöffneten Campingplatz in der ganzen Gegend. Es gab keine Touristen zu dieser Zeit, weil der Krieg zwischen Serbien und Kroatien in unserem Dorf alles zerstört hatte. Nicht nur die Häuser. Bei uns hatten Serben, Kroaten und Bosnier immer friedlich zusammengelebt. Wir waren Nachbarn und Freunde und Paare, und es spielte keine Rolle, welcher Nationalität jeder Einzelne war. Und plötzlich brachten wir uns gegenseitig um. Wir hockten mit Gewehren in den Dachluken der Häuser und schossen auf unsere ehemaligen Freunde. Also, nicht ich persönlich. Ich habe niemanden umgebracht. Ich war zu jung und ich hatte auch kein Gewehr. Aber mein Vater tat es. Die Väter meiner Freunde taten es. Die Feindschaften gingen quer durch die Dörfer. Auch durch unseres. Vor ein paar Jahren hatten die Männer in den Cafés noch zusammen Domino oder Karten gespielt. Und jetzt ermordeten sie sich gegenseitig. Mitten in Europa. Wer kann das verstehen? Wer versteht, was da in unseren Herzen und Köpfen passierte? Ich weiß es nicht. Ich habe keine Antwort. Ich weiß nur, dass ich den Glauben an die Menschen verloren hatte. Bis dann Deine Mutter bei uns aufgetaucht ist.

Es war, wie gesagt, auf dem einzigen offenen Campingplatz in unserer Gegend. Der Krieg zwischen den Serben und Kroaten war seit ein paar Jahren vorüber und Kroatien schon ein eigener Staat. Aber keine zweihundert Kilometer weiter nördlich ermordeten sich jetzt Serben und Bosnier in einem noch grausameren und sinnloseren Krieg. Kein Tourist kam deshalb noch auf unseren Campingplatz, und deshalb gab es hier auch nichts, außer dem Meer, einem verrosteten Basketballkorb und einem Kiosk, der Bier und Zigaretten an uns Jugendliche verkaufte. Wir hingen hier manchmal rum, gingen baden, spielten Basketball, alle rauchten.

Und dann stieg plötzlich Deine Mutter aus diesem Wohnmobil. Ein echtes Ereignis. Es passierte 1994. Sie war damals siebzehn Jahre alt und bestimmt das schönste Mädchen, das in der ganzen Adria baden ging. Sie sah aus wie Du: große Augen, breite Lippen und das netteste Lächeln der Welt. Nur ihr Körper war kleiner und zierlicher als bei dir. Fast ein bisschen zerbrechlich.

Alle Jungs in unserer Stadt waren auf der Stelle verliebt in sie. Jeden Morgen saßen wir in diesen Wochen versteckt auf der Klippe über dem Meer, nur um ihr zuzusehen, wie sie ins Wasser stieg. Und sie wusste natürlich, dass wir dort saßen, und machte jedes Mal eine Vorführung daraus: wie sie sich aus der Kleidung schälte und den Körper dehnte und dann wie ein Model mit schwingenden Hüften ins Wasser stieg. Und der Höhepunkt war, als sie einmal das Oberteil ihres Bikinis ablegte, bevor sie dann schwimmen ging.

Früher, vor dem Krieg, hätte sie sich vor aufdringlichen Verehrern kaum retten können. Wir Jugoslawen waren furchtbar darin. Mädchenaufreißen war die zweitwichtigste Sportart bei uns, gleich hinter Basketball. Aber in diesen Jahren war alles anders. Als ob wir uns der Verbrechen schämten während des Kriegs. Keiner von uns fand den Mut, Deine Mutter direkt anzusprechen.

Die meisten taten deshalb irgendwas, um ihr zu imponieren. Manche ließen sich zu waghalsigen Sprüngen von unserer Klippe hinreißen. Aus zwölf Metern in einen schmalen Pool zwischen den Felsen, wo das Wasser ein bisschen tiefer war. Einer tauchte mit seiner Gitarre auf und sang ein paar Lieder auf den Felsen am Meer. Und ein anderer hatte sich das

Auto seines Vaters geborgt, in der Hoffnung, mit ihr vielleicht einmal bei Sonnenuntergang die Küstenstraße entlangzufahren. Es gibt nicht viel auf der Welt, was noch schöner ist als diese Straße. Aber Deine Mutter ist nicht eingestiegen bei ihm.

Ich hatte überhaupt nichts zu bieten. Außer vielleicht, dass ich der beste Basketballspieler in unserer Gegend war. Ich hatte kein Auto, kein Geld, keinen Mut und an Basketball hatte Deine Mutter überhaupt kein Interesse.

Trotzdem hat sie mir eines Tages einen Zettel zugesteckt, als ich gerade am Kiosk stand. Es war ein Fetzen Papier, den sie aus einem alten Umschlag gerissen hatte. Man konnte das erkennen an dem Seidenfutter dahinter. Mit grüner Tinte hatte sie auf die Vorderseite geschrieben: »Wenn Du willst, komm in die Bucht südlich vom Campingplatz, heute, wenn es dunkel wird.« Sie hatte den Zettel wohl schon länger mit sich herumgetragen, so zerknittert war er. Und der Schweiß ihrer Hände hatte die letzten Worte auch schon etwas verwischt. Aber so, dass man sie trotzdem noch lesen konnte.

Ich habe diesen Zettel mein ganzes Leben über behütet. Jetzt findest Du ihn zusammen mit meinem Brief in diesem Umschlag.

Natürlich bin ich an jenem Abend in diese Bucht gegangen. Damals waren dort keine Cafés und Diskotheken und kein vollgestellter Parkplatz. Der Krieg hatte auch diese Bucht einsam gemacht. Kein anderer Mensch war zu sehen. Ich wartete ungefähr eine Stunde, bis sie endlich die Felsentreppe zum Strand herunterkam.

Es war eine dunkle Nacht, kein Mond, keine Sterne, die tiefen Wolken wurden nur ein bisschen angeleuchtet durch die Lichter Dubrovniks ein paar Buchten weiter. Eigentlich konnte ich nur ihre Umrisse ahnen. Ich hätte nicht einmal beschwören können, ob sie es wirklich war. Wir setzten uns in den Sand und schauten aufs Meer, auch wenn man über-

haupt nichts erkennen konnte. Alles war schwarz. Nur das Glucksen der Wellen war zu hören.

In dieser Nacht hat sie mir ihr ganzes Leben erzählt. Von ihren Hippie-Eltern, die sie bei der Geburt Jaya getauft hatten, was im Indischen »Sieg« heißt, und wie sie als Kind mit ihnen um die halbe Welt reisen musste. Malaysia, Vietnam, Afghanistan, Tansania. Von einem Ort auf der Welt zum anderen, ohne Zuhause. Genauso hat sie sich auch gefühlt. Selbst dann noch, als sie später in Deutschland zur Schule ging. Sie war eine Fremde, die immer das Gefühl hatte, anders zu sein als die Menschen in ihrer Umgebung. Sie lachte nicht an denselben Stellen. Sie hatte keinen Spaß an denselben Spielen. Sie fühlte sich den Tieren und Pflanzen näher als den Kindern in ihrer Nachbarschaft. Aber wenn dort jemand unglücklich war, trieb es trotzdem Tränen in ihre Augen.

»Wenn ich jemandem gegenüberstehe«, sagte sie damals am Strand, »dann kann ich in ihn hineinschauen. Bis auf den Grund seiner Seele.«

»Aha«, erwiderte ich. »Und was siehst du in mir?«

»Dass wir zusammengehören.«

So einfach war das für sie. Da gab es überhaupt keine Zweifel. Dabei hatte ich noch kein einziges Wort von mir erzählt.

In diesem Sommer haben wir dann praktisch jede Minute gemeinsam verbracht.

»Ich verspreche dir meine Treue«, sagte sie mit ernstem Gesicht zu mir, als sie nach drei Wochen mit ihren Eltern wieder abreisen musste. »In einem Jahr bin ich wieder bei dir.«

Das Seltsame war, dass ich daran keinen Augenblick zweifelte. Ich bekam von ihr keinen einzigen Brief. Sie rief kein einziges Mal bei mir an. Die Post, die ich ihr schickte, kam mit dem Zusatz »Adresse unbekannt« wieder zurück. Und trotzdem war ich mir hundertprozentig sicher, dass sie in einem Jahr wieder zurückkehren würde. Ich spielte

Basketball, trainierte von morgens bis abends und wartete, dass sie wiederkam. Mich interessierten andere Mädchen nicht mehr, ich hing nicht mehr auf dem Campingplatz rum, und der Krieg, der weiter im Norden stattfand, wurde unwirklicher als jemals zuvor.

Dann stand sie tatsächlich wieder da. Mit einem riesigen Rucksack, noch schöner als in meiner Erinnerung. Sie war alleine durch ein Land im Krieg getrampt. Ihre Eltern machten Urlaub in Nepal.

»Ich bleibe«, sagte sie zur Begrüßung, und damit meinte sie nicht »während der Ferien«, sondern »für den Rest des Lebens«. Das war für sie keine Frage, sondern eine Feststellung. Ich war der glücklichste Mensch der Welt.

Es war nicht leicht, eine kleine Wohnung zu finden damals, weil immer wieder Vertriebene aus anderen Teilen des Landes in unser Städtchen kamen. Noch schwieriger war es mit einem Job. Es gab keine Touristen und damit auch keine Cafés und kaum noch Geschäfte und eine funktionierende Industrie hatte bei uns sowieso nie existiert. Ich bekam etwas Geld für mein Basketballspiel und Deine Mutter baute im Garten eines verlassenen Hauses Gemüse an. Was sie erntete, reichte für uns zum Essen.

Dann wurde Deine Mutter schwanger. Die Freude darüber leuchtete in ihrem Gesicht, und je mehr ihr Bauch wuchs, desto strahlender wurde sie. Mir war es eher unheimlich. Eigentlich wollte ich noch keine Kinder. Aber ich wollte sie um alles in der Welt glücklich sehen.

»Wenn es ein Mädchen wird, soll es auch Jaya heißen«, sagte ich.

»Nie im Leben«, meinte sie. »Wer will schon Sieg heißen, der Name ist furchtbar.«

»Aber sie sieht bestimmt aus wie du, und wenn wir beide alt und faltig geworden sind, muss ich sie nur angucken und weiß, wie schön du warst.«

»Sie heißt trotzdem nicht Jaya.«

Wir haben uns dann auf Jana geeinigt, weil der Name so ähnlich klingt und weil es ihn in Deutschland genauso gibt wie bei uns.

Dann musste ich mit meiner Mannschaft zu einem Spiel nach Zagreb. Zagreb liegt sechshundert Kilometer nördlich. In Zeiten wie diesen war das eine Dreitagesreise. Morgens mit dem Bus losgefahren, nachts angekommen, am nächsten Tag gespielt und am dritten Tag ging es dann wieder zurück. Zur Geburt waren es noch mehr als sechs Wochen. Ich machte mir überhaupt keine Sorgen. Aber als ich wieder nach Hause kam, sagte mir die Nachbarin, dass Jaya im Krankenhaus wäre. Und dort erzählten die Ärzte, dass sie das Kind hatten retten können. »Für die Mutter konnten wir nichts mehr tun. Sie hat zu viel Blut verloren. Und wir hatten keine Konserven mit ihrer Blutgruppe mehr. Der Krieg, Sie verstehen, es ist so furchtbar.«

Ein halbes Jahr lang lebte ich wie betäubt, dann beschloss ich, dieses elendige Land zu verlassen und irgendwo neu zu beginnen. Das war ich Dir schuldig. Du solltest nicht auch noch ein Opfer des Wahnsinns in meinem Heimatland werden. Mein Ticket aus diesem Land sollte der Basketball sein. Immer wieder kamen Scouts aus anderen Ländern hierher, um nach billigen Talenten zu suchen. Gerade in diesen Zeiten, als man die besten Spieler für einen Apfel und ein Ei bekam. Am besten zahlten noch Griechen und Italiener. An mir aber zeigte niemand Interesse. Ich war nicht kräftig genug für die Position unter dem Korb. Und zu groß für den Flügel.

Also begann ich damit, Kraft aufzubauen. Zuerst, indem ich Tag für Tag stundenlang Eisen stemmte. Viel brachte das nicht. Deshalb besorgte ich Pillen, mit denen das schneller und beeindruckender ging. Es war überhaupt nicht schwer. Damals konnte man in unserem Land alles bekommen: Waffen, Drogen, Dopingsubstanzen. Das Zeug kostete nur ein paar lächerliche Dinar. Kein Mensch kontrollierte irgendwas, weil die Polizei gemeinsam mit der Armee gegen Serben und Bosnier kämpfte. In einem halben Jahr legte ich zwölf Kilogramm zu. Alles Muskeln. Dann verpflichtete mich ein Team aus Neapel. Es spielte in der zweiten italienischen Liga.

Dieser Verein organisierte alles für mich: den Umzug, die Ausreise und eine Wohnung für Dich und mich. Ich hatte Dich fast immer bei mir. Auch während des Trainings. Sobald Du in einer Sporthalle warst und das Prellen der Bälle hörtest, wurdest Du ruhig. Deine Mutter fehlte mir sehr, aber solange ich Dich in meiner Nähe hatte, war die Welt trotzdem in Ordnung für mich. Du warst mein Sonnenschein. Die glückliche Zeit endete nach wenigen Wochen.

Damals tauchte plötzlich dieser Typ auf, der mir früher in Kroatien die illegalen Substanzen verkauft hatte. Keine Ahnung, wie es ihm gelungen war, mich zu finden. Heute vermute ich, dass er mich nie aus den Augen verloren hatte. Wahrscheinlich war er es sogar, der hinter dem Transfer nach Italien steckte.

»Es ist an der Zeit, dass du deine Schulden bezahlst«, sagte er. »Du wirst in der nächsten Zeit ein Spiel in unserem Sinne manipulieren.«

»Niemals«, sagte ich.

»Oh doch, du wirst«, meinte er. Dann zeigte er mir einen Film, auf dem zu sehen war, wie ich von ihm die Dopingsubstanzen kaufte. »Deine Karriere ist auf der Stelle zu Ende, wenn jemand anderes diese schönen Bilder zu sehen bekommt.«

Ich weiß nicht, Jana, was ich getan hätte, wenn es Dich nicht gegeben hätte. Aber um nichts in der Welt wollte ich, dass Du wieder zurückgehen musstest in unser verbranntes Land.

»Dieses eine Mal«, sagte ich, »und danach nie wieder.«

»Natürlich«, sagte der Typ und lachte.

Es war gar nicht so schwer zu betrügen. Ein, zwei Pässe zum Gegner in entscheidenden Situationen und ein paar Würfe, die ich normalerweise im Schlaf versenkte und die diesmal ihr Ziel verfehlten. Das war es schon. Ich bekam dafür zehn Millionen Lire. Das sind heute etwas mehr als fünftausend Euro.

Nach zwei Wochen stand der Mann wieder vor meiner Tür. »Wir haben gelogen«, sagte er und lachte. »Du wirst uns noch einmal helfen müssen.«

So ging das dann alle paar Wochen.

Nicht zu häufig, damit es nicht auffiel und damit ich nicht meine Stellung im Team verlor. Aber häufig genug, um mit mir richtig Geld zu verdienen.

Dieser Typ war allgegenwärtig. Er war mit dem Präsidenten unseres Vereins befreundet. Er hockte in der Loge unseres Bürgermeisters herum. Er alberte mit den Polizisten, die in der Halle für Sicherheit sorgten. In der Zeitung sah ich sogar mal ein Bild von ihm. Er war Mitglied einer Spezialeinheit der Polizei, die sich Falconi nannte und Jagd auf die Mafia machte, die in Neapel Camorra heißt. Dabei gehörte er mit Sicherheit selbst zu dieser Familie. Überall hatte er seine Finger im Spiel. Und offenbar hatte er auch alles und jeden im Griff. Mit der Zeit wurden seine Forderungen immer dreister. Nach einem Jahr verlangte er von mir, dass ich andere Spieler für ihn rekrutierte. Genau so, wie er es mit mir getan hatte. Indem ich sie zum Doping überredete und ihnen dann Anabolika-Präparate verkaufte.

»Jetzt ist Schluss«, sagte ich an diesem Tag. »Endgültig. Bevor ich das mache, höre ich auf mit dem Basketball.«

Seine Leute kamen dann in der darauffolgenden Nacht. Ich weiß nicht, wie sie es schafften, in mein Haus einzubrechen, ohne dass ich irgendwas hörte. Wahrscheinlich besaßen sie sogar einen Schlüssel. Gegen zwei Uhr standen sie plötzlich vor meinem Bett, drei Typen mit

Motorradmasken über dem Kopf. Zwei hatten Baseballschläger in ihren Händen. Der dritte hielt eine Maschinenpistole.

Es war Vollmond in dieser Nacht, und Du hattest so lange gequengelt, weil Du nicht einschlafen konntest, bis Du zu mir ins Bett krabbeln durftest. Dort hast Du dann aber selig geschlummert, mit einem Lächeln um den Mund, wie Du es immer beim Schlafen hast. Wach wurdest Du erst, als diese Typen mich aus dem Bett zerrten und zu Boden drückten in der Mitte des Raums.

Dann zerschlugen sie mit ihren Baseballschlägern systematisch die ganze Wohnung: Lampen, Geschirr, Spiegel, Möbel, das Waschbecken, die Bilder. Nur die Fenster ließen sie heil. Wahrscheinlich damit man draußen den Lärm nicht hörte.

Während der ganzen Zeit brüllten sie: »Du gehörst uns, du bist unser Eigentum. Wenn wir sagen: ›Spiel!‹, dann spielst du. Wenn wir sagen: ›Verlier!‹, dann verlierst du. Und wenn wir sagen: ›Spring vom Hochhaus!‹, dann springst du. Hast du das verstanden? Geht das in deinen Schädel?«

Ich konnte nur noch benommen nicken. Du aber, Jana, hast die ganze Zeit wie am Spieß geschrien. »Ich will zu meinem Papa, ich will zu meinem Papa«, hast Du geschrien und immer wieder versucht, zu mir zu laufen, und die Typen haben Dich immer wieder geschlagen und zurück auf das Bett geworfen.

Irgendwann hat dann einer die Nerven verloren. Er hat Dich an Deinem Schlafanzug gepackt und gegen die Wand gepresst. »Wenn du nicht sofort die Klappe hältst, kann dein Vater dein Gehirn von der Tapete kratzen«, hat er gebrüllt und den Schläger geschwungen.

Du warst gerade erst zwei Jahre alt, damals, aber trotzdem hast Du verstanden, wie ernst die ganze Geschichte war. Du warst auf der Stelle still und hocktest dann steif wie eine Zaunlatte auf der Matratze.

»Hör zu, Mädchen«, sagte dieser Typ dann, »wenn du nicht willst, dass wir jede Nacht wiederkommen, überredest du deinen Vater, dass er tut, was wir ihm sagen. Wäre doch schade um deinen hübschen Kopf.«

Zu mir sagte er: »Wenn du wegläufst, töten wir deine Tochter. Wir machen mit ihr dasselbe, was wir mit deinen Möbeln gemacht haben. Und bilde dir nicht ein, dass du dich vor uns verstecken kannst. Wir finden dich, egal, wo du bist. Egal, wie lange es dauert. Unser Arm ist lang und unser Atem noch länger. Du gehörst uns. Dich kann niemand beschützen. Schon gar nicht die Polizei. Wir erfahren es als Erste, wenn du dort auftauchst. Wir haben überall unsere Leute. Bei der Polizei, in der Politik, in jeder Stadt und in jedem Land, du hast keine Chance.«

Dann verschwanden die drei so schnell, wie sie gekommen waren. Ich zweifelte keine Sekunde an ihrer Drohung. Und gleichzeitig wusste ich, dass es für mich nur eine Chance gab, wenn ich jetzt auf der Stelle verschwinden würde. Noch mussten sie davon ausgehen, dass ich tun würde, was sie verlangten. Kein Mensch in Neapel, der einen klaren Kopf hatte, widersetzte sich der Camorra. Ich packte sofort die wichtigsten Sachen: unsere Pässe, meine Erinnerungen an Deine Mutter, Deine Spielsachen, ein paar Kleidungsstücke. Als die Bank morgens aufmachte, stand ich schon da und hob alles Geld ab, das ich angespart hatte. Es war mittlerweile eine sechsstellige Summe. Für jedes verschobene Spiel hatte ich fünftausend Euro kassiert. Plus das normale Gehalt als Spieler. Von der Bank fuhren wir dann mit dem Auto direkt nach Norden. Deine Mutter war in Hamburg zur Schule gegangen, für sie war es die schönste Stadt auf der Welt gewesen. Die Fahrt dorthin dauerte sechsundzwanzig Stunden. Ohne Pausen.

Ich machte mir keine Illusionen. Die Mafia konnte es sich nicht leisten, mich gehen zu lassen. Es ist ihre Geschäftsgrundlage, dass der Einzelne sich ihr gegenüber ohnmächtig fühlt. Jeder, dem der Ausstieg gelingt, kratzt an ihrer Macht. Sie mussten einfach alles unternehmen, um mich zu finden. Ein Leben lang musste ich damit rechnen, dass sie mich aufstöbern würden und dass ich dann keine Chance mehr haben würde, Dich zu beschützen. Es sei denn, es existierte keine Verbindung mehr zwischen Dir und mir. Es war die schwerste Entscheidung, die ich in meinem Leben zu treffen hatte.

Tagelang habe ich mit mir gerungen. Ich saß in Hamburg und kannte niemanden und brauchte doch jemanden, mit dem ich reden konnte. Am Ende wusste ich mir nicht mehr zu helfen und bin einfach in eine Kirche gegangen und habe mich in den Beichtstuhl gesetzt. Ich bin nicht sonderlich gläubig normalerweise, aber irgendwie sind wir Kroaten alle katholisch, es war die einzige Idee, die mir damals noch einfiel.

Ich wusste nicht, wer hinter dem Vorhang im Beichtstuhl saß, und es war mir eigentlich auch egal, ich habe mir einfach alles von der Seele geredet. Genau so, wie ich es Dir jetzt erzähle. Manchmal stellte der Priester einige Fragen. Sonst redete ich. Insgesamt länger als eine Stunde.

»Ich verstehe«, sagte der Priester, nachdem er sich alles angehört hatte. »Du kannst deine Tochter nicht bei dir behalten, weil du sie mehr liebst als dein eigenes Leben. Und du kannst sie auch nicht weggeben, weil du sie mehr liebst als dein eigenes Leben. Du glaubst, dass du deine Tochter nicht mehr beschützen kannst. Und du glaubst, dass deine Tochter bei der Polizei noch gefährdeter wäre. Und dass sie überhaupt keinen Schutz mehr hat, wenn du im Gefängnis sitzt.«

»Wo wohnst du jetzt?«, fragte er nach einer längeren Pause.

»Irgendwo«, sagte ich.

»Gut, ich muss es auch nicht unbedingt wissen. Was ich aber wissen muss, ist, ob es dir wirklich ernst ist. Vielleicht kann ich dir helfen. Aber nur, wenn es dir ernst ist.«

»Wie soll ich es Ihnen beweisen? Ich würde mir dafür einen Finger

abhacken. Hier im Beichtstuhl. Sie müssen es mir nur sagen. Ich mache alles, was Sie verlangen.«

»Komm in drei Tagen wieder«, sagte er. »Zur selben Zeit, in die Sakristei, der Eingang ist hinter dem Altar, auf der rechten Seite.«

Die nächsten Tage bewegte ich mich nicht aus meinem Hotel. Wir schauten deutsches Fernsehen und ernährten uns aus der Minibar. Nach drei Tagen gab ich dem Zimmermädchen etwas Geld, damit sie ein paar Stunden auf Dich aufpasste, und bin wieder zur Kirche gegangen.

Es war, wie der Priester beschrieben hatte. Hinter dem Altar befand sich eine schmale Tür, die in eine Art Ankleidezimmer führte. Lauter Wandschränke, die voll waren mit Messgewändern. In der Mitte stand eine Bank. Dort kniete der Priester. Er war etwas älter als ich, mit einem grauen Bart und ordentlich gescheitelten Haaren, und er trug einen schwarzen Umhang mit weißem Kragen. Seine Bewegungen waren langsam und seine Worte setzte er mit Bedacht. Ich hatte das Gefühl, dass ich mich auf ihn verlassen konnte.

»Es gibt eine Lösung«, sagte er, »wir als Kirche kümmern uns um die Formalitäten. Du musst nie in Erscheinung treten. Niemand wird deine Tochter später mit dir in Verbindung bringen. Der Rest aber, fürchte ich, wird dir nicht so richtig gefallen. Ich habe ein Ehepaar gefunden, das deine Tochter aufnehmen würde. Es sind gute Menschen. Sie werden Jana behandeln, als wäre sie ihre eigene Tochter. Das Einzige, was sie verlangen, ist, dass du nicht weißt, wer sie sind. Sie möchten nicht, dass du eines Tages vor ihnen stehst. Oder vielleicht sogar die Verbrecher, die nach dir suchen. Kein direkter Kontakt, alles läuft über mich. Sie haben Angst. Verständlicherweise.«

»Ich muss aber wissen, wer diese Leute sind«, sagte ich. »Ich kann meine Tochter nicht einfach weggeben an jemanden, den ich nicht kenne.«

»Ich kenne sie«, sagte der Priester. »Schon viele, viele Jahre. Seit Lan-

gem wünschen sie sich ein eigenes Kind. Deine Tochter könnte es nirgendwo besser haben.«

»Das reicht mir nicht.«

»Was soll ich sagen, das ist ihre Bedingung.«

»Tut mir leid«, antwortete ich, »das geht nicht.«

Dann verließ ich die Kirche. Draußen setzte ich mich in mein Auto und wartete, bis der Pfarrer wieder hinaus auf die Straße trat. Er setzte sich auf ein Mountainbike und radelte den Gehweg hinunter. Meine Hoffnung war, dass er direkt zu diesem Ehepaar fuhr.

Es war ein langer Weg, vorbei an einem Friedhof, zwanzig Blumenläden und jeder Menge Geschäfte, die Grabsteine verkauften. Dann kreuzten wir eine vierspurige Straße, dahinter begannen die Mietskasernen. Zum Glück hielt er nicht vor einem der großen Wohnblocks hier, sondern ging in ein kleines Häuschen, das am Ende einer Sackgasse stand.

Zwei Wochen lang folgte ich den Menschen, die dort wohnten, auf Schritt und Tritt. Die Frau arbeitete ehrenamtlich in der Kirchengemeinde. Der Mann war Pfleger im Krankenhaus. Jeden dritten Tag brachte er seiner Frau Blumen mit, wenn er von der Arbeit nach Hause kam. Beide waren ein paar Jahre älter als ich, aber wenn sie zusammen einkaufen gingen, hielten sie sich immer noch an den Händen. Sie waren innig und vertraut miteinander und freundlich zu jedem, dem sie begegneten. Auch für die Obdachlosen vor der U-Bahn-Station hatten sie immer ein bisschen Kleingeld dabei. Und am Wochenende gingen sie dann gemeinsam zum Fußball. Ihr Herz gehörte irgendeiner drittklassigen Mannschaft. Aber das alles weißt Du ja selbst. Sie führten ein unaufgeregtes, normales Leben. Nach diesen zwei Wochen war ich mir sicher, dass ich dem Priester vertrauen konnte: Ich hätte es nicht besser treffen können mit ihnen. Nirgendwo war die Camorra weiter entfernt als hier.

Also packte ich Deine Sachen ins Auto und wartete, bis Du einge-

schlafen warst. Dann legte ich Dich auf die Rückbank und fuhr zur Kirche. Ich weiß nicht, wie lange ich noch im Auto saß. Zwei Stunden? Sechs Stunden? Einen halben Tag? Immer wenn ich mir sagte, jetzt gehst du rein zu diesem Priester, dachte ich sofort, nur noch zehn Minuten, bitte. Ich konnte die Tränen nicht unterdrücken.

»Ich verspreche dir, dass ich auf dich aufpassen werde«, flüsterte ich in Dein Ohr. »Es ist nicht für immer. Irgendwann werde ich wieder dein Vater sein. Du kannst dich darauf verlassen.« Wie immer hast Du im Schlaf gelächelt.

Dann habe ich Dich noch einmal gedrückt, nicht zu fest, damit Du nicht wach wurdest, und bin in die Kirche gegangen. Der Priester verteilte gerade Gesangszettel auf den Bänken. Er schien nicht überrascht, mich zu sehen.

»Ich akzeptiere Ihre Bedingungen«, sagte ich, »aber ich selbst habe auch noch eine.«

»Bitte«, antwortete der Priester.

»Meine Tochter nimmt den Nachnamen dieser Familie an. Aber sie bleibt meine Tochter. Und ich bleibe ihr Vater. Für alle Zeit.«

»Ich weiß nicht, ob die deutsche Bürokratie das erlaubt«, meinte der Priester. »Ich werde tun, was in meiner Macht steht. Das verspreche ich.«

»Meine Tochter schläft draußen im Wagen«, antwortete ich. »Im Handschuhfach finden Sie alle nötigen Papiere. Pass, Geburtsurkunde, die Sterbeurkunde der Mutter. Und ein Foto von ihr.« Dann legte ich ihm den Autoschlüssel auf den Altar und rannte aus seiner Kirche.

»In zehn Jahren stehe ich wieder hier«, sagte ich zu mir. »Auf den Tag genau, an dieser Stelle, das ist ein Versprechen, Jana. Zehn Jahre sind selbst für die Camorra zu lang. Wenn sie mich bis dahin noch nicht gefunden hat, wird sie das Interesse an mir verloren haben.«

Jana, vielleicht denkst Du jetzt, dass es doch einen anderen Weg hätte geben müssen. Ich weiß es nicht. Vielleicht hast Du recht. Vielleicht darf ein Vater seine Tochter niemals verlassen. Egal, was passiert. Aber noch schlimmer wäre es, wenn ich der Grund gewesen wäre, dass man Dir etwas antut. Ich hätte mit dieser Schuld niemals leben können. War das feige? Oder war es verantwortungsvoll? Jeden Tag stelle ich mir diese Frage. Die Antwort ist: Ich hätte es nicht anders gekonnt. Es gab für mich keine Alternative.

Deine Zukunft war damals auch nicht das einzige Problem, das ich lösen musste. Ich brauchte dringend eine neue Identität. Und ich durfte sie mir nicht im kriminellen Milieu besorgen. Niemand weiß, wo die Mafia überall ihre Finger im Spiel hat. Ich hielt damals alles für möglich.

Anfangs wusste ich nicht, wie ich das anstellen sollte, aber dann war es doch gar nicht so schwer. Ich bin zurück nach Kroatien gefahren und habe die Mutter meines besten Freundes aus der Schulzeit besucht. Er war damals wie ein Zwilling für mich. Wir hatten dieselben Hobbys, liebten dieselben Spiele, trugen die gleichen Klamotten, hatten sogar denselben Haarschnitt. Nach der Schulzeit ist er dann nach Bosnien gegangen. Zusammen mit seiner großen Liebe zog er 1993 in ein Dorf, das Potočari hieß. Zwei Jahre später ermordete die serbische Armee dort achttausend Männer. Sie wurden irgendwo in der Erde verscharrt. Am Straßenrand, auf offenem Feld, in hastig ausgehobenen Massengräbern. Viele hat man nie wiedergefunden. Auch von meinem Freund hatte ich seit diesem Tag nichts mehr gehört. Keine Nachricht, kein Lebenszeichen. Ich wusste, dass er nicht mehr unter den Lebenden war. Alle wussten das. Nur seine Mutter wollte es nicht akzeptieren. Der Name ihres Sohnes war Stanislav Lobic.

Ich habe lange mit ihr gesprochen. Sie war eine starke und kluge Frau. Zum Schluss schenkte sie mir seinen Pass, seine Geburtsurkunde, seine Zeugnisse, einfach alles.

»Ich weiß, dass mein Junge nicht mehr lebt«, sagte sie beim Abschied zu mir, »tief in mir weiß ich das. Aber irgendjemand musste doch noch an ihn glauben. Wer, wenn nicht seine Mutter? Jetzt aber lebt er weiter in dir. Du musst versprechen, dass du mich immer wieder besuchst.«

In Deutschland habe ich dann den Namen in Stanislaus Lob ändern lassen. »Damit man den Namen besser aussprechen kann«, habe ich dem Beamten gesagt. Er hatte nicht die geringsten Bedenken.

Als Stanislaus Lob suchte ich mir dann eine Wohnung in Deiner Nähe. Ich studierte Sport und Geschichte, weil ich später Lehrer werden wollte an Deiner Schule. Ich wollte nichts anderes als Dir nahe sein. Ich habe Dich beobachtet, wie Du in den Kindergarten gegangen bist. Ich habe Fotos von Dir gemacht, als Du ängstlich mit der Schultüte in der Hand vor Deiner Schule standst. Ich war in Deiner Nähe beim Schwimmunterricht. Als Du später aufs Gymnasium kamst, habe ich dort auf eine Stelle als Lehrer gehofft. Aber es war nur der Posten des Hausmeisters frei. Also bin ich eben Hausmeister geworden. Dafür läufst Du jetzt jeden Tag an mir vorbei, wenn Du zur Schule gehst. Ich sehe, wie Du in den Pausen mit Deinen Freundinnen plapperst und wie sich die Jungs in Pose schieben vor Dir. Nicht anders, als wir damals vor Deiner Mutter. Ich war sogar dabei, als Du hier Deine erste Zigarette probiert hast. Und es fiel mir nicht leicht, sie Dir nicht sofort wieder wegzunehmen. Und dann habe ich Dir einmal einen Basketball geschickt, ohne Absender, Du erinnerst Dich, weil Du doch als kleines Kind immer so glücklich warst, wenn um Dich herum das Prellen der Bälle war. Außerdem hatte ich natürlich gehofft, dass ich Dich dann auch am Nachmittag manchmal sehen würde auf unserem Platz.

Und dann waren plötzlich jene zehn Jahre vorbei, die ich Dir und mir selbst versprochen hatte. Von meinen Feinden hatte ich in all den Jahren nichts mehr gehört. Anfangs hatte ich noch oft das Gefühl gehabt, dass mich jemand verfolgte, aber wahrscheinlich geht das allen Menschen so, die sich verstecken müssen.

Auch jetzt, vor wenigen Tagen, sind mir wieder zwei Männer aufgefallen, die nachts über den Schulhof geschlichen sind und einen Blick durch das Fenster in meine Wohnung geworfen haben. Ich hoffe, dass es nur Zufall war. Eigentlich kann es gar nichts anderes sein, nach so langer Zeit. Es muss Zufall sein. Wie sollten sie mich gefunden haben? Und warum ausgerechnet jetzt, da wir hoffentlich bald wieder eine Familie werden?

Zehn Jahre hatte ich dieser Zeit entgegengefiebert. Aber als es so weit war, schaffte ich es nicht, zu Dir zu gehen. Vielleicht hatte ich Angst, das unsichtbare Band zu zerstören, das Dich in all den Jahren der Trennung trotzdem mit mir verbunden hat. Ich hatte Angst, dass Du Dich weigern würdest, meine Tochter zu sein, und dass Du in mir nichts anderes sehen würdest als einen lästigen alten Mann.

Wochenlang schob ich diesen Moment hinaus, bis ich mich entschloss, Dir doch lieber einen Brief zu schreiben. Die Angst ist dadurch nicht geringer geworden. Wenn ich mir vorstelle, dass Du jetzt gerade diese Zeilen hier liest. Ich könnte Dir dabei nicht in die Augen schauen. Ich weiß, dass es keine Ausreden gibt für das, was geschehen ist. Aber ich möchte, dass Du eines weißt: Alles, was ich getan habe, ist passiert, weil ich wollte, dass Du glücklich und sicher bist. Es gab in meinem ganzen Leben nie einen anderen Grund. Warum sich bei mir dann alles ins Gegenteil verkehrt? Manchmal denke ich, dass ein Fluch auf meinem Leben lastet. Aber das ist natürlich Unsinn. Es gibt keine Flüche. Und deshalb vertraue ich darauf, dass es mit diesem Brief anders ist. Dass er uns nicht trennt, sondern dass er ein neuer Anfang ist für Dich und mich. Du bist das Einzige, was mir wirklich etwas bedeutet. Mehr, als Du es Dir jemals ausmalen kannst.

Nicht zu fassen

Kapitel 29

Da sieht man mal wieder, wie wenig Ahnung ich von Mädchen habe. Für mich war das ein Eins-a-Liebesbrief eines Vaters an seine Tochter. Und dann war es noch ein Brief, der ein bisschen Licht in Janas Vergangenheit brachte, und an ihrer Stelle wäre ich, glaube ich, richtig glücklich gewesen darüber. Aber es war schon während des Lesens so, dass sie sich überhaupt nicht entspannte, sondern ihre Finger in meine Handfläche bohrte. Am Ende sprang sie dann auf und feuerte die Blätter auf den Boden. Direkt vor meine Füße.

»Der kann mich mal«, schnaubte sie. »So eine gequirlte Scheiße.«

»Was hast du denn?«, fragte ich ganz erschrocken.

»Nichts hab ich. Was bildet er sich eigentlich ein? Dass ich ihm den ganzen Quatsch glaube? Im Leben nicht.«

»Also, für mich klingt das schon wie die Wahrheit.«

»Ach. Und warum wettet er dann gegen uns? Warum will er, dass wir verlieren? Warum haut er einfach so ab vor dem Finale? Warum hängt er bei Jusic rum? Warum beschützt er mich nicht gegen diesen Verbrecher? Der kann sich das Gesäusel in die Haare schmieren. Ich glaub ihm kein Wort.«

Da wusste ich natürlich auch nicht, was ich darauf antworten sollte. Auf der einen Seite ergab es keinen Sinn, sich so zu verhalten wie er, wenn Jana seine Tochter war. Da hatte sie recht. Und auf der anderen Seite machte es aber auch keinen Sinn, einen solchen Brief zu schreiben, wenn Jana nicht seine Tochter war. Außerdem fühlten sich die Zeilen irgendwie an, als wären sie voller Liebe geschrieben worden. Für mich jedenfalls.

»Vielleicht gibt es eine Erklärung für alles«, meinte ich.

»Und ich weiß auch genau, wie die aussieht. Dass er nämlich einfach ein Scheißtyp ist.«

Ich sammelte die Papiere ein und schob sie wieder zurück in den Umschlag. Dort steckte auch noch der Schnipsel von Janas Mutter, von dem die Sichel geschrieben hatte.

»Schau mal hier«, sagte ich.

»Lass mich in Ruhe«, antwortete Jana. Dann stapfte sie einfach davon. Kannte ich ja schon. Diesmal quer über das Flugfeld.

Eigentlich wollte ich ihr nicht folgen, weil es ja doch keinen Sinn hatte, aber dann walzte Dimitri plötzlich hinter ihr her. Die ganze Zeit hatte er etwas abseits gesessen und sich mehr um andere Mädchen gekümmert. Aber Janas Geschimpfe war ihm wohl wieder mal nicht geheuer gewesen.

»Hallo«, rief er, »willstu wohin?«

Jana stapfte ungerührt weiter. Ich winkte Heinrich und dann liefen wir den beiden auch hinterher. Jana und Dimitri waren noch keine fünfzig Schritte gegangen, als plötzlich eine Frau vor Dimitri stehen blieb. Sie hatte trotz der Wärme eine Lederjacke an und trug hautenge Jeans und blonde, längere Haare. Ich schätze mal, sie war vielleicht dreißig. Sie flüsterte irgendwas in sein Ohr und lachte so ein grauenhaft falsches Lachen, dass ich sofort geflohen wäre an seiner Stelle.

Dimitri lachte trotzdem und rief hinter Jana her: »Hey, machstu halt … mussich helfen die Lady.«

Die zeigte mit der ausgestreckten Hand zu einem der Ausgänge. Dimitri schubste Jana in diese Richtung und turtelte mit der Frau hinterher. Es dauerte vielleicht zwei Minuten, dann kreuzte eine Gruppe Männer den Weg. Sie sahen überhaupt nicht aus wie die übrigen Zuschauer hier, eher so nach Schrebergarten oder Taubenverein, mit Schnauzer im Gesicht und Jeansjacke und billigen Sneakern. Dann ging plötzlich alles ganz schnell.

Gerade hatte Dimitri sein Hemd hochgekrempelt und die Frau hing quasi an seinem Bizeps, als einer dieser Typen ihm in die Beine grätschte. Dimitri klatschte mit dem Gesicht flach auf das Gras und stöhnte »urrrg« und die Frau drehte ihm den Arm auf den Rücken und hockte sofort auf seiner Schulter. Ein anderer hielt ihm eine Pistole gegen die Schläfe. Alles innerhalb von einer halben Sekunde. Dimitri kapierte gar nicht, was da passierte. Dauerte bestimmt eine halbe Minute, bis er anfing, an seinem Arm zu zerren, aber der Mann mit der Pistole brüllte: »Denk nicht mal dran, du Arschloch«, und dann bog ihm die Frau auch noch den zweiten Arm auf den Rücken und zog über beiden ein weißes Plastikband fest. Ich glaube, so was benutzt die Polizei heute anstelle von Handschellen. Später kamen dann noch andere Männer angerannt und verscheuchten die Menschentraube, die sich sofort gebildet hatte. Auch das Fernsehen war gleich zur Stelle.

»Entschuldige bitte die Unannehmlichkeiten«, sagte der Mann mit der Pistole zu Jana, »wir hatten das Gefühl, dass du in Gefahr bist.«

»Und wer sind Sie?«, fragte sie.

»Ich bin Kommissar Grunenberg. Und das hier sind ein paar meiner Kollegen.« Er deutete auf die Frau und die beiden Männer, die Dimitri immer noch auf den Boden drückten. »Wir hätten da auch noch einige Fragen an euch.«

»Aha«, sagte Jana.

»Wir wissen, wer ihr seid. Wir haben euch beobachtet, wie ihr vergangene Nacht in den Balkangrill eingebrochen seid. Was wir nicht wissen, ist: Was habt ihr dort gewollt?«

»Wir sind dort nicht eingebrochen«, meinte Heinrich. »Eingestiegen vielleicht. Aber nicht eingebrochen.«

»Eingebrochen«, sagte Grunenberg. »Wir observieren diesen Laden seit einigen Tagen. Also, was habt ihr dort gesucht?«

»Unseren Trainer«, antwortete Heinrich.

»Und wer ist euer Trainer?«

»Eigentlich heißt er Marko Mesutic. Aber er nennt sich Stanislaus Lob. Für uns ist er nur die Sichel.«

»Aber ihr wisst schon, auf wen ihr euch da eingelassen habt?«

»Sind die Männer dort so gefährlich?«, fragte ich.

»Noch gefährlicher, als ihr euch überhaupt vorstellen könnt. Früher waren diese Typen Söldner im Balkankrieg. Und davor beim jugoslawischen Geheimdienst. Die haben gefoltert und gemordet, wie sie es brauchten. Jetzt gehören sie zur serbischen Wettmafia. Illegales Glücksspiel, manipulierte Wetten. Nach unseren Informationen ist Jusic so eine Art Deutschlandchef des Syndikats. Wir können ihm das leider nur nicht beweisen.«

»Wir schon«, sagte Heinrich.

»Wie bitte … Was könnt ihr beweisen?«

»Also, das war so. Wir sind nachts in den Balkangrill eingestiegen und unten im Keller ist so ein Wettbüro oder Spielhalle oder so was. Und da haben wir den Server gehackt.«

»Ihr habt was gemacht?« Grunenberg war deutlich schockiert.

»Also, wir haben das Passwort rausgekriegt, und dann hab ich einen Trojaner implantiert, über den ich den Rechner dort steuern kann. Wenn die den Computer anmachen, baut der Explorer automatisch eine Verbindung zu meinem Laptop auf.«

»Und du kannst dann alles lesen, was auf dem Computer passiert?«

»Ich kann alles lesen, aber ich könnte auch alles steuern.«

»Und was hast du gelesen?«

»Alle Wetten, die er bisher angenommen und platziert hat. Zum Beispiel.«

»Wo hast du den Trojaner her?«

»Hab ich selbst programmiert.«

»Einfach mal so?«

»In der Schule. Ich wollte mal ausprobieren, ob ich das hinkriege.«

»Und das Programm wird nicht von einem Antivirenprogramm erkannt?«

»Also, nicht von denen, die ich kenne. Ich kenne natürlich nicht alle.«

»Mein lieber Freund«, sagte Grunenberg, »wir sprechen uns noch, wenn das hier vorüber ist. Jetzt sollten wir erst mal Mesutic rausholen aus dem Laden.«

»Der ist doch genauso ein Gangster«, sagte Jana.

»Nicht so ganz«, meinte Grunenberg. »Mesutic gehört eher zu uns.«

»Er ist trotzdem ein Lügner.«

»Na ja, er hat das Ganze nicht freiwillig getan. Wir haben ihn … also … ich würde sagen, dazu gezwungen … kann man so sagen.«

»Wie denn? Wenn er nicht will?«

»Eigentlich war es nur ein glücklicher Zufall. Das heißt, glücklich für uns … nicht so sehr für euren Coach. Es ist nämlich so, dass in der letzten Zeit internationale Ermittler damit begonnen haben, in Bosnien nach Beweisen für Kriegsverbrechen zu suchen, und dabei jeden Stein umdrehen. Sie sprechen mit Zeugen, sie werten Fotos aus, sie fliegen das Land ab und machen Luftaufnahmen. Das ist überhaupt das Effektivste. Das Land von oben zu fotografieren. Spezialisten erkennen nach Jahren noch, wo mal gegraben wurde. Nach Jahrzehnten. Auf diese Weise haben sie in Bosnien viele Gräber entdeckt. Wo Menschen erschossen und verscharrt wurden. In so einem Grab lag auch Stanislav Lobic. Das heißt, das, was von ihm übrig war. Die Leiche war natürlich schon ganz verwest. Aber die Kleidung nicht. Und in der Hose steckte noch ein Führerschein auf seinen Namen. Das Seltsame war nun: Ein Stanislav Lobic wurde gar nicht vermisst, sondern lebte seit vielen Jahren als Kriegsflüchtling in Hamburg. Also haben wir diesen Mann mit unseren Ermittlungen konfrontiert. Hat eine Weile gedauert, aber dann hat er alles gestanden: die falsche Identität. Dass er in Wirklichkeit Marko Mesutic heißt. Seine Vergangenheit in Neapel. Und jetzt kommt das Beste: Er stammt aus demselben Ort wie Jusic. Ihre Väter waren miteinander befreundet. Für uns war das wie ein Treffer in einer Kombiwette.«

»Warum?«, fragte Jana.

»Weil das ganze Verbrechersyndikat auf alten Seilschaften fußt. Die nehmen niemanden auf, den sie nicht schon von Kindheit her kennen. Oder der nicht früher für den jugoslawischen Geheimdienst gearbeitet hat. So verhindern sie, dass jemand ihre Organisation unterwandert. Wir hatten es nie geschafft, einen unserer Männer bei ihnen einzuschleusen. Aber hier war plötzlich die Chance. Mesutic war unser Ticket. Also haben wir ihm ein Angebot gemacht, das er nicht ablehnen konnte. Ganz simpel. Entweder er hilft uns oder er wandert in den Knast und wird anschließend ausgewiesen. Wettbetrug, Urkundenfälschung, die ganze Palette, da kommen bei ihm leicht fünf Jahre zusammen. Euer Coach ist nicht dumm. Natürlich hat er sich für unser Angebot entschieden.«

Jana wurde abwechselnd rot und blass im Gesicht. Sie kaute auf ihren Nägeln herum. Sie lief planlos im Kreis. Dann zupfte sie den Kommissar am Ärmel.

»Warum hat er dann gegen uns gewettet?«, fragte sie.

Ich glaube, ich habe in meinem Leben noch nie gesehen, dass in einem Gesicht so viel passierte. Zweifel, Scham, Glück, schlechtes Gewissen, keine Ahnung. Ich meine, das klingt jetzt so, als könnte ich in ihr lesen. Das stimmt natürlich nicht. Wahrscheinlich wusste sie selber nicht, was sie jetzt denken sollte.

»Das war das Ticket«, erklärte Grunenberg. »Unser Plan. Er manipuliert ein paar Ergebnisse für Jusic. Als Eintrittskarte ins Syndikat.«

»Ich will ja nicht schon wieder der Klugscheißer sein«, mischte sich Heinrich ein, »aber Sie haben schon gemerkt, dass die Kameraleute hier alles filmen? Ich meine, auch die Verhaftung Dimitris. Vielleicht sollten Sie sich um unseren Coach kümmern, bevor Jusic das hier im Fernsehen sieht.«

»Kluger Hinweis«, sagte Grunenberg, »also Abmarsch.«

Seine Kollegen schleiften Dimitri über das Feld zu einem Audi A8, der vor dem Eingang zum Flugfeld stand. Verdunkelte Scheiben, Doppelauspuff und Monsterreifen. War bestimmt ein höllisch schneller Wagen. Wir stiegen mit Grunenberg in einen Opel Omega, der direkt daneben parkte.

»Wer ist zurzeit in der Nähe der Oranienburger Straße?«, fragte Grunenberg in sein Funkgerät. »… dann bewegt euch zum Balkangrill. Hört ihr … aber ohne Sirene, das ist ganz wichtig. Nur observieren, keine Sirene. Wir sind in fünfzehn Minuten bei euch.«

Dann raste er los. Wobei »rasen« jetzt das falsche Wort ist. Also nicht so wie bei den Verfolgungsfahrten im Kino. Keine quietschenden Reifen und Um-die-Kurve-Schlittern und so was. Grunenberg hielt an jeder roten Ampel. Er hupte nicht mal die Schleicher vor uns weg. Er fuhr auch nicht über den Bürgersteig. Da wäre ich fast mit dem Fahrrad schneller gewesen.

Die Straße führte ein paar Kilometer geradeaus, dann bogen wir rechts ab, und an der nächsten Ampel mussten wir schon wieder links, und dort ging es überhaupt nicht mehr weiter, weil irgendein Lieferwagenidiot in der zweiten Reihe parkte und gemütlich seine Pakete in einen Laden schleifte. »Friedrichstraße« stand auf dem Straßenschild.

»Stürmen wir den Balkangrill?«, fragte Heinrich.

»Also, ihr sowieso nicht«, antwortete Grunenberg. »Höchstens wir. Und auch das nur, wenn die Situation eskaliert.«

»Hat der Coach noch irgendetwas gesagt?«, fragte Jana. »Ich meine, als sie ihn damals gefunden haben.«

»Hat er«, antwortete Grunenberg. »›Warum kommt ihr gerade jetzt?‹, hat er gesagt. ›Wo ich wieder eine Familie habe.‹ Ich habe ihm erklärt, dass er sich das früher hätte überlegen müssen. Man muss für alles bezahlen. So ist das im Leben. Alles hat seinen Preis.«

»Und die Geschichten mit Basketball und Neapel und der Flucht vor der Camorra, das stimmt auch alles?«

»Haben wir überprüft.«

»Was haben Sie ihm versprochen? Ich meine, wenn er Ihnen hilft?«

»Er bekommt eine neue, legale Identität. Neuen Namen. Neue Papiere.«

»Ist er denn immer noch in Gefahr?«

»Durch die Camorra? Schwer zu sagen. Möglich ist es, aber ich würde sagen, eher weniger. Vor zehn Jahren war die Camorra eine Macht. Das ist sie zwar immer noch in Teilen. Aber mittlerweile gibt es viele andere Verbrecherorganisationen, die ihr Konkurrenz machen. Im Drogenhandel, in der Produktfälscherei, bei der Schutzgelderpressung, im Müllgeschäft. Albaner, Chinesen, Russen, Mexikaner und die ehemaligen Geheimdienstler aus Serbien oder Rumänien oder Tschetschenien. Die Camorra hat heute andere Probleme als einen Basketballspieler, der zehn Jahre aus dem Geschäft ist. Dafür sind dann die Serben hinter ihm her. Ist auch nicht viel besser.«

»Darf ich was sagen?«, fragte Heinrich. »Wir könnten Ihnen doch Hinweise auf den Wettbetrug liefern, dann brauchen Sie unseren Coach gar nicht mehr.«

»Das stimmt«, sagte Grunenberg. »Hast du denn die Beweise?«

»Jusic hat zwar meinen Computer zerstört, aber ich mache grundsätzlich immer Kopien. Von allem. Kann ich Ihnen gerne zeigen.«

»Später, wir sind jetzt gleich da«, sagte Grunenberg.

Wir bogen endlich rechts ab von der Friedrichstraße und dann ging es noch einmal links und nach ein paar Hundert Metern war die Oranienburger Straße plötzlich über die ganze Breite gesperrt. Zwei Polizeiwagen standen quer auf der Kreuzung und ein paar Beamte wedelten mit ihren Kellen und leiteten die Autos um. Wir waren die Einzigen, die passieren durften.

Die Einfahrt zu unserem Hinterhof wurde jetzt bewacht, als würde dort gleich eine Armee herauskommen. Bestimmt zwanzig Männer, die dicke schwarze Westen trugen und schwarze Helme, bei denen man das Visier aufklappen konnte. Ein paar hielten echt Gewehre im Anschlag. Sie hatten sich hinter den parkenden Autos verschanzt.

Auch die Vorderhäuser hatte die Polizei offenbar schon geräumt. Zumindest standen ein paar Leute mit Hausschuhen und Schürzen jenseits der Absperrung. Als Grunenberg ausstieg, kam sofort einer von den schwarzen Westenträgern gelaufen. Unter dem Helm trug er noch eine schwarze Motorradmaske. Von seinem Gesicht war praktisch nichts zu sehen.

»Gelände abgeriegelt«, meldete er zackig.

»Ihr seid Idioten«, antwortete Grunenberg.

»Wie bitte?«

»Was, glaubt ihr, passiert, wenn einer von Jusics Leuten in den Balkangrill will und den ganzen Aufmarsch hier sieht und nicht durchgelassen wird?«

»Weiß nicht, was soll passieren?«

»Er ruft Jusic an, um ihm zu sagen, dass die gesamte verdammte Berliner Polizei vor seinem Laden steht und alles versperrt. Das wird passieren. Wenn Jusic nicht schon vorher Wind bekommen hat, spätestens jetzt weiß er Bescheid.«

»Und? Hier kommt er sowieso nicht mehr raus.«

»Herrgott noch mal, wir haben einen Mann dadrin.«

»Jawoll«, antwortete der Mann mit der Maske. »Eine Geisel.«

Grunenberg verdrehte die Augen. »Kommt mal mit«, sagte er zu uns, und dann gingen wir alle zu einem vergitterten Mercedes-Mannschaftswagen. Innen hatte er einen Tisch und hinter der Rückbank lagen lauter Holzknüppel und Schilder und so ein Zeug. Wahrscheinlich war das hier so was Ähnliches wie die Einsatzzentrale. Auch Dimitri hockte mittlerweile dort, in sich zusammengefallen wie eine platte Luftmatratze. Er schaute uns nicht an, sondern starrte die ganze Zeit auf den Boden. Die Hände waren immer noch auf den Rücken gefesselt.

»Ich brauche von dir ein paar Informationen«, sagte Grunenberg zu ihm. »Wie viele Leute von euch sind dadrin? Wo befinden sie sich gewöhnlich? Und am besten wäre ein Plan des Gebäudes.«

»Kannstu mich garnix, Arschloch«, antwortete Dimitri.

»Oh doch, ich kann«, sagte Grunenberg. »Du kommst wegen Erpressung dran. In Tateinheit mit Menschenraub, Körperverletzung, illegalem Glücksspiel, Wettbetrug und, und, und. Das summiert sich ganz leicht auf zehn Jahre Gefängnis.«

»Isch geb disch Tateinheit, Arschlochbulle.«

»Jetzt hör mal zu, Dimitri«, sagte Grunenberg. »Das hier ist die einmalige Gelegenheit, den Richter milde zu stimmen. Du hilfst uns, wir helfen dir. Ich will jetzt ein Ja oder ein Nein von dir hören.«

»Isch will schriftlich«, sagte Dimitri.

»Was denn schriftlich?«

»Alder, isch geh net Knast. Auf Zettel. Kapierstu?«

»Kannst du vergessen«, sagte Grunenberg.

Dafür schnappte sich Heinrich Papier und Bleistift und malte einen Grundriss auf, der fast so aussah, als hätte ihn ein Architekt gezeichnet. Mit Fenstern und Türen und Entfernungen und Abständen und so. »Stimmt vielleicht nicht hundertprozentig«, meinte er. »Aber ich schätze mal, so auf einen halben Meter.«

»Wunderbar«, antwortete Grunenberg und studierte den Plan eine ganze Weile. Dann schob er uns aus dem Wagen und sagte: »Doch nicht so wunderbar, der Keller ist wie eine Festung. Ein Eingang, ein einziger schmaler Durchgang zum Untergeschoss, keine Fenster. Wir haben überhaupt keine Chance, den Keller zu stürmen. Von keiner Seite. Auch Tränengas und so was funktioniert nicht, wenn die unten ihre Stahltür geschlossen halten.«

»Wir schnappen ihn draußen«, sagte der Mann mit der Maske. »Freies Schussfeld, meine Scharfschützen treffen immer.«

»Das ist eine Festnahme, keine Hinrichtung. Gibt's vielleicht noch andere Pläne?«, fragte Grunenberg.

»Was ist mit Aushungern?«, meinte der Maskenmann.

»Ein Restaurant aushungern? Das ist jetzt mal 'ne brillante Idee. Hat noch jemand so einen genialen Vorschlag?«

Eine Weile herrschte ratlose Stille im Mannschaftswagen. Zusammen mit dem Chef der Eingreiftruppe beugte sich Grunenberg über Heinrichs Grundriss.

»Na denn«, meinte er schließlich, »dann holen wir uns die Truppe ganz klassisch durch die Eingangstür.«

»Wir wollen mit«, sagte Heinrich.

»Ausgeschlossen«, antwortete Grunenberg. »Überhaupt keine Chance. Ihr bleibt im Wagen und rührt euch nicht von der Stelle.«

»Aber wir kennen das Lokal. Und ich kann den Code der Stahltür knacken, falls sie ihn wieder geändert haben.«

»Können wir selbst.«

Draußen vor dem Mannschaftsbus hatten wir wenigstens Einblick in die Toreinfahrt. Die MEK-Armee setzte sich in Bewegung, einer hinter dem anderen, wie eine riesige schwarze Entenfamilie. Grunenberg war der Letzte der Reihe.

Keine Autos im Hinterhof. Kein Licht im Balkangrill. Auch die Vorhänge waren zugezogen. Der erste Polizist drückte vorsichtig die Klinke hinunter. Die Tür bewegte sich nicht. Grunenberg winkte zwei Männer heran, die keine Gewehre trugen, sondern so ein Gerät, das aussah wie eine Rakete. Nur dass rechts und links noch ein Griff angeschweißt war. Es schien ziemlich schwer zu sein, so, wie die Männer daran schleppten. Damit ballerten sie einmal gegen die Tür. Noch nicht einmal fest, aber es reichte schon, dass das Glas mit einem ohrenbetäubenden Knall in sich zusammenfiel. Einer der Polizisten schob den Vorhang beiseite. Dann verschwanden zwanzig Männer mit Gewehr im Anschlag im Inneren des Lokals.

Auch das Fernsehen hatte es mittlerweile hierher geschafft. Sie hatten einen Kastenwagen dabei, so ähnlich wie der Mannschaftsbus der Polizei, nur in Weiß statt in Grün und ohne Fenster. Dafür hatte er eine Satellitenschüssel auf dem Dach. Ein Kameramann sprang auch schon vor der Einfahrt herum und filmte die Häuser.

Eine ganze Weile passierte nichts. Keine Schüsse, kein Geschrei, es dauerte bestimmt eine halbe Stunde, bis die Polizei den Balkangrill wieder verließ. Diesmal nicht in militärischer Formation, sondern schlendernd, das Gewehr an den Schultern. Ohne Verbrecher.

Grunenberg ließ sich auf einen der Sitze im Mannschaftsbus plumpsen. »Nichts«, sagte er. »Überhaupt gar nichts, keine Menschenseele, alles ausgeräumt, keine Computer, keine Papiere. Ich verstehe das nicht. Wie konnten sie das ganze Zeug rausschaffen? Ohne dass wir was mitkriegen? Wir observieren den Laden seit einer Woche. Gibt es da irgendeinen Geheimgang, den wir nicht kennen? Was ist, Dimitri? Kannst du uns dazu was erzählen?«

Dimitri grinste. »Willisch schriftlisch Zettel«, sagte er.

»Ich hab eine Vermutung«, erklärte Heinrich. »Ich meine, vielleicht, ich bin mir nicht sicher. Mir ist in der letzten Nacht nämlich was aufgefallen. Am Anfang hab ich mir gar keine Gedanken gemacht. Aber jetzt, wenn ich so überlege ... Es war unten im Keller, mitten im Raum mit den ganzen Fernsehern. Da waren zwei Abdrücke auf dem Teppichboden. Nebeneinander. Im Abstand von vielleicht fünfzig Zentimetern. So als hätte dort mal ein Sessel oder ein Schrank oder so was gestanden. Wie gesagt, ich hab mir zuerst nichts gedacht. Aber es war so ein komisches Gefühl, dass da etwas nicht stimmte. Und jetzt weiß ich es: Wenn da ein Stuhl gestanden wäre, hätte es vier Abdrücke geben müssen. Oder wenigstens drei bei einem Hocker. Das hatte mich irritiert. Es gibt nichts, was, ohne anzulehnen, auf zwei Beinen steht. Außer es ist was Lebendiges. Woher kommen dann aber die Abdrücke? Mitten im Raum? Und da ist mir nur ein einziger Gegenstand eingefallen: eine Leiter. Vielleicht so eine Einschubleiter, die hinter einer Klappe in der Decke verschwindet und die immer am selben Punkt runterkommt. Könnte doch sein, dass es über diesem Raum noch eine Kammer gibt. Und da haben sich jetzt Jusic und seine Mannschaft versteckt und warten darauf, dass die Polizei wieder abzieht.«

»Also retour«, sagte Grunenberg, und dann stiegen wir doch noch alle aus dem Mannschaftswagen und liefen zusammen in das Lokal. Außer Dimitri natürlich und einem Mann, der ihn bewachte. Die Polizisten mit den Gewehren gingen vorneweg, Jana, Heinrich und ich am Ende der Schlange.

Im Keller zeigte Heinrich Grunenberg dann die Abdrücke, die er meinte. Die Decke darüber bestand aus Styroporplatten, die auf einem weißen Metallgerüst lagen. Nichts Auffälliges. Keine Luke zum Herunterklappen. Auch kein Loch oder Griff oder so etwas.

»Ich wusste es«, sagte Heinrich. »Seht ihr den schmalen Spalt da oben?«

Das, was er Spalt nannte, war kaum zwei Millimeter breit und führte um sechs dieser Platten herum. Ein mal zwei Meter. Kaum zu glauben, dass so was eine Tür sein sollte. Aber möglich war es natürlich schon. Auch wenn ich keine Idee hatte, wie man sie öffnen sollte.

»Funktioniert wahrscheinlich elektrisch mit einer Fernbedienung«, meinte Grunenberg. »Und die hat Jusic natürlich mitgenommen. Da hilft nur rohe Gewalt.«

Also schoben die Polizisten Tische zusammen und stapelten andere darüber und bauten eine stabile Pyramide daraus. Dann kletterten zwei von ihnen auf die Plattform und pulten das Styropor aus der Decke. Dahinter war eine Art Kasten aus Sperrholz mit zwei Scharnieren und einem Schloss am anderen Ende. Ein einziger Schlag mit der Ramme genügte. Die Klappe kippte nach unten weg und fegte einen der Polizisten vom Tisch. Der zweite sprang selbst auf den Boden. Alle anderen zielten mit ihren Gewehren auf das Loch in der Decke. Sehen konnte man dort nichts, alles dunkel.

»Wollt ihr freiwillig runterkommen?«, fragte Grunenberg Richtung Dunkelheit. »Oder müssen wir euch erst holen?«

Von oben kam keine Antwort.

»Was soll der Zirkus?«, rief er. »Ihr habt doch sowieso keine Chance.«

»Vielleicht ist gar keiner da«, sagte Jana.

»Wir brauchen einen Spiegel, und zwar schnell«, bellte Grunenberg in sein Funkgerät. Wenig später kam jemand mit einer Art Schaufel gelaufen. Nur dass am Ende kein Schaufelblatt war, sondern ein Spiegel. Ich hatte solche Dinger schon mal im Fernsehen gesehen. Da wurden sie vom Zoll benutzt, um unter Autos zu schauen.

Grunenberg kletterte auf den Tisch und schob das Teil vorsichtig über den Rand. Ich schätze, er konnte nicht das Geringste sehen, wegen der Dunkelheit, aber dann gab es plötzlich einen heftigen Knall, der Stiel wurde ihm aus der Hand gerissen, und das ganze Ding schepperte auf den Boden. Überall lagen Glassplitter verteilt. Hatte da jemand geschossen? Grunenberg rieb sich die Hände. Sah aus, als hätte er sich ordentlich wehgetan.

»Sofort die Kinder raus«, befahl er. »Und dann will ich hier Tränengas haben.«

Einer der Polizisten schaffte uns nach draußen und setzte uns wieder in den Mannschaftsbus. Sehen konnten wir nun nicht mehr, was im Balkangrill passierte. Aber der Polizist trug ein eingeschaltetes Walkie-Talkie an seiner Weste, sodass wir ein paar Stimmen und Geräusche hörten. Und natürlich lautes Rauschen. Heinrich hatte sich neben Dimitri gequetscht, Jana saß auf meiner Seite.

Ihr ging es nicht gut, glaube ich, so, wie sie dasaß, mit dem Gesicht in den Händen, aber ich wusste auch nicht, was ich jetzt machen sollte.

»Wird bestimmt alles gut«, sagte ich, aber von ihr kam keine Antwort. Dann legte ich meinen Arm auf ihre Schulter. Eher so probeweise. Aber genauso gut hätte ich einen Felsklotz umarmen können. Deshalb ließ ich es schnell wieder bleiben.

Eine ganze Weile hockten wir nebeneinander und hörten auf das, was in dem Raum passierte. Es wurden Tische gerückt. Glaube ich. Dann war undeutliches Gemurmel. Verstehen konnten wir nichts. Bis sich plötzlich ganz klar und laut eine Stimme meldete. Ich schätze mal, dass es Jusic war.

»Wir haben Mesutic«, rief die Stimme. »Haut ab, sonst passiert ihm was.«

»Nur zu«, antwortete einer, der wahrscheinlich Grunenberg war. »Warum sollte uns das interessieren, was du mit deinen Leuten machst?«

»Du erzählst Scheiße«, meinte die andere Stimme. »Glaubst du, ich weiß nicht, was hier gespielt wird?«

Dann war Geraschel zu hören. Plötzlich ein einzelner Schuss und lautes Stöhnen. Janas Augen klappten hoch wie Garagentore. Sie krampfte sich an meinem Arm fest.

»Einen Krankenwagen, schnell«, hörten wir Grunenberg rufen. »Jusic, hörst du, deine Lage wird immer schlimmer. Wenn jetzt noch Mord dazukommt, bleibst du für den Rest deines Lebens im Knast.«

»Halt 's Maul«, antwortete Jusic. »Noch lebt der Verräter.«

Danach hörten wir eine Weile nichts mehr. Bis ein paar Gegenstände auf einen Fußboden fielen. Drei-, viermal vielleicht. Plock … plock … plock. Nacheinander.

»Scheiße! Tränengas«, rief eine panische Stimme. Das Getrampel wurde plötzlich ganz hektisch.

»Nicht schießen«, hustete jemand.

»Auf die Knie … Hände in den Nacken«, brüllte ein anderer.

Dann platschte etwas Schweres zu Boden. Wahrscheinlich war der fette Wirt von der Leiter gerutscht. So ein Geräusch war das.

»Jusic, wir warten«, rief irgendwann Grunenberg. »Du hast doch sowieso keine Chance. Wir können deinen Raum mit Tränengas vollpumpen, bis du nicht mehr weißt, ob du Mann oder Frau bist oder irgendetwas dazwischen.«

Für eine Weile war gespenstige Ruhe.

»Na dann«, hörten wir Grunenberg, »hier kommt die nächste Ladung«, aber dann rief Jusic: »Ist ja gut, ich komme runter.«

Die Leiter klapperte, mehrere Männer brüllten irgendwas durcheinander, jemand hustete wie verrückt, eine Minute später taumelten die ersten Menschen ins Freie. Zuerst der Wirt, dann zwei Typen, die ich nicht kannte, und der letzte war Jusic. Alle mit gefesselten Händen. Bewacht wurden sie von Polizisten, die Gasmasken trugen. Solche, die rechts und links einen Filter hatten und mit denen sie aussahen wie die Großaufnahme einer Schmeißfliege. Wegen dieser abgefahrenen Monsterfacettenaugen auf jeder Seite. Hinter den Polizisten stolperte auch Mesutic auf den Hinterhof.

Jana war die Erste, die aus dem Bus stürmte und durch die Toreinfahrt lief. Unser Coach lehnte an der Hauswand, schnappte nach Luft und spülte sich mit einer Wasserflasche die Augen aus.

»Puh, ist das ein Teufelszeug«, sagte er. »Du glaubst zu ersticken … und die Augen wie glühende Kohlen und du bist kotzübel und hast keine Orientierung mehr. Wünsche ich meinem schlimmsten Feind nicht.«

Jana schaute ihn an. Sie war zwei Meter vor ihm stehen geblieben. Als hätte sie Angst, eine Grenze zu überschreiten. Vielleicht traute sie ihm nicht. Oder sie traute ihren Gefühlen nicht. Oder sie hatte gar keine. Ich weiß es nicht.

Es war dann die Sichel, die den Schritt auf sie zumachte. Er nahm ihr Gesicht in beide Hände und strich ihr über die Wangen und schaute sie an mit seinen verheulten und gewässerten Augen. Jana stand da wie ein Stock und wand ihren Kopf schließlich aus der Umarmung.

»Was war das für ein Schuss?«, fragte sie.

»Jusic hat geschossen, aber nur in Matratze. Und er hat mir in die Rippen getreten. Was anderes war nicht.«

»Und das war ein verdammter Fehler«, brüllte Jusic, den die Polizei gerade in diesem Moment rüber zum Mannschaftsbus führte. »Wir kriegen dich, Mesutic. Du und deine Familie, ihr lebt keine zehn Tage mehr.«

»Maul halten«, sagte der Polizist und stopfte Jusic in den Transporter.

»Habt ihr jetzt nicht noch ein Spiel?«, fragte die Sichel Jana. »Das Fernsehen hat euren Sieg gezeigt. Gratuliere. Ihr müsst euch beeilen, glaube ich.«

»Aber erst, wenn wir ein kleines Interview gemacht haben«, meinte die Frau vom Fernsehen, die sich mittlerweile herangepirscht hatte. »Wir dürfen doch … live für Hallo, Berlin …«, und Grunenberg nickte, und dann fummelte sie sich am Ohr herum und sprach aufgeregt mit ihrem Chef oder einem Redakteur oder so was: »Ja … macht er … nee, klar, live in die Sendung … wenn ihr euch beeilt … wir schaffen das noch … okay, eins dreißig.«

Ihr Assistent knipste danach einen Strahler an, und Grunenberg ließ das Blaulicht auf dem Mannschaftsbus kreisen, damit alles schön dramatisch aussah. Dann stellte sich die Fernsehfrau vor die zerdepperte Eingangstür und erzählte von einem »Schlag gegen die Wettmafia« und dem »unblutigen Ende des Geiseldramas, das unsere Stadt stundenlang in Atem gehalten hat«. Danach redete Grunenberg über »schwierige verdeckte Operationen« und erzählte, dass »die uniformierten Kollegen einen geordneten Zugriff« durchgeführt hätten und es gelungen sei, »alle vier Tatverdächtige festzusetzen«.

»Und was war nun mit den Kindern?«, fragte die Fernsehfrau. »Waren sie in Gefahr? Welche Rolle haben sie bei der Festnahme gespielt?«

»Die Kinder«, antwortete Grunenberg. »Ja, also, die Kinder waren zu keiner Zeit in Gefahr. Wir hatten die Lage immer unter Kontrolle.«

Von Heinrich und seinen Beweisen erzählte er nichts. Ich schätze, das war auch klüger so. Reichte ja, wenn das Syndikat unseren Coach auf der Liste hatte.

»Wir wollen trotzdem einmal mit unseren kleinen Helden reden«, antwortete die Fernsehfrau und stöckelte zu uns rüber und hielt Heinrich das Mikrofon unter die Nase.

»Sie wissen aber schon«, sagte er, »dass Sie für ein Interview erst die Zustimmung unserer Eltern brauchen?«

Die Fernsehfrau blitzte Heinrich wütend an, und wenn ihre Augen Finger gehabt hätten, hätte sie ihn auf der Stelle erwürgt.

»Dann fahr ich euch mal zurück zum Turnier«, sagte Grunenberg. »Bevor hier noch ein Unglück passiert.«

Nicht möglich

Kapitel 30

Es war – ganz ehrlich – ein verdammt cooler Auftritt. Schon wie wir mit dem schwarzen Audi und Blaulicht durch Berlin gefahren wurden. Und wir saßen hinten auf den coolsten Sitzen, die ich jemals gesehen hatte. Da waren wirklich irgendwelche Motoren eingebaut, mit denen man sich in jede mögliche Position fahren lassen konnte. Und den Rücken massieren konnten sie auch. Steuern ließen sie sich von einer Konsole zwischen den Sitzen. Dort gab es auch Knöpfe für die Klimaanlage, die man getrennt einstellen konnte für Kopf oder Bauch oder Füße. Also zum Beispiel konnte ich die Heizung an den Füßen auf fünfundzwanzig Grad einstellen und mir gleichzeitig kalte Luft von zwölf Grad ins Gesicht blasen lassen. Jetzt nur als Beispiel. Aber das Geilste waren die beiden Monitore in der Rücklehne der Vordersitze. Auf denen konnte man ins Internet gehen oder DVDs gucken oder sogar Fernsehen schauen. Jetzt nicht alle Programme, aber »Hallo, Berlin« war dabei. Dort war unser Fall immer noch das Thema des Tages.

Gerade diskutierte eine Expertenrunde über die Gefahr der organisierten Kriminalität für die Stadt, und sogar der Regierende Bürgermeister war zugeschaltet, und dazu wurden immer wieder kleine Filme eingespielt: wie unser hustender Coach gerade aus dem Balkangrill stolperte. Wie Grunenberg sich in Pose setzte. Oder wie Heinrich sagte, dass er nichts sagen wollte. Bei all den

Filmchen waren unsere Gesichter verpixelt. Aber die peinlichen Trikots waren jedes Mal groß im Bild. Sie sahen im Fernsehen noch viel idiotischer aus, als ich befürchtet hatte. Eigentlich konnte man sich in dem Aufzug überhaupt nicht unter die Leute trauen.

Umso schlimmer war, dass der Staatssekretär auf dem Night Move ein richtig fettes Ereignis aus unser Ankunft machte. Grunenberg hielt mit dem Audi nicht vor dem Gelände, sondern rollte extralangsam und hupend über das Spielfeld bis direkt vor die Bühne am Kuppelzelt. Offenbar war das Turnier schon zu Ende und jetzt wurden gerade die Sieger geehrt. Der Staatssekretär stand oben am Mikrofon, und unten war der Platz vollgepackt mit Spielern und Zuschauern, die neugierig Platz machten und versuchten, einen Blick in den abgedunkelten Audi zu werfen. Sogar der Staatssekretär unterbrach seine Rede. Bestimmt dachte er, dass der Bürgermeister sein Turnier besuchte. Oder die Bundeskanzlerin. Aber dann flüsterte ihm irgendein Assistent etwas ins Ohr, und als wir ausstiegen, winkte er uns begeistert zu sich.

Weniger begeistert sah unsere Mannschaft aus. Robin und Francis standen in der ersten Reihe direkt vor der Bühne. Mit ihren Blicken hätten sie sich durch meterdicke Stahlplatten schweißen können, so lasermäßig finster schauten sie uns an. Francis war der Erste, der seine Sprache wiederfand.

»Scheiße, wo wart ihr?«, schimpfte er. »Ihr seid solche Arschlöcher, einfach so abzuhauen. Gerade jetzt. Schaut euch das an, verdammt noch mal. Wir könnten die sein, die jetzt da oben stehen.«

Stattdessen grinsten die Spieler der Springstein-Schule von der Bühne herunter. Offenbar hatten sie unseren Platz im Halbfinale bekommen, weil wir zu unserem Spiel nicht mehr hatten antreten können. Und danach hatten sie auch noch das ganze Turnier gewonnen.

»Wir hätten echt nach Amerika fahren können, so ein verdammter Dreck«, sagte Francis.

»Wäre schwierig geworden«, antwortete Heinrich. »So ein Spiel wie gegen die Springstein-Schule schafft man nicht noch ein zweites Mal.«

»Weißt du doch gar nicht, du Klugscheißer«, schimpfte Robin. »Vielleicht sind wir viel besser, als du glaubst. Einfach verschwinden geht jedenfalls gar nicht.«

»Wir sind gar nicht einfach so abgehauen«, sagte ich. »Ist jetzt nur ein bisschen zu kompliziert, das zu erklären.«

»Ach ja? Ist mir sowieso scheißegal, was ihr sagt«, schimpfte Robin. »Ihr seid so was von gestorben für mich. Du und dein … dein … Alleswisser-Idiotentrainer. Verarschen kann ich mich auch alleine.«

»Jetzt hör uns doch erst mal zu«, sagte Jana, aber dann klopfte der Staatssekretär zweimal auf sein Mikrofon und sagte: »Meine sehr verehrten Damen und Herren, es ist mir eine ganz besondere Ehre und ein Vergnügen, Ihnen die Mannschaft von Schlamm Hamm vorzustellen. Sie sind hier die Meister der Herzen, möchte ich sagen. Also einen tosenden Applaus für unser Hamburger Team.«

Im Publikum regte sich aber keine Hand, um zu klatschen. Alle schauten nur mit großen Augen zu uns herüber. Was bitte schön sollte das jetzt?, schienen sich die Menschen zu fragen. Ich mich allerdings auch. War echt peinlich, so dazustehen und niemand klatschte. Tolle Meister der Herzen. Nur den Staatssekretär schien das nicht zu berühren.

»Diese tapferen Mädchen und Jungen«, sagte er und zeigte auf uns, »sind die Einzigen, die es geschafft haben, gegen den späteren Sieger unseres Turniers ein Spiel zu gewinnen. Aber das ist längst noch nicht alles, meine verehrten Zuschauerinnen und Zuschauer. Vielleicht hatten Sie bisher noch keine Gelegenheit, Nachrichten zu hören, aber in den vergangenen Stunden war Berlin Schauplatz einer dramatischen Geiselnahme. Es ist uns gelungen, und dies darf ich mit allem Stolz sagen, es ist uns gelungen, diese Geiselnahme unblutig und ohne Opfer zu beenden und dabei ein international operierendes Verbrechersyndikat zu zerschlagen. Diesen Fahndungserfolg, meine verehrten Damen und Herrn, verdanken wir neben der Polizei auch unseren Hamburger Spielerinnen und Spielern.«

Er sagte tatsächlich, »uns« war es gelungen. Dieser Wicht. Aber ich schätze mal, dass Politik genau so funktioniert. Immer so tun, als hätte man alle tollen Dinge selbst erledigt. Wenn man das nur oft und laut genug sagt, glauben die Leute einem auch irgendwann und geben einem bei der nächsten Wahl ihre Stimme.

Ich schaute mich um. Grunenberg schüttelte entgeistert seinen Kopf. Francis hatte sich keinen Millimeter bewegt und nagte auf seinen Lippen herum. Ihm hatte es ausnahmsweise mal die Sprache verschlagen. Auch Gregoric sah so intelligent aus wie eine Tonne nach der Müllabfuhr. Verdreckt und staubig und leer bis auf den Grund. Sogar Robin war sprachlos.

Hinter Grunenberg konnte ich unseren Coach erkennen. Wie kam er denn so schnell hierher? Er strahlte auf Jana hinunter. Wirkte wie so eine selbst gebastelte Kinderlaterne: schief und verknittert, aber wenn es dunkel wird und jemand die Kerze anzündet, ist es überhaupt der schönste Anblick.

Dann aber stellte sich Grunenberg neben ihn und schwallte ihm irgendetwas ins Ohr und die Flamme wurde mit jedem Wort wieder kleiner. Zuerst nickte der Coach, aber dann schüttelte er nur noch den Kopf, und je heftiger er schüttelte, desto lauter schien der Kommissar zu argumentieren. Zum Schluss gaben sie sich trotzdem die Hand und der Kommissar kletterte hoch auf die Bühne.

Dort redete er auch lange auf den Staatssekretär ein, und der schüttelte nicht den Kopf, sondern holte sein Handy heraus und telefonierte ein paarmal.

Dann trat er wieder ans Mikrofon und holte uns ebenfalls auf die Bühne.

»Meine sehr verehrten Damen und Herren«, sagte er, obwohl sich die Menge unten schon aufgelöst hatte und kaum noch Damen und Herren anwesend waren. »Darf ich noch einmal um Ihre Aufmerksamkeit bitten? Also, ich habe die ganz besondere Ehre und Freude zu verkünden, dass es mir soeben gelungen ist, auch noch für unsere Helden hier ein Trainingslager zu organisieren.« Dabei deutete er auf sein Handy, das er wie einen Pokal nach oben hielt. »Unser Team aus Hamburg fährt also …«, sagte er, aber dann bekam er einen Stoß von Grunenberg in die Rippen, dass er zusammenzuckte. »Ja, also … ähem«, fuhr er fort, »ich glaube, es gibt niemanden, der dies mehr verdient hat. Herzlichen Glückwunsch.«

»Was für ein Schwachkopf«, murmelte Grunenberg mehr zu sich selbst, während er wieder herunterkletterte von der Bühne, »da tut man alles, um die Kinder aus der Schusslinie zu kriegen. Und dann so etwas.«

»Welche Schusslinie?«, fragte Heinrich.

»Mir ist die Situation hier für euch im Moment zu gefährlich«, antwortete Grunenberg.

»Und deshalb müssen wir erst einmal weg in ein Trainingslager?«

»Ganz genau.«

»Wo genau fahren wir hin?«

»Ist nicht schlechter als der Hauptgewinn eures Turniers.«

Mir blieb auf jeden Fall erst mal der Mund offen stehen. Konnte das sein? Durften wir auch in die USA? Aber dann dachte ich, dass ein Kommissar von Basketball gar keine Ahnung hatte und dass er die Ostsee wahrscheinlich geiler fand als zum Beispiel so eine verrottete Stadt wie Cleveland, die für einen Basketballer aber das Größte ist, weil dort das Team von LeBron James und Kyrie Irving zu Hause ist.

»Dürfen Sie denn nicht verraten, wohin es geht?«, fragte ich.

»Besser, es spricht sich nicht herum.«

»Und was ist mit Schule?«

»Ihr werdet beurlaubt, ganz offiziell, das wird geregelt.«

»Yes«, sagte Francis. »Hammergeil. Schulfrei und Basketball, besser geht es doch überhaupt nicht.«

»Wann ist es so weit?«, fragte ich.

»Je schneller ihr hier verschwindet, desto sicherer ist es«, antwortete Grunenberg. »Und bis dahin verhaltet ihr euch bitte ruhig. Bleibt zu Hause. Keine Öffentlichkeit. Besonders du, Heinrich. Falls die Organisation bemerkt hat, dass du in deren Rechner warst, werden sie Jagd auf dich machen. Das ist keine leere Drohung, sondern mein bitterer Ernst. Für das Syndikat bist du ein massives Risiko. Allein die Möglichkeit, dass du von ihrem Rechner im Balkangrill in ihr Netzwerk eingedrungen bist, löst in der Organisation schon die höchste Alarmstufe aus. Du könntest von dort die ganze Infrastruktur infiziert haben. Du könntest damit Hunderte ins Gefängnis bringen. Du könntest sie Milliarden kosten. Wenn die Typen wissen, dass du in ihrem Computer warst, werden sie versuchen, dich zu kriegen. Vielleicht haben die Typen auch keine Ahnung und die Situation ist ganz entspannt. Aber wir wollen nichts riskieren. Oder? Du bekommst bis zur Abreise auf jeden Fall Polizeischutz.«

»Ich hab das nicht gewusst«, sagte Heinrich und war ganz blass um die Nase. »Ehrlich nicht, ich meine, dass es so gefährlich ist.«

»Ich weiß«, antwortete Grunenberg. »Hinterher ist man immer schlauer.«

Meine Rede

Kapitel 31

Trotzdem trafen wir uns in Hamburg am folgenden Tag auf dem Günni. Sogar Karim mit seinen Krücken war gekommen. Man hatte uns alle von der Schule befreit, und morgen würden wir irgendwohin fahren, und dass wir nicht wussten, wohin, machte die Sache nur noch spannender. Keiner von uns hielt es alleine bei sich zu Hause aus.

Auch Heinrich war da. Zusammen mit zwei Aufpassern, die aber nicht wie seriöse Bodyguards aussahen. Eher wie Hooligans oder so was.

»Wie geht's?«, fragte ich ihn. »Kannst du noch schlafen?«

»Ich schon«, sagte Heinrich, »aber mein Vater nicht. Seit gestern stehen vor unserem Geschäft diese beiden Typen rum und schauen jeden finster an, der was einkaufen will. Mittlerweile kommt kaum noch ein Kunde in unseren Laden. Die Leute glauben wahrscheinlich, dass wir Terroristen sind oder vom IS bedroht werden oder so was. Mein Vater hat schon Angst, dass wir pleitegehen, wenn das so weitergeht. Einmal hat er sogar versucht, die Typen aus dem Laden zu schmeißen. Aber da haben sie nur gelacht.«

»Dann freut er sich wahrscheinlich, wenn du endlich weg bist.«

»Und ich erst«, sagte Heinrich. »Dieser Verfolgungswahn geht mir so auf die Nerven. Ich kann den Quatsch nicht mehr hören: Die Deutschen wollen uns ruinieren. Die Deutschen wollen uns den Laden wegnehmen. Die Deutschen gönnen uns den Erfolg nicht …«

»Ich bin auch froh, wenn es losgeht«, sagte ich. »Nur umgekehrt. Meine Mutter macht sich quasi im Nachhinein so große Sorgen, dass sie nachts nicht mehr schlafen kann. Keine Ahnung, wie das geht. Ich meine, sich Sorgen machen, wenn schon alles vorüber ist. Aber so ist sie. Ich kann praktisch nicht mehr zum Kühlschrank gehen, ohne dass sie fragt, wohin ich will.«

»Und? Hast du Angst vor dem Syndikat?«, fragte Heinrich.

»Ich nicht«, antwortete ich. »Was ist mit dir?«

»Ich hab lange darüber nachgedacht. Aber ich habe damals vor Jusic nur gesagt, dass ich Beweise habe. Nichts mit Computer oder Trojaner oder so. Bin ich mir ziemlich sicher. Also kann er eigentlich nicht wissen, dass ich in seinem Rechner war.«

»Aber das Programm, das du installiert hast, ist doch immer noch im System.«

»Ja, klar, aber die gängigen Antivirenprogramme finden es nicht. Und selbst wenn sie den Virus finden, weiß Jusic nicht, wer ihn installiert hat. Er könnte schon seit Jahren auf seinem Rechner sein.«

»Also kein Grund, sich Sorgen zu machen?«, fragte ich.

»Kein Grund«, antwortete Heinrich.

Dann aber rollte genau in diesem Moment ein schwarzer amerikanischer Hummer-Geländewagen die Straße herunter, breit wie eine Planierraupe. Mit verspiegelten Fenstern und Reifen, die größer waren als ich. Vor dem Zaun kam das Gerät zum Stehen.

»Runter«, brüllten die Bodyguards und warfen sich über Heinrich, sodass er unter den massigen Körpern komplett begraben war. Der andere Bodyguard hatte sofort eine Pistole gezogen. Auch wir warfen uns alle auf den Boden. Aber dann kletterte doch nur Carl-Günter Malsch aus dem Hummer. Und unser Bodyguard-Bäcker. Er wuchtete eine riesige Kiste von der Ladefläche und wankte mit ihr über den Platz, bis er sie mit einem lauten Stöhnen im Mittelkreis fallen ließ.

»Weihnachten, Freunde.« Malsch grinste. »Bedient euch.«

In dem Karton waren jede Menge Basketbälle aus Leder. »FIBA approved.« Und neue Trikots, nachtblau mit goldenem Schriftzug. Wirklich erstklassige Qualität. Vorne auf der Brust stand »Team Malsch«. Gestickt, nicht gedruckt. Genau wie hinten die Rückennummern.

»Schuhe kriegt ihr natürlich auch«, sagte Malsch. »Die kommen noch. Lass ich extra designen in unseren Farben.«

»Geil«, meint Francis. »Wieso das denn?«

»Sagen wir so, ihr habt mir mit der Verhaftung von Jusic einen Gefallen getan.«

»Und wieso?«, wollte Francis wissen.

»Mehr müsst ihr nicht wissen«, antwortete Malsch, griff in den Karton und drückte mir eines seiner Trikots gegen die Brust.

»Warum sollten wir das Zeug tragen?«, fragte ich.

»Wie, warum? Sieht doch toll aus«, antwortete Malsch. »Und ist richtig gute Qualität. Hast du gesehen, oder?«

»Wir sind aber Schlamm Hamm«, erwiderte ich. »Und da sind wir auch megastolz drauf. Schlamm Hamm ist jetzt Legende. Meister der Herzen. Das hat nicht nur der Staatssekretär gesagt, das haben auch die Zeitungen geschrieben. Haben Sie das gelesen? Oder gestern Fernsehen geschaut? Uns kennen jetzt ganz viele Leute. Ich meine, wir sind so was wie 'ne Marke. Wie Coca-Cola. Und das ist doch richtig wertvoll, so was. Das lässt man sich doch nicht abkaufen mit ein paar läppischen Trikots.«

»Bälle und Schuhe sind auch dabei«, antwortete Malsch.

»Reicht trotzdem nicht.«

»Aber Malsch ist wie Schlamm, nur rückwärts.«

»Wissen wir. Macht die Sache trotzdem nicht billiger.«

»Was wollt ihr denn sonst noch haben?«

»Einen Tagesverdienst«, sagte ich. »Dafür laufen wir für Sie Werbung.«

»Was denn für ein Tagesverdienst?«

»Sie wissen schon. Was Sie verdienen. Von dem Sie erzählt haben, als wir bei ihnen waren. Dreihundertzwölf Euro fünfzig in der Minute. Vierhundertfünfzigtausend Euro am Tag.«

»Wie bitte?« Carl-Günter Malsch blieb für einen Augenblick der Mund offen stehen. »Da kriege ich doch ein ganzes Bundesligateam für.«

»So sieht's aus. Vierhundertfünfzigtausend. Das ist der Preis. Sonst nehmen Sie Ihre Kiste wieder mit. Ist Ihre Entscheidung.«

Malsch schaute entgeistert von mir zu den anderen und wieder zurück. Dann räumte er kopfschüttelnd sein Zeug wieder ein und der Bäcker musste die Kiste zurück in den Hummer schleifen.

»Da geht es hin, das geile Zeug«, seufzte Francis, und Robin sagte: »Wie bist du denn drauf? Vierhundertfünfzigtausend, damit wir Trikots anziehen? Bist du größenwahnsinnig geworden? Alter, das war feinste Qualität.«

»Und?«, sagte ich.

»Nix und. Ich mein ja nur. Mit Schuhen und Bällen sind das vierhundert Euro. Pro Mann. Die du eben mal kurz versenkt hast.«

»Ich weiß nicht«, sagte ich, »aber für mich waren die letzten Wochen die genialste Zeit meines Lebens. Ich meine, es gab natürlich auch beschissene Tage. Aber ich hab vorher noch nie zu jemandem gehört, in meinem ganzen Leben nicht. Ich bin so stolz, Schlamm zu sein. Und dass wir alle besiegen können und jeder für den anderen kämpft. Das darf man doch nicht für so läppischen Mist verkaufen. Denke ich halt.«

Die meisten schauten mich an, als wäre ich nicht ganz bei Trost. Heinrich war der Einzige, der den Mund aufmachte.

»Danke, Luca«, sagte er. Wahrscheinlich war er auch immer noch stolz auf sein Schlammmonster, das er entworfen hatte. »Ist doch Schlamm Hamm, die ins Trainingslager fahren. Und nicht irgend so eine blöde Team-Malsch-Truppe. Mann, das wird so geil die nächsten Wochen.«

Da nickten dann auch die anderen Jungs und Jana und fantasierten rum, wo genau unser Trainingslager sein könnte, wenn es denn in die USA gehen würde, und von wem sie sich dann ein Autogramm holen würden. Robin wollte am liebsten nach Los Angeles fahren. Jana nach New York. Und Francis würde sich zuerst in eine Badewanne voll Mountain Dew legen und sie komplett austrinken, »ganz egal, wo das ist«.

»Alter, die Brause gibt's auch bei Edeka«, antwortete Heinrich.

»Schmeckt aber in Amerika besser«, meinte Francis, und dann redeten sie darüber, was in den USA noch alles geiler war, und irgendwann verabschiedete sich einer nach dem anderen, bis nur noch Jana auf der kleinen Tribüne neben mir saß. Mit ihren hellblauen Shorts und den langen Beinen und den beschissenen Stoffturnschuhen. Ihre Beine waren richtig braun geworden in den letzten Tagen und das Gesicht hatte ein paar mehr Sommersprossen bekommen. Und die grauen Augen leuchteten ein wenig grün bei diesem Licht.

»War blöd, meine Rede, oder?«, fragte ich.

»Kein einziges blödes Wort«, antwortete Jana. »Dabei war es die längste Rede, die ich je von dir gehört habe.«

»Ich glaube, es war sogar die längste in meinem ganzen Leben.«

»So wichtig ist dir die Mannschaft?«

»Dir nicht?«

»Doch klar. Die Mannschaft. Das Turnier. Wohin wir jetzt fahren ins Trainingslager.«

»Was ist mit deinem Vater?«, fragte ich. »Kommt er auch mit?«

»Keine Ahnung«, antwortete Jana.

»Redet ihr nicht miteinander? Ich meine, bist du immer noch sauer auf ihn?«

»Was denkst du? Dass jemand mir so einen Brief schreibt und dann ist alles gut und er ist plötzlich mein Vater?«

»Na ja, Vater ist Vater, ob du willst oder nicht.«

Jana schüttelte den Kopf. »Das denkt er vielleicht, dass er mein Vater ist … also, ich denke das nicht … das heißt … ich weiß nicht, was ich denken soll … eigentlich ist er nur ein fremder, seltsamer Mann, der meint, er würde jetzt zu meinem Leben gehören.«

»Und du willst nicht, dass er dazugehört?«, fragte ich.

»Ich habe ihn jedenfalls nicht gebeten.«

»Aber du hast doch den Brief gelesen. Da ist alles erklärt. Kannst du ihn denn nicht ein bisschen verstehen?«

»Dass er zehn Jahre so getan hat, als gäbe es ihn gar nicht?«

»Immerhin weißt du jetzt, warum.«

»Ich hab mit seiner Vergangenheit aber nichts zu tun.«

»Na ja«, sagte ich, »dass du immer so panisch reagierst zum Beispiel … ich meine, bei körperlicher Gewalt, keine Ahnung … könnte doch sein, dass es von dem Erlebnis kommt, damals in Neapel … was dein Vater geschrieben hat.«

»Damit hab ich erst recht nichts zu tun.«

»Vielleicht hast du was mit seiner Zukunft zu tun.«

»Vielleicht habe ich mit meiner Zukunft aber auch was ganz anderes vor.«

»Und was?«, fragte ich.

»Weiß nicht«, antwortete Jana. »Was anderes halt.«

Ich nahm meinen ganzen Mut zusammen. »Vielleicht was mit mir zum Beispiel? Weil … ich hab echt noch nie jemand getroffen, mit dem ich mich so verstehe … das heißt … irgendwie verstehe ich dich natürlich auch überhaupt nicht … und es ist auch nicht so, dass ich mich nur total wohlfühle bei dir … aber dann eben doch … und deshalb will ich … also ich meine … eben auch was sein, was du in deiner Zukunft haben willst.«

Jana stand auf und schaute mich mit einem spöttischen Grinsen an. Ich glaube, ich habe mich noch nie so nackt und durchschaut gefühlt. War allerdings auch kein Masterstudium in Psychologie dafür nötig. Schließlich hatte ich mich ihr und überhaupt alles auf dem Tablett serviert.

»Die Gegenwart reicht dir nicht?«, fragte sie.

»Jede Gegenwart ist in der nächsten Sekunde schon wieder vorbei«, sagte ich. »Ich will nicht, dass es vorbei ist.«

»Wie kommst du darauf, dass was vorbei sein könnte?«

»Also, jetzt ist natürlich noch nichts vorbei, weil … es hat ja noch nicht mal was angefangen. Aber dann … ich meine, wenn was angefangen hat … dann will ich …«

»Luca, du redest zu viel«, sagte Jana und machte einen Schritt auf mich zu, und da blieb mir echt nichts mehr anderes übrig. Kannte ich ja schon von mir, wie so ein Ochse nach vorn, und wahrscheinlich machte ich auch noch alles falsch, was man falsch machen konnte. Zuerst war die Nase im Weg. Und dann war es auch nicht weich und zart, wie ich mir das tausendmal vorgestellt hatte, sondern irgendwie klemmte meine Lippe zwischen ihren und meinen Zähnen, und das tat ziemlich weh, aber aufhören ging natürlich nicht, und was nach einem Kuss kommt, da hatte ich natürlich auch keine Ahnung. Wahrscheinlich war es der beschissenste Kuss des Jahrhunderts. Aber das Verrückte war: Obwohl ich alles falsch machte, war trotzdem auch alles richtig.

Christoph Scheuring, geboren 1957, hat in seinem Leben schon viel gesehen. Als Journalist für DER SPIEGEL, stern und DIE ZEIT hat er mit den Mächtigsten am Tisch gesessen und mit den Machtlosen auf der Straße gelebt. Seine Leidenschaft gehört besonders den Jugendlichen in den Randgebieten unserer Gesellschaft. Nicht zuletzt deshalb wurde sein Roman *Echt* für den Deutschen Jugendliteraturpreis 2015 nominiert. *Absolute Gewinner* ist sein zweites Jugendbuch.

Du möchtest mehr über Basketball und Teamwork erfahren?

http://www.dev-dirk-nowitzki-stiftung.org
http://www.baskidball.de/

Natürlich magellan©

FSC
www.fsc.org
MIX
Papier aus verantwortungsvollen Quellen
FSC® C083411

Wir pflanzen Bäume
Für unsere Umwelt
www.magellanverlag.de

Gedruckt auf FSC®-Papier
Lösungsmittelfreier Klebstoff
Drucklack auf Wasserbasis
Hergestellt in Deutschland

1. Auflage 2018
© 2018 Magellan GmbH & Co. KG, 96052 Bamberg
Alle Rechte vorbehalten
Lektorat: Marion Perko
Umschlaggestaltung: Christian Keller
unter Verwendung von Motiven von iStock / meltonmedia und luplupme
ISBN 978-3-7348-5008-0

www.magellanverlag.de